고양이를
사랑하는 법

고양이를
사랑하는 법

박선희 장편소설

나무옆의자

• ● 차례 ● •

오드리와 명작극장

오드리의 뒷모습은 정말 정말 섹시하다. 뾰족하게 세운 두 귀에서부터 엉덩이까지 이어지는 매끈한 곡선은 "어서 나를 안아 주세요옹." 교태를 부리는 것만 같다. 베이지에서 브라운으로 완벽하게 그러데이션을 이루는 짧은 털은 시도 때도 없는 그루밍으로 깨끗하게 윤이 난다. 오드리가 엉덩이에 착 감았던 꼬리를 살랑살랑 흔든다. 아으, 저걸 그냥! 손이 닿을 만한 거리에 있다면 허리를 확 낚아채 안아 주고 싶다.

"벌써 삼십 분째야, 저러고 앉아 있는 게. 쟤 무슨 생각을 하고 있는 걸까?"

카푸치노와 핫초콜릿, 플레인 요거트 각각 하나씩, 그리고 따끈따끈한 허니 브레드와 모카 번을 가져온 이모가 키득키득 웃으며 말했다. 이모의 웃음소리는 진짜 특이하다.

"눈이 펑펑 쏟아지길 기도하고 있는지도 몰라. 눈만 오면 좋아서 이리 뛰고 저리 뛰고 정신 빼잖아. 누가 개냥이 아니랄까 봐."

"샴고양이가 대체로 개냥이스러운가 보더라? 오드리는 유난스럽게 활력이 넘치긴 하지만."

이모는 접시를 테이블에 내려놓으며 또 키득키득 웃었다. 그런데 잠깐, 이모 팔에 무슨 일이 일어난 거지?

"이모! 메기 아저씨가 턱수염으로 스킨십이라도 했어? 뭐야, 이 두드러기는?"

나는 이모의 희고 통통한 팔뚝에 눈을 들이댔다. 스웨터 소매를 걷어 올려 드러난 맨살 여기저기에 붉은 반점이 번져 있었다. 메기 아저씨는 10년째 이모를 열렬히 쫓아다니는 독립 영화 감독이다. 못생긴 데다 입이 무우~지하게 큰.

"내가 얘기 안 했구나? 오드리 녀석이 고약한 방식으로 날 좋아한다는 걸. 이모님께 제 흔적을 남겨 드리겠어요. 저는 이모님 거랍니다. 에취!"

이모는 재채기를 하고는 손등으로 콧물을 훔쳤다.

"고양이 알레르기가 있었다는 거야? 헐."

"처음엔 좀 가렵다 말곤 하더니, 한 달쯤 됐을 거야, 이렇게 된 게. 연고를 바르면 좀 괜찮아지는데 알다시피 이 몸이 귀차니스트라서 말이쥐이."

작은 뾰루지 하나만 나도 신경 쓰일 텐데 어쩜 저렇게 태평할까.

오드리는 이랑이 화실 앞에서 주워 온 유기 고양이다. 명작의 마스코트가 들어왔다며 쌍수를 들어 환영하고 세기의 명배우 이름을 붙여 준 사람은 이모였고. 실 포인트의 샴이 명작에 등장하자마자 이모는 고양이가 오드리 헵번을 닮았다며 얼마나 감탄을 했는지 모른다. 오드리는 정말 오드리 헵번처럼 날씬하고 간결하며 우아하면서도 발랄하다. 관심을 받지 못해 깨방정을 떨거나 방해꾼으로 돌변할 때는 '뭉치' 같은 이름으로 개명을 해 주고 싶긴 하지만.

"아, 왔니?"

이모가 유리벽 너머로 손을 흔들어 보이고는 밖으로 나갔다. 이랑과 은성이 이모에게 꾸벅 인사를 하고는 후다닥 명작극장으로 뛰어 들어왔다. 영하 10도로 얼어붙은 날씨 때문에 둘 다 코가 빨갰다. 이랑은 "으으 추워." 하며 어금니를 달그락달그락 부딪쳤다. '명작극장'은 이모의 카페 '명작'의 흡연실을 스터디 룸으로 개조한 방인데, 우리 셋의 영화 감상 모임 이름을 갖다 붙였다. 이모의 허락을 얻어 문 위쪽에 문패도 만들어 걸었다. 코르크판에 '명작극장'이라는 글자를 유성물감으로 쓰고 고양이 그림을 그려 넣은 건 이랑이다.

"늦어서 미안. 담임이 종례를 어찌나 길게 하던지. 전부 다 언제 끝나나, 하품만 하고 있는데."

은성이 의자에 가방을 내려놓으며 말했다.

"내 말이. 우리 담임은 목소리까지 졸음을 불러일으킨다니까?

별명이 '도도도'잖아. 어쩜 그렇게 톤이 똑같니? 도도도."

이랑의 말에 모두 까르륵 웃고는 붙박이 소파에 나란히 붙어 앉았다. 오늘 감상할 영화는 뤽 베송 감독의 〈그랑블루〉다.

"오드리 저기 있었구나? 창가에 앉은 오드리는 완벽한 그림이야."

후훗, 웃는 이랑의 눈에서 커다란 하트가 팡팡 터졌다. 모든 요일의 새벽 두시 같은 사랑, 매번 녹다운이 되는 사랑. 이런 표현은 문장 연습을 위한 것이다. 나는 마니아 백 명을 거느린 작가가 되는 게 꿈인 문학소녀다. 단, 드라마 작가는 빼고. 한때 인기 드라마 작가였던 엄마는 요즘 인기 드라마를 보며 트집을 잡는 명절 특집극 전문 작가로 살고 있다. 그렇게 될까 봐 무서운 거지.

노트북에 미리 세팅해 놓은 영화 파일을 재생시켰다. 클릭. 고요의 한가운데를 이따금씩 날카롭게 긁는 듯한 음악이 흐르면서 화면에 가득 찬 바다가 검게 빛났다. 끽끽 돌고래 소리가 섞인 전자음악과 함께 카메라는 빠른 속도로 바다 위를 질주해 나가고 있었다. 영화가 시작됐다.

* * *

"어떡해……."

이랑이 낮은 감탄사를 터뜨렸다.

"자크, 정말 가 버린 거야? 조안나와 아기는 어떡하라고."

은성이 자크와 돌고래가 사라진 암흑의 바닷속을 바라보며 말했다.

"마지막 반전 한번 제대로네."

나는 광대뼈가 불거진 은성의 뺨을 어루만지며 중얼거렸다.

〈그랑블루〉는 프리 다이빙을 하는 두 남자, 자크와 엔조의 뜨거운 우정과 경쟁, 푸른 바다에 대한 사랑과 영혼의 자유를 그린 영화였다. 친구 엔조가 영원히 바닷속으로 들어가 버린 후, 나는 자크가 조안나 배 속에 있는 새 생명을 생각해 친구를 따라 사라지는 일만큼은 하지 않을 줄 알았다.

이랑은 줄줄이 올라가는 엔딩 크레디트의 글자들을 하나하나 뜯어 먹고 있었다. 아주 푸욱 빠져들었군. 갸름한 턱을 두 손으로 받친 채 얇고 길게 쌍꺼풀 진 눈을 깜박거리는 게 오드리의 언니 같다.

"난 자크가 돌고래한테 굿바이, 하고 바다 위로 올라올 줄 알았어."

화면이 까맣게 정지하자 이랑이 중얼거렸다.

"나도. 하지만 진짜 진짜 좋아하는 친구라면 그곳이 어디든 나도 그 친구를 따라갈 수 있을 것 같아."

내가 말했다.

"민소리다운 생각이다."

이랑이 내 어깨를 탁탁 두드렸다.

"난 자크한테 홀딱 반했어. 모든 걸 다 버리고 진정한 행복을 찾아가는 순수함! 이런 남자 어디 없냐옹?"

은성이 '야옹어'로 말하고 붙박이 소파 맞은편으로 옮겨 앉았다.

"제발 관둬. 그런 남자 나쁜 남자야옹!"

이랑이 손을 뻗쳐 은성의 짧은 머리카락을 흐뜨렸다. 우리는 가끔 야옹어로 말을 끝맺곤 한다. 오기가미 나오코 감독의 〈고양이를 빌려 드립니다〉를 보고 난 후 한 시간 동안 장난삼아 야옹거렸던 게 시작이었다.

"나도 바닷속에 한번 들어가 보고 싶다. 돌고래는 정말 사랑스러울 것 같아."

은성이 말하고 허니 브레드를 탐하기 시작했다. 가냘픈 몸매에 먹성 하난 끝내준다. 은성인 정말 팔다리가 믿을 수 없이 길고 몸이 발레리나처럼 얄팍하다. 172센티미터의 장신이라지만 아무리 먹어도 살이 찌지 않는 체질은 부럽기만 하다.

명작극장 문을 박박 긁는 소리가 났다.

"오드리다."

문을 열어 주려고 일어서는 나를 이랑이 막았다.

"명작극장 끝나고 나서."

"그냥 열어 주자. 들어오고 싶어 안달이잖아."

"지키기로 한 건 지켜야지."

"하여튼, 까칠 채이랑을 누가 말려."

나는 털썩 자리에 앉았다. 영화 감상 모임 땐 오드리를 입장시키지 않는다는 원칙을 이랑은 철저히 고수했다.

"우리 빨리 끝내고 이모의 야옹이 알레르기에 대한 비상 대책 회의를 열어보자."

바닥난 핫초콜릿 잔을 들여다보며 내가 말했다. 토론 따위는 빨리 마무리하고 싶었다.

"이모한테 고양이 알레르기가 있었어?"

이랑이 놀라서 물었다.

"그런가 봐. 팔뚝이 울긋불긋해. 오드리가 자기를 좋아하는 흔적을 남긴 거라나? 그 나이에 피부 하나는 백옥이라 금세 눈에 띄더라."

그 나이란 서른아홉이다. 곧 마흔인데 메기 아저씨에게 튕길 때 보면 뭔가 착각을 하고 있는 것 같다. 아무리 못생긴 메기여도 일곱 살 연하면 대어 아냐?

"여태까지 아무 일 없다가 웬일?"

이랑이 긴 머리카락을 배배 꼬며 울상을 했다.

"연고를 바르면 좀 괜찮아진다니까 울 것까진 없어. 우리 〈그랑 블루〉 별점 매기는 거로 마무리할까? 난 별 네 개 반."

나는 재빨리 선수를 쳤다.

"난 네 개."

은성이 바로 뒤를 이었다. 자기주장이라곤 없이 언제나 '여러분의 뜻에 따르겠습니다.' 하는 은성도 절대 토론형은 아니다.

"넌 몇 개?"

마이크를 들이대듯 이랑의 입에 주먹을 갖다 댔다. 이랑이 은성과 나를 차례로 보더니 다섯 손가락을 쫙 폈다.

"별이 다섯 개애? 장수 돌침대야?"

내 말에 빵 빵 빵 웃음이 터졌다. 우리의 명작극장 수준은 이 정도다.

* * *

거창하게 시작한 이모의 야옹이 알레르기에 대한 비상 대책 회의는 결론 없이 끝났다. '오드리를 맡아 줄 곳을 찾아보자.' 이걸 결론이라고 할 수는 없으니까. 오드리는 명작의 마스코트가 되었지만 오드리의 주인은 엄연히 오드리를 처음 만났던 이랑이고, 이랑은 어디로든 오드리를 보내고 싶지 않을 것이다. 아니, 우리 셋 중 오드리와의 이별을 생각할 사람은 아무도 없다.

"이 스쿨백 어때? 윤이가 줬는데."

나는 카키색 스쿨백을 테이블에 올리며 말했다.

"어이없어. 대체 한 달 용돈이 얼마면 친구한테 노스페이스 스쿨백을 떡하니 사 줄 수 있지?"

이랑은 인상을 찌푸렸다. 윤이 얘기만 나오면 거부 반응을 일으킨다. 윤이는 내 짝꿍이다.

"사 준 게 아니라 그냥 줬다고. 인터넷으로 구입했는데 막상 물건이 도착하고 보니 맘에 드는 카키색이 아니었대."

"그게 그거지 뭐."

"으이그, 좀 봐줘라."

배배 꼬아 놓은 이랑의 머리카락을 탁 잡아당기고 노트북을 가방 수납 칸에 넣었다.

"교환이나 환불이 귀찮아 친구에게 휙 넘길 만큼 부우~잔가 보네."

은성이 아무런 감정도 담지 않고 말했다. 이랑과 달리 은성은 매사에 좋은 게 좋은 거지, 하는 식이다.

"그래, 부우~잣집 딸과 짝꿍이 된 덕분에 2학기에 여러 번 득템했지. 호피 무늬 휴대전화 케이스, 핸드메이드 가죽 지갑, 레노마 자수 손수건, 그리고 또 뭐가 있었더라?"

"너 그렇게 속 빈 애였어?"

이랑이 머리카락을 또 배배 꼬며 비아냥거렸다. 머리카락을 꼬는 건 이랑의 습관이다.

"좀 부담스럽긴 하더라. 우리 집도 사실 그렇게 빡빡하진 않은데 윤이넨 씀씀이가 상상 초월이야."

"물량 공세로 덤비는 애들 믿을 수 없어."

이랑은 끝까지 윤이를 깎아내렸다.

"윤이라는 애 글은 잘 써?"

남아 있던 허니 브레드를 입에 넣고 은성이 물었다. 은성인 이랑과 내가 티격태격할 땐 언제 철들래, 하는 듯 픽픽 웃다가 화제를 돌리곤 한다.

"윤이? 걔 문장이 장난 아니야. 자기 말로는 문장 하나하나를 밥처럼 먹고 산다는데, 거의 프로급이야."

이랑이 칫, 하고는 스마트폰을 들여다보았다.

윤이가 글을 잘 쓰는 건 사실이다. 일단 윤이는 예고 문창과에 다닌다. 그것도 모자라 글쓰기 과외까지 하고 있고. 엄마는 글쓰기 과외가 직업인 까마득한 후배에게 부탁해 윤이 팀에 나를 끼워 넣었다. 둘이 한 팀인데 한 명이 빠져나간 자리에 내가 들어갔다. 2학기가 시작되고 나서였다. 엄마는 대충 재미 삼아 하다가 아닌 것 같으면 그만두라고 했다. 글을 쓰는 건 배우거나 가르치는 게 아니라나 뭐라나. 드라마 쓰는 사람이 도대체 현실감이 없다.

"난 왜 예고에 갈 생각을 못 했지? 너랑 찢어질 줄 알았으면 차라리 그쪽으로 방향을 트는 거였는데."

초등학교와 중학교 동창인 이랑과 나는 고등학교 진학 때 뺑뺑이가 나눠 준 대로 불공평하게 찢어졌다(초등학교 4학년과 6학년 때 같은 반이었는데, 6학년 때 급 친해져 주영이라는 애와 셋이 몰려다녔다). 나는 산을 깎아 만든 삭막한 언덕배기 학교로, 이랑은 자그마한 생태 공원까지 있는 여고로. 은성인 이랑과 같은 학교, 같은 반이지만 명작극장엔 내가 끌어들였다. "바오바브나무처럼 키 크고 날씬하고 머리카락이 짧은 애가 전학 왔는데, 걔가 내 짝꿍이 된 거 있지? 올드한 뿔테 안경만 벗으면 그럭저럭 괜찮겠더라. 근데 어쩜 그렇게 낯을 가리는지 내가 수다를 떨어야 할 정도야." 이랑의 말을 듣자마자 나는 타고난 오지랖 근성을 발휘했다. "바오바브나무를 우리 행성으로 데려오자. 심하게 낯가리는 애가 전학을 왔다? 매일매일 화장실에나 처박혀 있고 싶을 거야. 짝꿍이 살려

쥐야지." 영화 모임 명작극장은 그때 탄생했다.

"오드리, 들어와."

명작극장 문밖에서 폴짝폴짝 뛰는 오드리를 보고 문을 열어 주었다. 바람처럼 가볍게 안으로 들어온 오드리는 이랑의 무릎으로 사뿐 뛰어올랐다.

"오래 기다렸지? 우리 예쁜이."

이랑의 얼굴에 생기가 돌았다. 냥 홀릭 이랑에게 오드리는 마약이다. 오드리가 이랑의 무릎에서 허리를 쭉 늘려 스트레칭을 하고는 허공에 대고 앞발질을 시작했다.

"얘 이럴 때마다 진짜 웃겨. 대체 뭘 보고 그러니?"

은성이 쿡쿡거리며 말했다.

"명작에 유령이 있지 않다면 뻔하지. 관심 끌기 작전. 이 언냐한테 와 봐, 오드리."

내가 목덜미를 잡아 높이 들어 올리자 오드리가 "냐아옹!" 날카로운 소리를 냈다.

"오드리 좀 못살게 굴지 마."

이랑이 질색을 했다.

"이렇게 예쁜 애를 어떻게 그냥 놔둬."

"고양이들은 목덜미 잡아 올리는 거 진짜 싫어한단 말이야."

"나중에 오드리도 알게 될걸? 이 언냐한테 엄청난 사랑을 받았다는 걸. 그렇지, 오드리?"

나는 오드리를 으스러져라 껴안았다. 하악~ 오드리가 송곳니

와 목젖을 보이며 하악질을 했다. 귀여운 녀석. 팔에 힘을 빼고 촉촉한 코에 키스한 다음 턱밑을 살살 만져 주었더니 잠잠해졌다. 이마를 쓰다듬으니 골골거리며 좋아했다. 오드리는 뒤끝이 없다.

"이렇게 사랑스러운 애를."

이랑이 젤리처럼 말랑말랑한 오드리의 발바닥을 만지며 나를 흘겨보았다. 오드리가 눈을 지그시 감고 그르르르르…… 소리를 냈다. 은성이 긴 팔을 뻗어 오드리의 뒷목을 천천히 쓸어 주었다. 수염이 양옆으로 늘어졌다. 세 집사의 부드러운 손길에 해롱해롱 녹고 있다. 은성인 처음엔 오드리가 접근만 해도 기겁하더니, 명작극장에서 영화 열다섯 편을 보는 사이 많이 발전했다.

밖에서 이모가 손목시계를 보이며 사인을 보냈다.

"헥, 열시가 넘었네. 이모한테 다음 영화 추천해 달라고 해야겠다."

노트북을 가방에 넣고 지갑에서 5천 원을 꺼냈다. 더치페이. 은성이 회계를 맡았다. 장소 제공에, 영화 자문에, 모든 메뉴 반값 할인 특혜에, 이모는 우리 명작극장의 알짜배기 스폰서다.

"아, 잊어버릴 뻔했다. 무거워 죽는 줄 알았어."

가방에서 패션 잡지를 꺼내 은성에게 주고, 천 커버를 씌운 드로잉 북은 이랑에게 건넸다.

"드로잉 북 거의 다 썼는데 귀신같이 알아 가지고."

이랑이 말하고 히 웃었다.

"이 몸이 손수 만드셨다는 것만 알아둬."

18

나는 스티커 천을 사 놨다가 어젯밤 자기 전 드로잉 북에 씌웠다. 그 정도는 식은 죽 먹기다.

은성인 책장을 후루룩 넘기며 울상을 했다.

"나처럼 끼 없는 애가 패션모델이라니, 무한 도전도 아니고."

어째서 매사에 자신감 바닥일까.

"어차피 우리 집엔 보는 사람도 없어."

잡지를 가방에 넣는 은성에게 말했다.

내가 준 패션 잡지는 엄마 친구가 편집장으로 있는 잡지다. 매달 집으로 배달되는데 은성에게 가져다주기로 했다. '이은성 패션모델 만들기 프로젝트'의 일환이다. 은성일 패션모델로 만들려고 작정하신 분은? 오지랖 민소리, 바로 나다. 이랑은 잉여 짓을 즐기며 가끔 동화책에 들어갈 삽화를 그리는 게으른 그림쟁이가 되고 싶어 하고, 나는 마니아들의 변치 않는 사랑을 받으며 키보드의 자음과 모음이 지워질 만큼 열심히 글을 쓰는 미치광이 작가가 되고 싶어 한다. 그런데 은성인 하고 싶은 것도, 잘할 수 있는 것도 없단다. 가만 놔둘 수 없잖아?

스마트폰으로 시간을 확인했다.

"이제 정말 가야겠다. 오드리, 바이~"

오드리의 이마에 키스하고 자리에서 일어났다.

"언냐들 간다."

"꿈속에서 보자."

은성과 이랑도 오드리를 한 번씩 껴안고 인사했다. 오드리는 붙박이 의자에 두 발을 모으고 앉아 사파이어 블루의 자그마한 눈만 깜박였다. 그렇게 고양이 눈 키스를 할 때는 정신을 잃을 정도로 사랑스럽다. 집사들이 갈 때 놀아 달라며 보채지 않는 걸 보면 요 예쁜 철딱서니도 헤어질 때를 아는 것 같다.

* * *

"주영인 만나니?"

버스를 타고 가는 은성일 먼저 보내고 이랑에게 말했다. 이랑의 집은 아파트, 우리 집은 빌라지만 우린 같은 동네에 산다.

"아주 가끔. 중학교 때도 그랬고, 학교가 다르니까 자주는 못 만나지."

주영과 난 6학년 2학기가 끝나 갈 때 절교했다. 친구 문제를 해결해 주려다 오해가 생겨 틀어져 버렸다. 내가 너무 자기 멋대로라 질렸다나? 나는 그런 말을 하는 주영에게 질렸다. 그래서 끝! 이랑이 주영을 만나든 말든 그건 상관하지 않는다.

"아 참, 로마가 너한테 관심 있는 것 같더라?"

"뭐?"

오드리가 씹었던 목도리를 코에 대고 킁킁거리던 이랑이 고개를 홱 들었다.

"학원에서 가끔 마주치는데 네 얘길 자주 하더라고."

최근 로마가 이랑 얘기를 몇 번 했던 건 사실이다.

"무슨 얘기?"

"시답잖은 얘기지 뭐. 이랑이 요즘 예뻐졌더라, 친구들한테도 그렇게 까칠하냐, 뭐 그런. 관심 있으니까 그러는 거 아냐? 카사로마가 너 정도 되는 애를 여태까지 가만 놔둔 게 이상하지."

이랑은 목도리 끝을 뒤로 넘기고 픽 웃었다. 카사로마는 "예쁜 여자 찾으러 가야지."라는 말을 주제가처럼 하는 로마에게 여자애들이 붙여 준 별명이다.

"그렇잖아. 자기랑 두 번이나 같은 반이었던 중학교 동창에다 묘한 시크함이 있는 여자애. 명색이 카사로만데 대시해 보고 싶지 않겠어? 중학교 땐 자신 없었을지도 모르지. 네가 좀 차가운 인상이잖아. 하지만 지금은 다를걸? 예고에서 날리고 있는 데다 중학교 때보다 비주얼이 꽤 업그레이드 됐으니까. 게다가 니가 자기 엄마 화실에 다니고 있으니 더 관심이 쏠렸겠지."

"어째 더 추워지는 것 같네? 추운 건 너어무 싫어."

이랑이 들은 척도 하지 않고 종종걸음을 쳤다.

"로마 조심해. 윤이가 그러는데 그 자식 안 되겠더라. 예고에서 여친을 벌써 몇 명이나 갈아치웠대. 연극과뿐 아니라 무용과, 국악과, 이 과 저 과 넘나드나 보더라."

"정말?"

이랑이 휙 몸을 돌려 뒷걸음질을 하며 물었다.

"확실하겠지. 윤이가 로마랑 같은 학교 앤데."

"근거 없이 남 디스하고 다니는 애들 기분 나빠."

이랑은 예민하게 나왔다. 둘이 전생이 몬터규 가와 캐풀렛 가*의 할머니들이었나.

"암튼 방심하지 마. 화실에 와서 팬히 작업 걸고 그래도 칼같이 자르고."

"관리 들어가냐? 다음에 만날 땐 오드리 구충제 먹이자. 손톱도 깎아 주고."

둘이 갈라지는 길에서 뒷걸음질을 치며 이랑은 손을 흔들었다.

"오케!"

"니가 명작 갈 때마다 오드리 빗질 좀 자주 해 줘. 털 날리면 이모한테 안 좋으니까."

"오케 오케!"

종종종 뛰어가는 이랑의 뒷모습을 보고 나도 뛰기 시작했다. 추운 건 나도 너어무 싫어. 집에 가 숙제는 해야지. 과외 선생님은 영화를 한 편 보고 인상적인 장면을 잡아 묘사 글로 써 오라고 했다. 윤이보다 잘 쓰고 싶다.

이번 주말엔 종일 책상에 붙어 앉아 독후감과 에세이를 써야 한다. B출판사에 보낼 예정이다. 청소년 2기 기자단을 모집하는데 윤이가 같이 응모해 보자고 했다. 기자가 되면 작가와 만날 기회를 갖게 된다는 말만 듣고서 두말 않고 오케이! 윤이는 그런 정보를 어디서 다 알아내는지 모르겠다.

• 윌리엄 셰익스피어의 작품 『로미오와 줄리엣』에 나오는 두 가문으로 서로 원수지간이다.

이미지 메이킹

집에서 식사를 할 때마다 우산이라도 쓰고 싶다. 아저씨 입에서는 벌써 세 번째 밥알이 튀었다. 1센티만 더 튀었어도 내 국그릇에 빠질 뻔했다. 아저씨와 함께 살기 시작한 1년 전에 비해 내 밥 먹는 속도는 십 분이나 빨라졌다. 더러워서 식탁에 오래 앉아 있을 수가 없다.

아저씨는 어제 50만 원 매상을 올려 준 동창들 얘기를 하고 있었다. 집에서 떠드는 사람은 언제나 아저씨뿐이다. 엄마는 아저씨가 과장된 액션을 할 때마다 웃음을 터뜨렸고, 나는 한 숟가락씩 밥공기를 비우며 두 사람을 구경했다. 천생연분. 너무도 어울리지 않는 사람들이 천생연분이 될 수 있다니 놀라운 일이다.

"은성인 방학이 언제지? 방학 하면 대관령으로 스키 한번 타러 가자. 금강산도 식후경이고, 공부도 잘 놀고 난 다음이지."

아저씨는 후진 농담을 던지고 하하 웃었다.

"네."

나는 건성으로 대꾸했다. 대관령에 스키를 타러 가는 일은 없을 것이다. 아저씨의 허풍은 정말 끝내준다.

물을 마시고 얼른 일어서는데 아저씨가 바지 뒷주머니에서 지갑을 꺼냈다.

"용돈 모자라지 않냐? 요즘 여고생들은 품위 유지비가 있어야겠더라고. 화장해야지, 유행에 맞게 옷 사 입어야지, 빠마도 해야지, 하하."

내가 얼마나 촌닭같이 하고 다니는지를 안다면 그런 말은 나오지 않을 거다. 어쨌든 용돈은 챙겨야지. 만 원짜리 두 장이 긴 손가락에 딸려 나왔다. 아저씨는 남자치고 손이 고운 편이다. 훤칠한 키에 배도 안 나오고, 외모는 꽃중년인데 입만 열면 망가진다.

"고맙습니다."

내 앞에 당도한 세종대왕 두 분을 깍듯이 모셔 왔다. 용돈을 거절할 만큼 아저씨를 혐오하진 않는다. 새아빠로서 아저씨는 못 견디게 불편한 사람은 아니다.

"추운데 스타킹 하나만 신고 나가니?"

엄마는 주방에서 나를 따라 나오며 말했다.

"겨울엔 어떻게 입어도 추워."

"학교까지 태워다 줄까?"

"아니. 별스럽게 보이기 싫어."

"그래, 그래."

엄마는 아차 싶은지 입을 다물었다.

"네 책상에 패션 잡지가 있더라?"

다림질한 교복 스커트를 들고 내 방에 들어갔다가 봤나 보았다.

"그거? 소리라는 애가 집에 굴러다니던 거라며 보라고 줬어. 뭐 볼 게 있다고."

말이 왜 또 이따위로 나오지? 내가 이렇게 말하는 걸 소리나 이랑이 듣는다면 기절을 할지도 모른다.

"영화 같이 본다는 애?"

엄마가 내 눈치를 보며 물었다.

"어, 걘 뭐든 친구들한테 주지 않고는 못 배겨."

"성격이 좋은가 보네."

엄마의 입매가 예쁘게 벌어졌다.

"언제 한번 친구들 집으로 데려와라. 오랜만에 요리 솜씨 좀 발휘해 보게."

"봐서."

"애들은 가정식 떡볶이보다 패밀리 레스토랑 스테이크를 좋아한다고."

주방에서 아저씨가 목을 빼고 말했다. 엄마는 아저씨를 정말 잘 만난 것 같다. 저만한 우울증 치료제가 어디 있겠어.

거실 소파에 걸쳐 두었던 교복 윗도리를 입었다.

"양치하고 나갈 거니까 엄만 아저씨랑 식사해."

엄마는 고개를 끄덕이고 주방으로 갔다. 아저씨가 "저기!" 하고 엄마를 부른 참이었다. 아저씨는 엄마를 '여보'도 아니고 '은성 엄마'도 아니고 '저기'라고 부른다. 아저씨의 허풍을 참아 줄 수 있는 건 생각보다 순진한 사람이기 때문이다. 엄마가 이자카야집 사장님께 반한 이유도 그래서가 아니었을까?

아저씨 얘기를 처음 들었을 때 '하필 술집 사장님이야.' 싶었지만 트집은 잡지 않았다. 우울증 3년 차의 중년 여성을 해피하게 만든 주인공이 궁금했을 뿐이다. 나는 중학교 3학년이었고, 남편과 사별한 고통을 마술처럼 치유한 사람이 남편과 전혀 다른 남자였다는 게 믿을 수 없었다. 말수가 적고 성실한 직장인이었던 아빠는 내가 6학년 때 간암으로 돌아가셨다. 그때 생각은 하고 싶지도 않다.

으으, 추워라. 바람이 심해 체감 온도가 영하 15도는 될 것 같았다. 종아리가 쓰라렸다. 학교까지 태워다 준다고 했을 때 알았다고 할걸. 엄마가 잘해 주려고 할수록 삐딱하게 굴게 된다. 엄마의 우울증으로 내 사춘기가 더럽게 화려했던 걸 생각하면 아직도 속이 와글거린다. 내가 친구들을 주물럭거리며 가지고 놀았던 것도 순전히 내 탓만은 아니었다. 안에서 꿀꿀했던 만큼 밖에선 내 세상이고 싶었다고. 그뿐이다.

소리가 준 잡지는 집에 가져온 날 밤새 다 보았다. 멈출 수가 없었다. 이성 친구와 동성 친구를 만날 때의 코디 방법, 훈남 훈녀 커플 코너 따위만 빼면 몇 번이라도 다시 볼 수 있을 것 같았다. 데님 점프슈트에 가죽 재킷, 빈티지한 야상 점퍼와 레인 부츠, 블랙 스키니 팬츠에 워커…… 몽땅 입어 보고 싶었다. 내 옷 태는 내가 봐도 죽여주는데. 지금 내 꼴은 패션 테러라 할 만큼 엉망진창이다. 슈퍼모델 뺨치는 스타일로 부러움을 샀던 나는 전학을 오면서 촌티 쩌는 애로 탈바꿈했다. 고등학교를 졸업할 때까지는 절대 튀지 않고 살기로 했다. 정말 정말 한심한 인생이다.

소리가 이랑에게 준 천 커버 드로잉 북은 있는 정성 없는 정성 다 들여 만든 것 같았다. 천을 덮었다기보다 애정을 덮어씌웠다고 할까? 소리는 취미라고 할 만큼 시도 때도 없이 선물하는 걸 좋아하지만, 이랑에겐 특히 공을 들인다. 동전 지갑, 컵 받침, 사진 액자, 필기구 주머니, 내가 본 것만 해도 장난이 아니다. 깜짝 놀랄 만한 수예 실력도 이랑을 위해 타고난 게 틀림없다. 그동안 나한테 준 패션 양말이나 디자인 포스트잇 같은 공산품은 초라해 보일 수밖에 없다.

이랑과 소리는 서로에게 정말 끔찍하다. 아마 친자매라도 그렇게는 못 할걸? 만나면 어린애들처럼 티격태격하는 게 일이지만, 너무 친해서 그런 거다. 하고 싶은 말은 참지 못하는 소리도, 까칠한 이랑도 나에겐 그러지 않는다. 둘은 초등학교 때부터 친구였다고 한다. 성격은 완전 딴판인데 노랑-보라의 보색처럼 신기하게 어울린다. 내가 가끔 소외감을 느낄 때가 있다는 걸 걔들은 까맣게 모르겠지?

* * *

"어머 이은성, 이거 언제 난 상처야? 너도 이제 오드리 집사 티가 제대로 난다."

이랑은 식판을 내려놓고 의자에 앉으며 말했다. 내 손등에 난 두 줄의 상처를 귀한 표식이나 되는 듯 내려다보고 있었다. 오드리가 남겨 준 상처였다. 내 등으로 올라타 목을 감으려 했을 때 꺅소리를 지르며 팔짝팔짝 뛰다가 당했다.

"그럼 난 영광이지."

나는 보리밥과 짜장 소스를 섞으며 웃었다.

"오드리랑 친해지기 진짜 진짜 어려웠는데."

정말이었다. 오드리를 만질 수 있게 되기까지 얼마나 필사적으로 노력했는데. 오드리와 친해지는 건 이랑과 친해지는 일이니까. 그때는 속상해 죽는 줄 알았다. 내 몸에 상처가 나는 건 아주 질색이다.

"난 니가 끝끝내 오드리를 께름칙하게 생각할 줄 알았어. 첨엔 그랬잖아. 으스스한 추리소설에 나오는 검은 고양이를 보는 것처럼."

이랑이 말했다.

"내가 그 정도였나?"

나는 상처가 있는 왼손을 들어 올리며 웃었다.

"오드리가 몰티즈 같은 애완견이었다면 잘 데리고 놀았을 거야. 집에서 키워 본 적도 있거든. 근데 고양인 좀 다르더라. 강아지한테는 없는 요오상한 기운이 느껴지는 거 있지?"

"그래, 맞아. 요오상한 기운이 있지."

이랑은 재미있다는 듯 웃었다.

"그래서 난 고양이가 좋아. 도도하고 자존심도 세고 어떤 고양이든 자기만의 존재감이 있거든. 몰티즈도 정말 귀엽긴 하더라. 언제 키웠더랬어?"

"음, 초등학교 때 잠깐. 3개월쯤 키우다 친척집으로 보냈어. 낮에 혼자 집을 지키는 게 큰 스트레스였던지 잘 먹지도 않고 신발만 물어뜯어서. 그땐 엄마가 직장에 다녔거든. 친척집엔 키우던 개가 한 마리 있고 식구도 많아서 곧 명랑해졌대."

이러다 거짓말 선수가 되지 않을까 몰라. 집에서 3개월 동안 몰티즈를 키운 건 사실이다. 하지만 초등학교 때가 아니라 중2 때였고, 엄마의 우울증 치료에 도움이 될까 싶어 기르다 녀석마저 우울증에 걸려 친척집으로 보냈다.

"오늘 급식 메뉴 괜찮지."

이랑은 뺨이 볼록해질 만큼 음식을 잔뜩 입에 넣고 오물거렸다.

"어, 짜장밥에 탕슉에 모둠 산적까지."

몰티즈 얘기가 일찍 끝나서 다행이다. 거짓말을 하면 머리를 계속 굴려야 해서 피곤해진다.

"참, 이따 소리 만나서 오드리 사료 사러 가기로 했는데. 같이 갈래?"

이랑이 깜빡 잊고 있었다는 듯 말했다.

"그럴까?"

"그럴까, 라니. 무조건 같이 가야지. 너도 엄연한 오드리 집산데."

이랑에게 이런 말을 들으면 날아갈 것 같다. 이랑과 소리, 나, 이렇게 셋이 한 세트가 된 것 같기 때문이다. 공원 근처의 애완동물 용품 할인 마트엔 나도 한 번 가 봤다.

"소리는 오늘 야자 안 한대? 목요일이잖아."

소리네 학교는 월요일에서 금요일까지 야자를 하는데, 소리는 학원에 가는 월수금은 야자에서 빠지고 화목만 야자를 한다. 우리 학교는 드물게도 야자가 선택제고 이랑과 나는 야자를 선택하지 않았다. '학업에 열심이고 성실함' 따위의 생활기록부 칭찬 글 한 줄과 자유 시간을 맞바꿀 만큼 우리 둘 다 멍청하지는 않다.

"야탈권 받아서 나온대."

이랑은 냅킨 통에서 냅킨을 한 장 뽑고 키득 웃었다.

"아하, 그게 있었지? 야탈권."

소리는 야탈권을 받아 내는 데 선수다. '야탈권'은 '야자 탈출권'의 줄임말. 개인 사정이 있을 때 담임에게 말하면 야탈권에 도장을 찍어 준다고 한다.

"야탈 사유를 뭐라고 했대?"

"부모 잃은 아이 급식 목적."

이랑과 나는 웃음을 터뜨렸다. 이랑은 숟가락으로 식판까지 두드렸다. 밥을 먹던 아이들이 "뭔데 그래?" 하며 뭔지도 모르고 같이 웃었다.

"더 웃긴 건, 그게 통과됐다는 거야. 담임이 봉사 확인서를 받아오면 봉사 활동 점수를 준다고 했대."

배꼽이 빠질 것처럼 웃겼다.

"소리도 소리지만 걔네 담임 급호감이다."

"내 말이."

"사료 사려면 돈 모아야 하는 거 아냐?"

내가 물었다. 오드리에게 들어가는 경비는 셋이 돈을 모아 충당한다.

"아직 남은 돈 있어. 아 근데, 이모 고양이 알레르기 때문에 어떡하지? 고민이다."

이랑이 탕수육 하나를 집어 들고 시무룩하게 말했다.

"이모는 아무 생각 안 하는 것 같던데? 연고 바르면 좀 낫다잖아."

"고양이 알레르기 방심하면 골치 아파지는 수가 있거든."

"탕수육이나 먹어. 너무 심각하다."

이랑의 젓가락에서 탕수육을 빼 입에다 넣어 주었다.

"먹여 주니까 기분 괜찮은데? 오늘만 내 메이드 해라, 이은성."

이랑은 장난스럽게 히히 웃었다.

당황할 뻔했다. 나에겐 한때 메이드가 있었다. 너무나도 헌신적이었던 아이 수영…… 수영 그리고 그 애와 함께 '나를 빼놓은 내 생일'에 카니발을 벌였던 애들은 지금 어떻게 지내고 있을까.

*　*　*

"야탈권 무사 통과였다며? 부모 잃은 아이 급식, 웃겨 죽는 줄 알았어."

공원 입구에 나타난 소리를 보고 내가 말했다. 날씨가 추워 입김이 폴폴 나왔다.

"그런 말을 생각해 내다니, 나 정말 천잰가 봐. 야탈 사유 앞으로도 백 가지는 더 만들어 낼 수 있어."

애완동물용품 할인 마트 쪽으로 걸어가며 소리가 말했다.

"너, 담임한테 여우 떤 거 아니야?"

이랑이 눈에 힘을 빡 주자 소리가 응수했다.

"아니거든? 까칠한 타조야."

"잘난 척하는 까마귀."

"스트레스 잘 받는 소라게."

"가벼운 해파리."

"멍멍."

"미야아우."

"그만들 해."

32

나는 이랑과 소리 뒤에서 양팔을 둥글게 하여 재잘거리는 입들을 막았다. 둘이 티격태격할 때마다 아직 덜 그려진 삼각형의 한 변이 된 것 같은 기분이다. 너희가 이 기분 알 리 없지.

애완동물용품 할인 마트에 도착해 우리는 신나게 매장을 돌았다. 입구에 진열된 애견, 애묘 장난감들부터 우리의 눈을 사로잡았다. 전에도 봤지만 눈요깃거리로는 그만이었다.

"어쩜 이렇게 예쁘게 만들었지? 인간 아기들이 가지고 놀아도 될 것 같아."

"우울한 인간으로 태어나느니 해피한 애완동물로 태어나는 게 나을지도 몰라."

이랑과 소리는 만져 보고 들춰 보고 하며 감탄하고 또 감탄했다. 펫숍에서 얼마나 즐거운가는 펫에 대한 사랑의 크기와 맞먹나 보다.

"와우, 오뎅바 못 보던 거네?"

이랑은 긴 막대 끝의 낚싯줄에 쥐 인형이 매달린 장난감을 집어 들고 말했다. 막대를 잡고 손목에 반동을 주니 주황색 쥐가 힘차게 움직였다.

"오드리가 보면 정신 나가겠는걸? 하나 사 주고 싶다."

선물을 좋아하는 소리는 펫숍에 와서도 선물 생각뿐인가 보다.

"와우, 잠자리 쿠션 완전 예뻐."

이랑이 동그랗고 커다랗게 입을 벌린 잠자리 쿠션을 보고 말했다.

"우리 한번 앉아 볼까?"

소리가 눈신호를 보내자 이랑이 고개를 끄덕였다. 가방을 바닥에 내려놓고 코트를 벗은 다음 소리는 얼룩소 모양, 이랑은 원숭이 모양의 쿠션을 골라 엉덩이를 들이밀고 앉았다. 가뜩이나 짧은 교복 치마가 더 짧아져 아슬아슬해 보였다.

"울랄라! 우리 엉덩이가 이렇게 작았나?"

"야하, 앉을 만하네."

소리와 이랑은 웃음을 터뜨렸다. 쿠션을 엉덩이에 낀 채로 엉거주춤 뒤뚱거리는 모습을 보고 나도 웃지 않을 수 없었다.

"못살아!"

"은성이 너도 거기 앉아 봐."

소리가 양 모양의 잠자리 쿠션을 가리키며 말했다.

"그럴까?"

나도 코트를 벗어 가방에 걸쳐 놓고 양의 입속으로 엉덩이를 넣었다.

"웬일이니? 은성인 엉덩이가 안 끼어. 우린 뭐야? 굴욕이다."

소리가 두 팔을 앞으로 뻗고 그 사이에 고개를 처박았다.

"은성이 엉덩이가 너무 납작한 거지. 우리 이렇게 하고 나란히 앉아 보자."

이랑이 말하고 소리와 나를 양옆으로 끌어당겼다. 소리-이랑-나. 세 명의 집사는 이렇게 붙어 앉았다.

"채 집사, 이 집사, 오늘 기분 정말 최고야옹. 우리 오드리에게도 잠자리 쿠션을 하나 마련해 줄까용?"

소리가 야옹어로 말했다.

"냥이들에겐 쓸모없는 물건이야옹. 한 곳에서만 자는 게 아니라 여기저기 옮겨 다니며 그루밍을 하고 잠드니까용."

이랑이 대답했다. 이때 "카톡" 하는 소리가 들렸다.

"누구 거지?"

셋 다 코트와 교복 재킷을 뒤져 스마트폰을 꺼냈다.

"난 또."

이랑이 말하며 스마트폰을 다시 주머니에 넣었다.

"누구야?"

소리가 물었다.

"엄마. 너무 늦게까지 돌아다니지 말라고."

이랑이 대답했다.

"우리 집이랑 너무 다르다니까. 울 엄만 내가 새벽에 들어가도 모를 거야. 밤새 미드에 빠져 있느라."

소리 말에 이랑과 나는 "좋겠네~" 하며 웃었다.

"사료 보러 가자."

이랑이 먼저 일어나 교복 스커트를 탁탁 털었다. 소리와 나도 잠자리 쿠션에서 빠져나왔다. 오드리가 먹는 사료는 슈퍼 프리미엄. 만날 똑같은 사료만 먹는데 오드리는 질리지 않을까? 내가 매일같이 쌀밥만 먹는다고 생각하면 토할 것 같다.

이렇게 흥분돼 보기도 오랜만이다. 소리와 이랑 사이에도 비밀이 있다니! 애완동물용품 할인 마트에서 고양이 잠자리 쿠션에 나란히 앉아 있을 때, 나는 보았다. 이랑의 스마트폰에 뜬 이름을. 이로마. 나는 한 번도 얼굴을 본 적이 없지만 이로마는 유명인사 아니던가. 이랑이 다니는 화실 선생님의 아들이고. 이랑의 스마트폰에 뜬 그 이름을 내가 놓칠 리 없었다. 카톡 수신음을 듣고 스마트폰을 꺼낸 이랑은 소리를 흘끔 쳐다보더니 폰을 다시 주머니에 넣었다. 아무것도 모르는 소리는 엄마에게서 카톡이 왔다는 이랑의 말에 자기 엄마가 무심하다느니 하면서 투덜거리기만 했다.

이로마의 카톡 메시지를 봤어야 했는데. 소리에게 숨기려고 했던 걸 보면 뭔가 비밀이 있는 게 틀림없었다. 이랑과 로마, 혹시 둘이 '썸' 타고 있나? 가능성은 충분했다. 한번 정리해 볼까.

1. 이랑은 로마 엄마의 화실에 다니고 있다.
2. 자기 엄마의 화실이니 로마도 자주 들락거릴 것이다.
3. 자연히 둘이 자주 마주칠 것이고?
4. 그러다 보면 친해지는 건 시간문제.
5. 이랑 정도면 남자애들이 충분히 호감을 가질 만하고, 듣자 하니 이로마도 웬만한 여자애들이면 군침을 흘릴 만큼 끌리는 데가 있는 인물.

6. 그러니 안 될 게 뭐 있어?

흠, 소설 쓰는 건 소리가 해야 할 일인데 내가 소설을 쓰고 있잖아. 이러다 채이랑 스토커가 되는 거 아닌지 몰라. 정신 바아짝 차려야지. 다시는 친구 관계를 망치고 싶지 않았다. 지옥에서 구사일생으로 살아 나온 지 채 1년도 안 되었다. 지금까지 해 오던 대로만 하면 명작극장의 일원이자 오드리의 세 집사 중 하나로 지낼 수 있다. 최상이잖아? 그래, 이랑에게도, 소리에게도 모르는 척해야지. 나는 이랑의 스마트폰에 뜬 이름을 보지 못한 거다.

수영의 표현에 따르면, 나는 친구들을 손아귀에 넣고 쥐고 흔들다 비참한 최후를 맞았다. 손아귀에 넣고 쥐고 흔들다니. 그 말을 들었을 때 나는 "닥쳐!"라고 소리치고 싶었지만 가만있었다. 아니, 한 마디도 말할 힘이 없었다. 그리고 냉정하게 생각하면 수영의 말이 완전히 틀리지는 않았다. 내가 친구들 사이에서 여왕 노릇을 했던 건 사실이니까.

하지만 수영을 빼면 나는 친구들에게 해를 입히지는 않았다. 몰려다니면서 모두가 재밌게 놀았잖아? 내가 여왕 행세를 했다면 개들이 나를 그렇게 떠받들었기 때문이다. 자기들이 내 머리에 왕관을 씌워 놓고 나서 여왕 행세를 한 게 죄라며 가차 없이 처단한 게 백배는 더 나빴다. 못된 계집애들.

엄마가 우울증에 시달리고 있었을 때, 나는 집에 들어가기가 싫어 할 수 있는 한 밖에서 놀았다. 놀 마음만 먹으면 같이 놀 아이들은 얼마든지 있었다. 수영은 그중 하나였다. 내 팔등신 몸매를 찬양하며 알아서 시녀처럼 굴었던 아이, 수영. 처음엔 몸종을 부리는 듯한 쾌감을 즐겼지만, 그것도 2년 가까이 되니 그림자처럼 나를 따라다니는 그 애가 지긋지긋해졌다. 그러다 대놓고 수영을 무시하기 시작했는데, 지금 생각하면 그때 내가 제정신이 아니었던 것 같다. 엄마가 아저씨랑 재혼을 하고 얼마 되지 않았을 때였다.

그리고 고등학교 입학식을 앞둔 2월, 열일곱 살 내 생일에 친구들에게 카톡으로 초대장을 보내면서 나는 수영을 빼놓았다. 언젠가 알게 될지도 몰랐지만 그런 것까지 생각하고 싶진 않았다. 대충 둘러댈 작정이었다. 어머, 못 받았니? 당연히 너에게도 보낸 줄 알았는데. 하지만 내 생일엔 수영이만 빠진 게 아니었다. 아무도 오지 않았다. 초대장을 받은 아이들 전부! 수영은 나에게 전화를 걸어 말했다. 너 혼자 생일 파티 잘 하고 있니? 우린 모두 근사한 데 모여서 너를 빼놓은 네 생일에 카니발이라도 벌일 참인데. 그거 아니? 넌 친구들을 손아귀에 넣고 쥐고 흔들다 비참한 최후를 맞은 거야. 나는 단골 카페 단체석에 혼자 앉아 입술 한 번 달싹이지 못했다. 누구든 홀릴 것처럼 차려입은 채 얼빠진 표정을 하고서.

그다음 두 달이 어떻게 지나갔는지 모르겠다. 혼자 외톨이가 되어 캄캄한 지옥의 밑바닥을 굴러다니고 있었다는 것밖에. 지옥에서 깨달은 것은 딱 한 가지다.

튀지 말라.

전학 오면서 내가 수행하기로 한 미션은 이전까지의 이미지를 완전히 바꾸는 것이었다. 이랑과 소리를 만나면서 이미지 변신에 성공했다. 나는 정말 이랑, 소리와 영원토록 붙어 다니고 싶다. 특히 이랑. 나는 이랑이 정말 좋다. 프랑스 모델 겸 배우 샤를로트 갱스부르와 닮은 시크한 분위기(몸매만 따진다면 내가 샤를로트 갱스부르에 더 가깝지만), 그에 어울리는 까칠한 성격, 깔끔한 자기 관리…… 하나부터 열 끝까지. 그동안 겪었던 시련을 나는 고통이라 생각하지 않기로 했다. 이랑을 만나기 위한 대가였을지도 모르니까.

소리 - 은성 - **이랑**

말할 수 없는 비밀[*]

　토요일, 오후 한시에 로마를 만나기로 했다. 뭘 입고 나가지? 거울 앞에서 한 시간째 입었다 벗었다 했는데 딱 이거다 싶은 옷이 없었다. 벼룩시장에서 어느 멋쟁이 언니에게 산 옅은 보라색 니트는 세 번이나 입어 봤다. 그런데 나 왜 이렇게 옷차림에 신경 쓰지? 남친이란 게 생기니 별게 다 고민이다.

　하긴 그럴 수밖에 없지. 로마랑 같이 다니려면 여자애들의 흘깃거리는 시선을 수시로 감당해야 한다. 그럴 때마다 "남자가 밀지는데?" 이렇게 수군거리는 소리가 들리는 것만 같다. 하지만 은근히 우쭐해지는 것도 사실이다. 애들아, 나 이런 남자애랑 사귄다.

・대만 영화 〈말할 수 없는 비밀〉에서 제목을 따옴.

로마를 만나기 전까지는 내가 이렇게까지 유치해질지 몰랐다.

"카톡."

침대에 쌓인 옷들 속에서 카카오톡 수신음이 들렸다. 정신없이 널려 있는 옷들을 헤집어 스마트폰을 찾아냈다. 엄마였다. 어린이집 보육 교사인 엄마는 토요일에도 출근을 한다. 아이들 없는 어린이집에서 어른들끼리 호호호 깔깔깔 놀고 있을 거다. 원장이 엄마 친구다. 쇠고기뭇국과 감자볶음으로 점심을 대충 해결하라는 말밖에 다른 말은 없었다. '응응.' 간단히 답장을 보냈다.

기회를 봐서 용돈 인상 요구를 해야 하는데, 아빠 회사에서 내년에도 임금을 동결할 거라는 얘기가 있어 용돈의 '용' 자도 못 꺼내고 있다. 이번 달은 크리스마스가 있어 용돈이 턱없이 부족하다. 돈 안 들이고 괜찮은 선물을 할 방법, 뭐 없을까?

입고 나갈 옷을 최종 결정 했다. 워싱 처리 한 청바지에 길이가 언밸런스한 초록색 스웨터, 빨간색 짧은 울 코트. 좀 오래된 티가 나지만 새 옷처럼 보이는 것보단 낫겠지. 근데 초록색과 빨간색이라……. 너무 튀는데? 하지만 더 이상 잴 시간이 없었다. 아니, 너무 늦었다. 지금 바로 나간다 해도 십 분은 늦을 것 같았다.

로마에게 전화를 걸었다. 받지 않았다. 두 번째도 받지 않았고, 세 번째에는 중간에 통화음이 끊겼다. 받을 수 없는 상황인가? 십 분에서 십오 분쯤 늦을 거라고 카톡을 보냈다. 약속 장소에 도착하기 전까지는 확인을 해야 하는데.

*　*　*

　나는 정확히 십 분을 늦었다. 그리고 지금은 한시 이십분. 내가 지하철을 타고 오는 동안 로마는 카톡을 확인했고, 자기도 좀 늦을지 모른다고 답을 했다. 그러고는 지금까지 아무 말이 없었다. 한겨울에 바깥에서 달달 떨며 남친을 기다리자니 기분이 별로였다. 낮 기온이 영하 7도까지 내려가는 날씨에 약속 장소가 지하철역 3번 출구 앞이라니. 게다가 한 번도 와 보지 않은 낯선 동네였다. 대체 이런 곳을 약속 장소로 잡은 이유가 뭐지? 지지리 고생을 시키다 손바닥으로 눈을 가린 채 환상의 장소로 데려가 짠! 서프라이즈를 할 게 아니라면 말이다. 카톡을 다시 보낼까 하다가 그만두었다. 조바심치는 것처럼 보이긴 싫다.

　소리의 충고가 문득 떠올라 좀 불안했다.

로마를 조심하라.

　소리가 전혀 없는 말을 하지는 않았다. 나도 로마에게서 들은 게 있으니까. 로마가 연극과, 무용과, 국악과를 넘나들며 여친을 갈아치웠다는 소리의 얘기는 맞지도 틀리지도 않았다. "채이랑, 밤인데 집까지 데려다줄까?" 자기 엄마 심부름으로 화실에 왔다가 나를 따라 나오며 슬쩍 말을 걸었던 날, 로마는 학교생활에 대해 이런저런 얘기를 하다가 이렇게 털어놓았다.

"너도 내가 이 여자애, 저 여자애 수시로 바꿔 가며 만나고 다니는 줄 알겠지? 뭐, 완전히 틀린 말은 아니지. 만나긴 만났으니까. 하지만 내가 한 일은 이 여자애, 저 여자애, 나한테 마구 덤비는 애들을 최대한 시끄럽지 않게 돌려보낸 것뿐이야. 물론 영화를 같이 본 애도 있고 야구장에 같이 간 애도 있었지. 좋은 친구로 지낼 수도 있는데 굳이 그런 것까지 거절하면서 불편해질 필요는 없잖아. 그걸 '사귄다'고 말한다면 내가 이 여자애, 저 여자애 수시로 바꿔 가며 사귄 게 맞아."

로마는 자신에 대해 떠도는 풍문을 내가 다 알고 있다고 믿는 것 같았다. 전혀 뜻밖의 얘기라 좀 놀라기는 했지만 불쾌하지는 않았다. 그런 얘기를 대수롭지 않게 했기 때문이다. 만일 로마가 소문에 대해 변명하고 억울해하고 분개했다면 오히려 우습게 보였을지 모른다. 적어도 그는 당당해 보였다. 안 그랬다면 집 앞까지 와서 "이제 너 화실 오는 날은 내가 집까지 보디가드 해 줄까? 어차피 운동도 해야 하니까." 하는 그에게 "한 번이면 됐어. 잘 가." 하고 돌아섰겠지.

그 이후로 로마는 내가 화실에 가는 날 근처에서 기다렸다가 집까지 나를 데려다주고 있다. 버스로 세 정거장. 도보로 약 이십 분 거리다. 이제 꼭 2주, 로마와 여섯 번 비밀 산책을 했다. 세 번째 비밀 산책 때부터 로마는 내 어깨에 손을 올려놓기 시작했다. 다섯 번째와 여섯 번째에는 어깨에 올린 손으로 내 머리카락을 잡아 배배 꼬기도 했다. 내가 그러는 것처럼. 로마가 어깨에 손을 얹을 때마다 아찔아찔 현기증이 일었다. 뭐라고 표현할 수 없는 기분 좋은 느낌, 생전 처음이었다.

화실 선생님, 로마의 엄마는 우리가 만나는 걸 모른다. 로마는 자기 엄마가 오버할지도 모른다며 비밀로 하자고 했다.

"엄마가 알면 날 죽이려고 할 거야. 내가 널 꼬셨다고 생각하겠지."

픽, 웃음이 나왔다. 그럼 아니었어?

생각해 보니 당분간은 로마와 만나는 걸 공개하지 않는 게 나을 것 같기도 했다. 남친과 영원할 것처럼 데이트 명소에 사랑의 자물쇠까지 채우고 호들갑을 떨다가 얼마 안 가 깨지는 커플이 얼마나 많아. 그렇게 우스운 꼴은 되고 싶지 않았다. 눈치 900단 소리가 로마를 의심쩍어하며 로마 주의령을 내릴 땐 뜨끔했다. 미안하다 소리야, 흑흑. 그리고 로마는 네가 생각하는 것처럼 그렇게 양아치 같은 녀석은 아니야.

하지만

로마에게서 아무런 연락도 없이 한시 이십오분이 다 되어 가는 지금은 그런 믿음이 흔들리고 있었다. 이렇게 무책임한 애였어? 게다가 오늘은 밤 산책 말고 로마와 밖에서 만나는 첫날이었다. 조금 전 '어디야?' 하고 카톡을 보냈지만 확인도 하지 않고 있었다. 전화도 받지 않았다. 온몸이 얼어붙어 누가 치고 지나가기라도 한다면 뎅겅 부러질 것만 같았다. 그냥 가 버릴까?

차갑게 언 뺨이 미치게 쓰라렸다. 이러려고 많지도 않은 옷들을 백 번도 넘게 갈아입었던 거야? 정말 최악이었다. 아무리 압도적인 킹카라도 좀 더 신중했어야 했는데. 내가 너무 가벼웠어.

로마와 사귀기로 결심한 이유를 냉정히 생각해 보니 분명한 답이 나왔다. 허세였어. 장근석 뺨치는 남자애가 나에게 대시를 한다, 비주얼이 최상급이라는 건 알지만 그동안 별다른 매력을 느끼진 않았는데 막상 대시를 해 오니 싫지는 않다, 결혼을 하자는 것도 아닌데 나쁠 게 뭐 있어, 그를 추종하는 여자애들의 맨 꼭대기에 올라가 그가 내민 손을 잡는다, 오케이! 이렇게 된 거다. 허세치고도 정말 정말 한심한 허세였다. 내가 자기 관리를 잘하는 애라고? 소리와 은성이 이런 나를 본다면 감쪽같이 속았다고 하겠지. 나도 나에게 속았는데 뭐.

오후 1:30. 스마트폰에 뜬 숫자를 보자 어이없게도 마음이 편해졌다. 잘됐어. 그만둘 거면 빠를수록 좋아. 일단 이 기분 나쁜 장소를 벗어나자. 발이 꽁꽁 얼어붙어 걸을 수나 있을지 모르겠다.

그런데, 하늘이 날 놀리려고 작정하셨나?

"로마……."

지하철역 계단을 내려가려고 하는데 저 밑에서 로마가 올라오고 있었다. 한 손으로는 어떤 할머니를 부축하고 또 한 손으론 짐보따리를 든 채.

*　*　*

일러스트 작가 12인이 열고 있는 동화 일러스트 전시회는 나를 한 방에 녹여 버리고 말았다. 몸도 마음도 모두. 이런 환상의 세계로 나를 데려올 계획인 줄 누가 알았을까. 말 그대로 서프라이즈! 지하철역 3번 출구에서의 삼십 분간은 귀한 티켓을 얻기 위한 기다림이 아니었나 싶었다. 나는 그것도 모르고 별별 생각을 다 하며 로마를 의심했다니. 게다가 로마는 짐 보따리를 든 파파 할머니를 돕기까지 했잖아?

"좀 춥긴 했지만 분명히 무슨 일이 있을 거라고 생각했지."

낯간지럽게 나는 로마에게 거짓말을 했다.

"무슨 일은 누구에게나, 언제나 일어나고 있어. 다만 알 수 없을 뿐이지."

로마가 말하고 훗 웃었다. 어른스러워 보였다. 양쪽 팔이 체크인 반코트에 길고 긴 머플러를 둘둘 만 옷차림도 그랬다.

로마는 약속 시간에 늦은 이유를 이렇게 설명했다.

"열차에서 내렸을 때 한시 십오분이었거든? 전화나 카톡을 하는 것보다 일 분이라도 빨리 뛰어 올라오는 게 낫겠더라고. 그런데 바로 할머니를 발견한 거야. 보따리 들고 쩔쩔매고 계신데 그냥 지나칠 수가 있어야지. 어쩔 수가 없었다니까. 네가 그런 거 이해 못 할 애였다면 중간에 할머니를 세워 놓고 전화라도 했겠지. 하지만 넌 그렇게 속 좁은 애가 아니잖아."

내가 그렇게 속 좁은 애라는 거, 나도 오늘에야 알았단다. 어쨌든 눈이 멀 것처럼 예쁜 그림들이 가득한 곳에서 나는 마음이 한결 편해졌다.

"이 정도 그리려면 그림 공부를 얼마나 해야 할까?"

나는 나무 위의 체셔 고양이를 앨리스가 올려다보고 있는 그림 앞에서 중얼거렸다. 나무에 비해 고양이가 너무나 크다는 생각이 들었지만 이건 모두 상상이니까.

"이제 시작했으면서 뭐. 그림 그릴 때 필요 이상 조심하는 것 같다는 생각은 들더라."

로마가 말했다.

"나도 좀 과감해졌으면 좋겠는데 그게 잘 안 돼. 옷이 더러워질까 봐 놀지도 못하는 애처럼."

나는 이렇게 말하고 얼른 옆 그림으로 갔다. 얼굴에 히터를 갖다 댄 것처럼 더웠다. 언제부터 내 그림을 눈여겨봤지? 보여 줄 만한 거라곤 하나도 없었는데.

『이상한 나라의 앨리스』, 『오즈의 마법사』, 『어린 왕자』 일러스트들을 차례로 구경하며 전시실을 돌았다. 명작 동화 이야기가 개성 넘치는 그림들과 오브제들로 새롭게 탄생하고 있었다.

"어린 왕자 나이가 지금 몇 살인 줄 알아?"

초록 우산을 쓴 어린 왕자 앞에서 로마가 물었다.

"어? 그, 그을쎄……?"

내가 말을 더듬은 건 느닷없는 질문을 받아서가 아니었다. 로마의 오른손이 내 오른쪽 어깨에 올라와 있었다. 손에다 꼭 힘을 주는데 다섯 손가락의 무게감과 함께 다정한 느낌이 전해져 왔다. 비밀 산책 때는 밤이었지만 환한 대낮에 이렇게 사람이 많은 데서……. 가슴이 심하게 쿵쾅거렸다.

"생텍쥐페리가 『어린 왕자』를 쓴 게 1940년이니까 이제 74세가 됐겠지?"

"아하, 난 또. 74세에도 식을 줄 모르는 어린 왕자의 인기라니. 해피 프린스야."

아무렇지도 않은 척 말했지만 내 신경은 온통 어깨에 집중해 있었다. 장미꽃에 물을 주는 어린 왕자 쪽으로 갈 때 로마가 손을 내렸다. 색동 숄을 두른 언니가 지나치다 말을 걸었을 때였다.

"친구들 도슨트°로 나섰나 봐, 오늘?"

언니는 로마를 보며 말하고 있었다.

"네?"

로마는 당황하며 얼굴을 붉혔다. 입구 쪽으로 가면서 언니가 묘한 웃음을 날렸다. 갤러리나 전시회 관계자인 것 같았다.

"저 언니 알아?"

"아니? 사람을 잘못 본 것 같은데?"

전시 작품으로 고개를 돌렸지만 로마의 얼굴은 새빨개져 있었다.

• 박물관이나 미술관 등에서 관람객들에게 전시물과 작가에 대해 설명하고 안내해 주는 사람.

"대충 둘러보고 나갈까? 사람이 너무 많다."

"그래도 대충 보고 싶진 않은데……."

나는 로마의 말대로 하고 싶지 않았다. 사람 많다고 이 멋진 그림들을 건성으로 훑고 간단 말이야? 사실 참기 힘들 만큼 관람객이 많은 것도 아니었다.

"볼만한 건 다 봤으니까."

로마는 서둘러 다음 섹션으로 발걸음을 옮겼다.

"너 먼저 보고 1층에서 기다리고 있을래? 난 좀 천천히 구경하고 싶으니까."

로마에게 말했다. 나는 어린 왕자를 떠날 생각이 없었다. 로마의 태도가 마음에 들지 않았다. 자기 멋대로잖아.

"아, 넌 좀 꼼꼼히 보고 싶겠구나? 미래의 일러스트 작가니까 당연히. 같이 보고 나가지 뭐."

로마가 다시 돌아와 말했다.

빨리 기분 전환을 하지 않으면 하루를 망쳐 버릴 것 같았다. 그래, 로마가 나만큼 그림을 좋아할 순 없지. 좋게 생각하자. 지금 중요한 건 한 가지밖에 없었다. 개성 넘치는 그림을 감상하는 것!

* * *

따라붙는 시선이 귀찮을 정도의 킹카와 사귀려면 하루에도 몇 번씩 기분이 극과 극을 오가야 하는 걸까? 갤러리에서 말을 걸었던 언니 얘기를 꺼냈을 때, 로마는 요거트에 곁들인 망고와 블루베리를 뒤섞다 손을 멈추었다. 갤러리에서 나와 근처 쇼핑 플라자의 푸드코트에 들어갔을 때였다.

"원래 꼬치꼬치 캐묻는 성격이었나?"

로마는 웃었지만 이마에 잡힌 두 개의 세로 주름은 이렇게 말하고 있었다. "나 지금 불쾌한데?" 내가 뭘 그렇게 꼬치꼬치 캐물었다고. 나는 이렇게 말했을 뿐이다.

"아까 갤러리에서 너한테 말 걸었던 귀여운 언니 있지, 사람을 잘못 봤다면 너랑 비슷한 애가 왔던 게 아닐까?"

이 정도 가지고 꼬치꼬치 캐묻느니 한다면 대체 무슨 말을 하라고? 내가 아무 대답 없이 어깨를 으쓱한 것은 정말 할 말이 없었기 때문이다. 하지만 곧 마음이 풀렸다. 첫째, 배가 고팠던 차에 과일 요거트가 기막히게 맛있었고, 둘째, 로마가 그 얘기를 웃으면서 마무리했기 때문이다.

"나도 그런 생각을 하긴 했지. 나처럼 잘생긴 녀석이 또 있었나 하고 말이야, 하하."

그러더니 요거트 맛이 기대 이상이라며, 유럽 여행 때 그리스에서 포크 수블라키라는 돼지고기 꼬치 요리와 함께 먹었던 요거트 소스 얘기를 해 주었다.

"그 소스 이름이 '차지키'거든. 요거트에 올리브 오일과 마늘, 오이가 들어가는데, 시지도 달지도 않은 담백한 맛이라 마아구 퍼 먹었지."

로마는 얘기를 하면서 요거트에 들어 있는 블루베리와 망고를 건져 내 요거트에 얹어 주기도 했다. 나를 기분 좋게 해 주려고 애쓰는 것 같았다.

"난 외국이라곤 한 번도 가 본 적이 없는데. 유럽 여행은 언제 했어?"

로마에게 물었다. 예민남에 대한 불만은 감쪽같이 사라지고 없었다. 내가 이렇게 변덕스러운 애였나? 자기 자신을 들여다보려면 이성 친구를 사귀어 보라. 이런 명언은 없는지 모르겠다.

"열 살 때. 아빠가 여행 작가라 어렸을 때부터 아빠 따라 여행을 많이 다녔거든."

"넌 날 때부터 행운을 타고났구나."

나는 부러움을 담아 말했다. 중소기업 부장님인 아빠를 과소평가할 생각은 없지만, 엄마가 드라마 작가라든가 아빠가 여행 작가라든가 하는 애들이 부러운 건 어쩔 수 없다.

"그때까진 확실한 행운아였지. 유럽 여행 갔다 와 딱 6개월 만에 아빠랑 엄마가 이혼하고선 어정쩡해졌지만."

"그런 일이 있었는지 몰랐어. 내가 미안해할 필욘 없지?"

"그걸 말이라고. 엄마 아빠 라이프스타일이 워낙 자유로워서 이혼쯤 별일도 아니었어. 근데 내 이름이 어떻게 만들어졌는지 알아?"

이렇게 묻고 로마는 빙긋 웃었다.

"음……, 아빠가 로마를 사랑해 로마라고 하셨나?"

"센스 있네."

"헐. 맞았다고? 농담이었는데."

시트콤 같은 얘기가 나올 것 같아 흥미진진해졌다.

"정확히 말하면 아빠 로마에서 여자를 사랑했어. 로마에서 엄마를 만나 사랑에 빠져 결혼을 했고, 로마에서 만든 아이에게 로마라는 이름을 지어 줬지. 그로부터 9년 뒤 아들 로마와 함께 로마에 갔다가 로마 현지 투어 가이드를 하던 여자를 만나 사랑에 빠졌고, 6개월 지나 이혼을 하고 그 여자와 지금까지 로마에 살고 있다는 얘기. 재밌지?"

"완전 영화 같다."

결코 해피한 엔딩은 아니었지만 당사자들이 아닌 나에겐 너무도 낭만적인 이야기였다.

"선생님에겐 충격이었겠다. 남편의 새로운 사랑이 다른 곳도 아니고 로마에서 이루어졌으니까."

"괜찮기야 했겠어? 하지만 엄마도 보통 여자는 아니었지. 나 있는 데서 아빠에게 딱 한마디 하더라. 가라, 로마로."

어쩜, 이런 얘기 난 정말 좋아한다. 선생님, 로마 엄마, 죄송합니다.

"다 먹었으면 그만 일어날까? 동아리 애들 만나기로 했거든."

"응? 으응."

오늘 멍청한 표정을 짓는 게 벌써 몇 번째지? 로마가 냅킨 한 장을 뽑아 내 입가를 닦아 주는 바람에 들고 있던 스푼을 놓칠 뻔했다. 너무 일찍 헤어진다 싶었지만 좀 피곤하긴 했다. 오늘 내내 기분이 극에서 극을 오가며 롤러코스터를 탔으니까. 그래, 세 시간 동안 같이 있었으면 됐지 뭐. 네시 반이 되어 가고 있었다. 어쨌든 '로마'를 테마로 한 로마의 얘기를 들은 오늘, 로마랑 좀 더 가까워진 것 같다.

* * *

"토요일엔 이렇게 꼭 늦게까지 놀다 와야 하니? 화실에서 늦는 것도 겨우 참아 주고 있는데."

이럴 줄 알았다. 그냥 넘어가는 법이 없다니까. 늦는다고 전화까지 했는데도 엄마는 야단이었다. 그럼 학교 안 가는 주말에 놀지 언제 놀아. 게다가 이제 아홉시 조금 넘었을 뿐이다.

"집에 들어오는데 주영이가 전화를 했잖아. 우리 동네라며 잠깐 보자는데 어떻게 안 된다고 해?"

거실 소파에 앉으며 말했다. 짜증은 꾹꾹 눌러 참았다. 이 시점에 용돈 인상 요구는 어림없는 소리겠지만 혹시 또 모르니까.

"오빠?"

"'불금'이라고 새벽까지 놀다 들어와선 오늘 자다가 먹다가 자다가 먹다가 지금은 자고 있나 보다."

엄마는 뭐가 좋은지 후훗 웃었다. 놀고먹기만 해도 기특한가 보다. 고등학교 때도 거의 놀고먹기만 하다가 작년에 딱 3개월 체대 입시 학원에 다니고 운 좋게 '인 서울 대학' 체육학과에 붙어 주었기 때문이다. 오빠를 보면 사는 게 장난 같다.

"아빠?"

"한잔하고 들어오신단다. 아직도 주 6일 근무하는 회사에 무슨 애정이 그렇게 많은지 토요일마다 직원들하고 회식이야. 2차, 3차 까지."

"죽지 못해 다니는 것보단 낫지 뭘. 퇴근해 들어올 때 늘 웃는 얼굴이면 성공한 인생 아냐?"

"두 번만 성공했다간 웃음 폭탄 되겠네."

엄마와 나는 웃음 폭탄을 맞은 것처럼 배를 잡고 웃었다.

"엄마, 우리 고양이 한 마리 키워 보자."

"고양이?"

"어, 고양이."

엄마 기분이 좋을 때 용돈 얘기를 하려다 오드리 얘기를 먼저 해 버리고 말았다. 엄마는 아직 모른다. 명작에서 우리 셋이 오드리를 키운다는 사실을.

"소리 이모네 카페에 야옹이 한 마리가 있는데, 이모한테 고양이 알레르기가 생겨 다른 데로 보내야 할 것 같거든. 정말 정말 예쁘고 사랑스러운 고양이야. 애교도 많고. 오드리 헵번처럼 귀티 나고."

"2남 1녀 키우기도 벅찬데 애완동물까지? 안 될 말씀이지. 그리고 난 집 안에서 동물 키우는 건 무조건 반대야. 게다가 요물 같은 고양이를 키우다니."

TV를 켜려던 엄마는 리모컨을 내려놓고 말했다. 주말 드라마를 보려면 좀 더 기다려야 했다. 2남 1녀 중 1남은 아빠다.

"그래도 한번 생각해 봐. 정말 인형이야, 인형."

"글쎄 됐다니까."

혹시나 했는데 역시나다. 엄마에게 뭘 기대해.

"근데 아빠 연봉은 어떻게 되는 거야?"

오드리는 아예 여지도 없는 것 같고, 엄마가 느슨할 때 용돈 얘기나 해 봐야지.

"아빠 연봉에 웬 관심?"

"다 알면서. 엄마, 제발 부탁이야. 내가 낭비라곤 요만큼도 하지 않는 거 알잖아. 봐봐, 옷도 벼룩시장 다니며 5천 원, 7천 원에 주워다 입잖아. 내가 돈 쓰는 데 얼마나 벌벌 떠는지, 친구들이 나더러 아빠가 혹시 실직자 아니냐고 하더라니까?"

마지막 말은 물론 지어 낸 말이다.

"끔찍한 소리 하고 있네."

"미술 재료비도 점점 더 많이 들어가고, 친구들 만나면 안 쓸 수 없고. 요즘 고딩들은 롯데리아, 맥도날드 잘 안 가거든. 카페에서 만나지."

"부모들 아무리 허리띠 졸라매고 절약해 봐야 애들은 비싼 카페 들락거리면서 아까운 줄 모르고 쓴다니까."

카페 얘긴 괜히 했나 보다.

"하지만 소리 이모네선 반값만 내니까 큰 부담 없어. 우린 거의 거기서 만나거든."

"조카한테 커피값을 받는다고? 맙소사."

이게 아닌데. 상황이 점점 불리한 쪽으로 흘러가고 있었다.

"뭘 얻으려면 딜을 해야지. 달라고 떼만 쓰면 원하는 게 딱딱 나와 주니?"

"딜?"

"화실 일주일에 두 번으로 줄이고 하루는 공부해. 학생은 공부가 기본이지."

화실 가는 횟수를 줄이라니, 차라리 학교에 다니지 말라고 하면 고민해 볼 수도 있겠다.

"딜은 조건이 비슷해야 하지. 엄마 쪽으로 너무 기울잖아."

"거래는 그렇게 시작하는 거야."

"화실 가는 날은 절대 못 줄여."

나는 소파에서 일어났다.

"구걸하는 처지에 빳빳해 가지고."

내 방으로 가는데 엄마가 뒤통수에 대고 말했다. 더 이상 대꾸하고 싶지도 않았다.

그나저나 오드리는 어떡하지? 고양이 알레르기 대수롭지 않게 여겼다가는 고생 진하게 할지도 모른다던데. 소리 이모는 별거 아닌 것처럼 그러지만 난 신경이 쓰일 수밖에 없다. 오드리의 궁극의 주인은 나, 채이랑이니까. 화실 앞에서 오드리와 눈이 마주쳤던 그날부터 지금까지.

방에 들어와 코트만 벗고 책상에 앉았다. 그림이나 그리자. 책상엔 미술 도구들이 널려 있었다. 며칠 전부터 크리스마스카드를 만들기 시작했다. 파티 때 아이들을 깜짝 놀라게 해줄 작정이다. 선물은 어떡하지? 으휴.

스마트폰 갤러리에서 오드리의 사진을 열었다. 천 소파에 두 발을 모으고 엎드려 잠이 든 모습이었다. 붓을 들어 물통에 넣고 휘저은 다음 팔레트의 갈색 물감을 조금씩 풀었다. 크리스마스 파티 때 돌릴 카드엔 모두 오드리를 그려 넣기로 했다. 지금 그리는 카드는 소리에게 줄 거다. 다 그린 다음 말풍선을 만들어 넣어야지. '민 집사님, 꼬리를 잡아당기면 짜증 난단 말이야옹.' 은성이 카드엔 분홍색 혀를 살짝 보이며 애굣덩어리처럼 앞발 하나를 뺨에 댄 오드리를 그리려고 한다. 은성이야말로 이런 카드를 받을 자격이 있다. 처음엔 오드리와 친해지긴 글렀다고 생각했는데 지금은 뺨에다 키스까지 해 줄 정도가 됐으니까.

"야, 채이랑."

노크 소리와 함께 밖에서 반갑지 않은 목소리가 들렸다. 곧 지긋지긋한 대화를 나눠야겠군.

"왜?"

오빠가 내 방문을 노크할 때는 한 가지 이유밖에 없다.

"뭐 하냐? 너…… 돈 좀 있냐?"

문을 열고 히죽 웃는 모습이 비굴해 보였다.

"신기하다. 딱 내가 묻고 싶었던 말인데. 오빠 돈 좀 있어?"

"그러지 말고 2만 원만 꿔 줘라. 장학금 타면 더블로 갚을게. 학기말에 에이쁠 세 개는 맡아 놨거든."

에이쁠이 도서관 책상인 줄 아나, 맡아 놓게. 믿을 소릴 해야지.

"엄마 지갑을 열게 하는 게 빠를걸? 문 좀 잘 닫아 줘."

오빠는 뒤통수를 긁적이며 미적미적하더니 마지못해 문을 닫았다. 불쌍한 인간.

붓을 내려놓았다. 우리 집은 왜 이럴까 정말. 산뜻함이라곤 새끼손톱만큼도 없으니. 주영이처럼 고등학교를 졸업하는 대로 바다 건너 멀리멀리 도망쳐 버릴까. 주영은 만 스무 살이 되면 쿠바로 날아가 그곳에서 레게 머리를 한 물라토와 결혼해 살 거라고 한다. 난 사실 주영을 그다지 좋아하지는 않는다. 가슴에 바람이 빵빵하게 든 아이는 좀 질리거든. 그런데 왜 만나느냐고? 가끔씩은 그런 자극이 필요하니까. 가끔씩은.

카사로마를 막아야 해

윤이와 학원 강의실에서 나오다 로마를 만났다.

"오늘따라 더 쫙 빼입으셨네? 이 밤에 어디 갈 데라도 있냐?"

"예쁜 여자 찾으러 가야지."

로마가 실실거리며 대답했다. 그 말 나올 줄 알았다.

"뭘 딴 데 가서 찾아? 예고면 완전 꽃밭일 거 아냐."

"어우, 완전 장미의 화원이지. 하지만 내 집 장미꽃도 매일 보면
싫증 나거든, 하하."

"어련하시겠어."

생양아치 같은 놈. 그래서 하루에 세 탕이나 뛰고 다녔냐? 난 네
가 지난 일요일에 한 일을 알고 있단 말이다. 하루 세 번 각각 다른
여자애를 데리고 똑같은 전시회를 찾았다는 걸. 로마네 학교 미술

과 애가 그날 갤러리 알바를 하면서 목격한 사실이다. 그 학교에 한참 퍼지고 있는 얘기를 윤이가 들려주었다. 부모님과 갤러리를 찾은 아이들에게 작품 그림을 담은 엽서와 미니 색연필을 나눠 주면서 로마를 세 번 봤다고 한다. 말했다시피 옆에 달고 온 여자애는 매번 다른 애였고. 그 정도면 천하에 몹쓸 능력이다.

녀석은 자기가 잘생겼다는 걸 알고 그걸 권력처럼 휘두른다. 그래서 밉상이다. 엄마 말에 따르면 인생에 끼워 넣지 말아야 할 여섯 부류가 있는데, 폭력배, 사기꾼, 도박꾼, 알코올중독자, 무능력자, 그리고 마지막으로 바람둥이다. 그런 부류와 엮였다간 인생 바로 복잡해진다고 했다.

"옆에는, 친구? 우리 학교네?"

로마는 교복 입은 윤이를 흘끔거리며 말했다. 이럴 줄 알았다. 윤이가 자기를 넋 놓고 바라보고 있으니 말 한번 걸어 주시겠다는 거지. 팬 서비스 차원이랄까.

"어, 그럼 가 봐라. 예쁜 여자 찾으러. 우리 화장실 갔다 가자."

옆으로 돌아서 윤이의 팔을 잡아당겼다. 윤이가 뭐라고 로마에게 말을 하려던 참이었다. "난 문창과야." 뭐 그런 말이었겠지.

"또 보자. 너 살 좀 빠진 것 같네?"

녀석이 손을 흔들고 가며 능청맞게 웃었다.

"후광 진짜 장난 아니야."

윤이가 로마의 뒷모습에서 눈을 떼지 못하고 말했다. 신나게 카사로마 뒤땅까기 할 때는 언제고. 여자애들이 이렇게 정신 못 차리니까 로마 녀석이 기고만장이지.

"학원 잘 옮겼네. 외모 쩌는 재수덩이도 볼 수 있고."

윤이에게 장난처럼 말하고 킥 웃었다.

"급이 다른 외모라 눈요기는 할 만하지. 카사로마든 뭐든 내 거 아니니까 신경 쓸 일은 없고."

윤이 애는 언제나 한술 더 뜬다. 보통이 아니라니까.

윤이는 지난주부터 내가 다니는 데로 학원을 옮겨 버렸다. 먼젓 번 학원엔 쓰레기가 많다나? 학원이 더럽다는 말인 줄 알았는데, 나중에 알고 보니 인간쓰레기가 많다는 거였다. 헐.

"너 묘사력 많이 늘었던데? 〈그랑블루〉 묘사 보고 깜짝 놀랐 어."

계단을 내려가는데 윤이가 말했다.

"정말?"

"그래, 정말. 두고 봐. 얼마 안 가 백일장에서 두각을 나타낼 테 니."

"난 니 게 더 낫던데? 〈악어〉였지? 그 영화 난 못 봤지만 니 묘 사 글 읽고는 꼭 봐야겠단 생각 들더라."

윤이의 영화 묘사 글은 사실 그 정도는 아니었다. 수사만 너무 화려해 알맹이가 없는 느낌? 그랬다. 솔직히 말하면 '이번엔 내가 이겼어!' 마음속으로 브이 자를 그렸다.

"과찬이십니당. 그 숙제 대충 해치운 거였거든. 난 속도감 있는 진술을 좋아하지 집요하고 치밀한 묘사는 별로라서."

그랬었군. 어쩐지. 마음속으로였지만 브이 자를 그렸던 손가락을 확 꺾어 버리고 싶었다.

어쨌든 지난번 과외에서 나는 붕 떴다. 선생님 칭찬을 듣고 얼마나 기뻤는지, 천장을 뚫고 날아가지 않은 게 다행이다. "이 묘사만 보자면 나보다 잘 쓰는데?" 이보다 더한 칭찬이 어디 있겠어.

오렌지색 미니 쿠퍼는 학원 앞에 대기하고 있었다. 윤이가 타고 갈 차였다.

"안녕."

나에게 팔랑팔랑 손을 흔들고 윤이는 미니 쿠퍼로 달려갔다.

문을 열고 보조석에 냉큼 들어가 앉는 윤이를 향해 손을 들어 보였다. 윤이 엄마는 오늘 밤에도 선글라스를 끼고 있었다. 나를 쳐다보는 것 같아 꾸벅 인사를 하니 고개를 끄덕여 주었다. 윤이가 이 학원에 처음 온 날도 눈 대신 선글라스와 마주 보고 인사를 했다. 아무리 내가 어려도 그렇지, 볼 때마다 선글라스를 끼고 인사를 하다니 예의가 없어도 너무 없잖아. 뒷문이 닫히자마자 미니 쿠퍼는 생긴 것만큼이나 날렵하게 다른 자동차들 사이를 빠져나갔다.

* * *

엄마 차를 타고 출발한 지 얼마 안 돼 눈이 내리기 시작했다.

"오늘 눈 온댔어?"

유리창으로 달려드는 눈송이들을 보며 엄마에게 물었다.

"일기예보 안 보잖아. 모르고 있다 내려 주니 더 좋네."

엄마는 교차로에서 핸들을 오른쪽으로 꺾었다.

"커피 한잔 마시고 가자."

이 말은 엄마가 하는 말들 중 내가 가장 좋아하는 말이다. 명작에서 핫초콜릿을 먹을 수 있으니까.

"쟤 로마라는 애 아니니? 뒷모습이 딱 걔 같네."

엄마가 턱으로 한시 방향을 가리키며 말했다.

"맞네."

로마는 혼자서 인도를 걸어가고 있었다.

"예쁜 여자 찾으러 간다더니."

"예쁜 여잘 찾으러 간다고?"

"이로마가 입버릇처럼 하는 말이야. 별명이 카사로마잖아."

"재밌는 녀석이네."

엄마는 로마를 쳐다보고 웃었다. 이제 두시 방향. 가만 가만…… 예쁜 여자가 혹시…… 이랑? 로마 엄마의 화실이 멀지 않은 곳에 있었다. 오늘은 이랑이 화실 가는 날. 어째 느낌이 수상했다. 하지만 이랑이 아직까지 화실에 남아 있지는 않을 텐데. 로마를 휙 지나치는데 녀석은 나를 보지 못했다. 귀에 이어폰을 꽂고 어깨를 우쭐우쭐하는 게 신나는 음악이라도 듣고 있나 보았다.

"쟤 이제 완전히 연예인 필 난다. 중학교 땐 그냥 눈에 띄게 예쁘장하다 했는데."

마트에서 우연히 한 번 보았을 뿐인데 엄마는 꽤나 잘 아는 것처럼 말했다. 로마를 한 번 보면 절대 잊어버릴 수 없긴 하지만.

"지금도 톱스타나 되는 것처럼 노는데 뭘, 쳇."

"그래? 나중에 로마를 주연으로 드라마 하나 써야겠네."

엄마는 후후 웃었다. 글쎄, 로마가 명절 특집극에 어울리는 스타일은 아닌데.

명작엔 손님이 별로 없었다. 4인용 테이블에 앉은 여자 손님 셋이 전부였다. 눈 내리는 날 밤 카페가 이렇게 썰렁해도 되나? 오늘은 명작극장 죽돌이들인 이모 친구들도 오지 않았다. 모두 무명 영화인들이다.

"언니는 커피의 눈물, 소리는 핫초콜릿이지? 잠시만 기다리셔요들."

엄마와 내가 창 가까이 쿠션이 많은 테이블을 차지하고 앉자 이모가 말했다. 난 핫초콜릿광이다. '커피의 눈물'은 더치커피를 말하는데, 엄마는 긴 시간 동안 받아 낸 커피의 눈물을 즐겨 마신다.

오드리는 기다란 윈도 바를 왼쪽 끝에서 오른쪽 끝까지 왔다 갔다 하고 있었다. 약간은 흥분한 듯했다. 눈이 오신다, 이거지.

"이모, 팔은 좀 어때?"

주문 메뉴를 준비하는 이모에게 물었다.

"그만그만해. 사랑의 흔적이 그렇게 쉽게 지워지겠니?"

"연고 좀 바르지. 보기 흉하다."

"팔이 왜?"

엄마가 이모에게 물었다.

"고양이 알레르기가 있대."

"뭐? 그럼 오드리를 딴 데로 보내든가 해야지."

"사랑의 흔적이라 좋다네, 이모는."

"고통 없이 사랑을 얻기는 힘든 일."

그러면서 이모는 커피 잔과 머그잔을 하나씩 꺼냈다. 팔이 그 지경이 돼 가지고 어쩜 저렇게 느긋할 수가 있을까.

* * *

눈이 포실포실 오는 날 핫초콜릿은 끝내주게 맛있었다. 엄마도 한 방울 두 방울 받아 낸 커피의 눈물을 십 분도 안 돼 반 이상 마셔 버렸다. 이모가 커피를 가득 채운 커다란 머그잔을 들고 와 엄마 옆에 앉았다. 오드리를 윈도 바에서 데려와 품에 안고 목덜미를 살살 주물렀다. 그르르르······. 오드리가 기분 좋다는 신호를 보냈다.

"소리는 글쓰기 공부 잘돼 가니?"

이모가 물었다.

"일취월장이지. 과외 선생님이 혀를 내두르셔."

내 말에 이모는 키득키득 웃었다.

"언니 후배가 뭐래? 소리한테 가능성은 좀 있대?"

"과외 시작하곤 연락한 적이 없어 모르겠네. 가르치는 사람한테 꼬치꼬치 캐묻고 그러면 부담되잖아."

엄마는 딸 얘기를 남 얘기하듯 했다.

"나 참, 엄마 맞아?"

이모도 어이가 없나 보았다.

"내 말이. 아 근데 크리스마스 파티 때 선물을 뭐로 하지? 은성이 건 패션 안경테로 일찌감치 정했는데 이랑이 게 문제야."

"은성이가 패션 안경을 좋아할까? 패션엔 관심도 없을 것 같은데."

이모가 고개를 갸웃하더니 커피를 한 모금 마셨다.

"관심을 갖게 만들어야지. 그 얼굴에 그 몸매를 무책임하게 방치하고 있다니 말도 안 돼."

나는 은성의 매니저라도 되는 듯 말했다.

"정말 뭐 참신한 아이템 없을까? 이랑이한테 줄 선물."

며칠 궁리했지만 딱 이거다 싶은 게 없었다.

"심심하면 하는 선물, 뭘 그리 고민해. 뭐니 뭐니 해도 그 사람한테 제일 필요한 게 제일 좋은 선물이지."

엄마가 말했다.

"그물 스타킹이나 레이스 팬티, 누르면 꽈악꽈악 소리가 나는 고무 닭, 아니면 로또 복권 열두 장, 어때? 선물은 당사자가 직접 구입할 가능성이 희박한 거로 하는 게 재밌거든."

이모다운 말이었다. 자매가 어쩜 이렇게 다른지 몰라. 하지만 유레카! 두 사람이 말을 한 순간 떠오른 게 있었다.

"나 방금 생각났어. 그게 유용하게 쓰일지 무용지물이 될지는 모르지만. 고마워요 자매님들? 하하."

"그게 뭔데?"

엄마와 이모가 합창하듯 물었다.

"비밀이야옹! 쓸 만한 의견은 고맙지만 알려 줄 수 없어."

"무슨 뚱딴지같은 선물이기에."

엄마가 어이없다는 듯 웃었다.

사실 나는 그 선물이 뭔지 말하고 싶어 입이 근질근질했다. 엄마와 이모가 들으면 정말 빵 터질 텐데. 하지만 비밀로 해야 더 값어치가 있는 물건이라 입을 꾹 다물기로 했다. 크리스마스 때까지 어떻게 참지?

"소리 너 너무 과하게 이랑일 좋아하더라?"

후루룩 커피를 마시고 이모가 말했다.

"내가? 음…… 아니라곤 말 못 하지. 그치만 베프한테 그러는 게 뭐 어때서."

"은성이한테는 그렇게까지 안 하는데 좀 티가 나더라고."

"그랬어? 난 은성이한테도 신경 쓰느라고 썼는데? 암튼 이랑인 그 모든 걸 다 떠나서 나에겐 첫 번째야. 초딩 때부터 친구였고. 다른 애들하곤 비교할 수가 없지. 걔 나중에 내가 데리고 살 거야."

"아이고, 눈물 난다, 그 사랑."

뭐가 재밌는지 엄마는 목젖이 보이도록 깔깔 웃었다. 이게 무슨 놀릴 일이라고. 난 백 퍼센트 진심이란 말이다.

"너 이랑이 좋아하는 방식이 오드리 좋아하는 방식이랑 똑같은 거 아니?"

"어떤 방식인데?"

"마구 퍼붓기."

"마음 가는 대로 할 뿐이야."

간섭받는 것 같아 좀 짜증이 났다.

"너 초등학교 때는 주영이한테 몰두했었어. 그러다 별일도 아 닌데 둘이 절교하고 나서는 이랑이한테 몰두하기 시작했고."

"그런데?"

눈이 포근포근 내리는 밤에 이모는 왜 이런 얘길 하지? 그럼 나 한테 질렸다는 애한테 매달려 무릎 꿇고 빌기라도 했어야 했단 말 이야? 내가 발끈한 걸 알았는지 내 품에 안겨 있던 오드리가 바닥 으로 훌쩍 뛰어내렸다.

"심각하게 들을 건 없어. 그냥 네가 이랑이한테 너무 딱 붙어 있 는 것 같다, 그런 생각이 들어서. 안도현 시인의 〈간격〉이란 시에 이런 구절이 있거든? 숲이 울창해지려면 나무들 사이에 충분한 간격이 필요하다."

"걱정 마. 우린 서로를 알기 위해 더 이상 가지를 뻗칠 필요가 없거든. 모든 걸 다 알고 있으니까. 서로 너무 다르다는 것까지. 그 리고 이모, 사랑도 우정도 집착이고 열정이야. 구속이란 말을 들 이대면서 히팅 온도를 제한하는 게 폭력이지. 난 그렇게 생각해."

내가 한 말이지만 정말 마음에 들었다. 사랑도 우정도 집착이고 열정이다. 나중 일이 겁나 안전거리 확보하는 우정과 사랑? 그런 비겁함은 비루먹은 말에게나 주라고 하지.

"그렇게 정색할 건 또 뭐니? 이모는 널 생각해서 그러는데."

엄마가 말했다.

"아냐, 아냐. 쓸데없이 내가 오버했다. 에효, 너무 한가한 게 문제라니까."

이모는 팔뚝을 걷고 발갛게 번진 두드러기를 긁었다.

"긁지 마. 그냥 놔두면 안 되겠네."

엄마가 눈살을 찌푸리고 말했다.

"아 참, 이랑이가 오드리 빗질 좀 해 주라고 신신당부했는데."

나는 빈 머그잔을 내려놓고 소파에서 일어났다. 어색해진 분위기를 바꿔 놓을 수단은 오드리뿐이다.

"오드리! 요것이 진짜 여자 망신 다 시키네."

창가에 앉은 오드리는 암컷의 비밀스러운 부분을 여봐란 듯이 그루밍 하고 있었다. 여자 손님 셋이 오드리를 보더니 어머머, 까륵, 하며 수선을 떨었다.

"그만하고 이리 오셔."

오드리의 목덜미를 잡아 위로 들어 올렸다. 이야아옹. 오드리가 털을 일으켜 세우며 날카로운 소리를 냈다. 목덜미를 놔 주지 않자 찢어진 눈을 하고 하악거렸다. 이랑은 질색하지만 나는 오드리가 발버둥 치고 하악질을 하는 게 귀여워 미칠 것 같다.

"죽은 털 빗어 내고 반짝반짝 예뻐지면 언냐가 간식도 주고 영양제도 줄 거야옹."

오드리는 내 손에 매달려 사납게 하악질만 했다.

"난리 칠 거 없어, 오드리. 토끼 고기 통조림만 따 주면 개냥이처럼 방정 떨 거면서."

나는 이랑과 은성이 모르게 오드리의 간식을 쟁여 두고 있었다. 어마어마하게 비싸진 않지만 우리 회비로는 감당하기 벅찬 가격의 간식들이었다. 그중에는 낱개로 포장된 스낵도 있고 유기농 캔디도 있었다. 할 수만 있다면 난 오드리에게 맛좋은 고급 간식을 맘껏 먹여 주고 싶다.

* * *

"카톡."

방에 들어오자마자 카톡 수신음이 들렸다. 누구야, 이랑? 안 그래도 토크 좀 하고 싶었던 참이다.

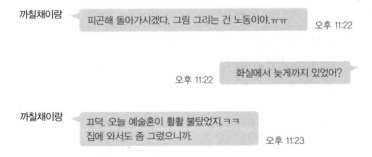

까칠채이랑   피곤해 돌아가시겠다. 그림 그리는 건 노동이야.ㅜㅜ   오후 11:22

오후 11:22   화실에서 늦게까지 있었어?

까칠채이랑   끄덕. 오늘 예술혼이 활활 불탔었지.ㅋㅋ
집에 와서도 좀 그랬으니까.   오후 11:23

오후 11:23 　화실에 몇 시까지 있었어?

까칠채이랑 　9시 20분쯤 나왔을 거야. 　오후 11:23

이거 봐라? 아홉시 이십분이라면 로마와 이랑이 충분히 만났을
가능성이 있었다. 차 안에서 쫙 빼입은 로마를 봤을 때가 아홉시
오분쯤이었으니까 아홉시 이십분이면 도착하고도 남았을 시간이
었다.

오후 11:24 　혹시 화실에서 로마 만나지 않았니?
엄마 차 타고 가다 걔 봤는데.

까칠채이랑 　어. 봤어. 선생님이랑 같이 집에 가려고 왔나 보더라. 　오후 11:26

대답이 늦는 게 수상했다. 로마를 봤는지 못 봤는지를 생각해
내는 데 이 분이나 걸리다니.

오후 11:26 　로마가 작업 걸지 않았어?
오늘 CF라도 찍을 것처럼 차려입었던데.

까칠채이랑 　또 시작이디. 　오후 11:26

> 너 중학교 때도 내숭 까다
> 나중에 실토한 적 있잖아.
> 것도 두 번이나.
오후 11:26

까칠채이랑
재밌는 얘기도 아닌데 새삼. 오후 11:26

그래, 재밌진 않았지. 속이 상할 대로 상해 한동안 널 보는 게 불편했으니까.

> 너 진짜 로마랑 아무 일 없는 거지?
오후 11:28

까칠채이랑
그만 좀 해. 채 집사는 이제 주무시련다.
그르르르르. 오후 11:28

이랑은 깜찍한 야옹이가 예쁘게 엎드려 자는 모습의 이모티콘을 보내고는 토크를 끝냈다. 로마가 각각 다른 여자애들을 데리고 하루에 세 탕 뛴 얘기를 하려다 그만두었다. 그런 얘긴 얼굴 맞대고 앉아 마구 씹어 대야 제맛. 나는 활활 타오르는 불 속에서 눈에 불을 켜고 노트북을 두드리는 여자애 이모티콘을 날렸다. 한 줄이라도 쓰고 자야지. 푸른 어둠으로 출렁이는 중독성의 밤, 정결한 한 문장을 낳기 위해 발갛게 달뜬 내 진짜 모습을 이랑에게 보여 줘야 하는데.

노트북을 켜고 옷을 갈아입었다. 그런데 로마 녀석, 아무래도 이랑에게 작업 걸려고 화실에 갔던 것 같다. 자기 엄마하고 집에 나 들어갈 거라면 그렇게 빼입고 나올 이유가 없잖아. 일부러 집에까지 들러 사복을 갈아입고 나오긴 꽤나 귀찮았을 텐데 말이다. 정말 아무 일도 없겠지? 이랑과 마음이 1킬로미터나 멀어졌던 때가 생각나 살짝 불안했다.

이랑은 중3 때 같이 영어 과외를 하던 남자애랑 사귀다 나한테 실토한 적이 있었다. 조금 만나 보다 아닌 것 같아 헤어지자고 했다가 남자애가 계속 추근거려 고민하고 있었던 것이다. 눈치 900단인 내가 둘이 썸 타는 거 아니냐, 물어도 아니라고 잡아뗀 적이 몇 번이나 있었기에 난 어이가 없었다. 나는 녀석이 이랑에게 보낸 유치찬란한 문자메시지를 내 폰으로 옮겨 '네 엄마에게 보내겠다.'고 통고, 문제를 간단히 해결했다. 그러고는 열흘 동안 이랑과 말을 하지 않았다. 내가 그만두면서 과외는 바로 쫑 났다. 겨울방학 시작과 함께 이랑에게 "놀자~"며 아무렇지 않게 말을 걸었지만 마음이 전 같진 않았다. 중1 때도 이랑이 비밀 모드로 날 실망시킨 일이 있어 더 그랬다.

나를 유독 싫어하던 초등학교 동창 아이와 이랑이 친구로 지낸 사실을 뒤늦게 안 일이었다. 엄마와 아빠 사이에 끼어 영화 〈레미제라블〉을 보러 갔다가 영화관 로비에서 개들과 딱 마주쳤다. 내가 간섭할 일도 아닌데 둘이 친하다는 걸 왜 숨겼을까. "숨긴 게 아니라 굳이 말할 필요 없다고 생각했을 뿐이야."라는 이랑의 말에 더 화가 났던 것 같다. 하지만 그때도 난 쿨하게 눈감아 주었다.

중학교를 졸업하고 각자 정신없이 지내던 중 이랑과의 관계를 한꺼번에 회복시킨 게 바로 오드리였다. 이랑이 유기묘 오드리를 데리고 명작에 왔을 때 내 머릿속에 전구가 반짝 켜졌다. "오드리를 명작에 놔두고 우리가 기르자!" 나는 그때 절친과의 폭풍 수다에 굶주려 있었고, 그래도 이랑이만 한 애는 없지 하는 생각을 하고 있었다. 결과적으로 오드리를 명작에서 기르기로 한 것은 신의 한 수였다. 명작에서 오드리와 함께 노는 동안 이랑과 초고속으로 가까워졌고, 곧바로 은성까지 끌어들여 명작극장을 만들고 셋이 오드리의 집사가 되어 버라이어티한 고딩 시절을 엮어 왔으니까.

어쨌든 로마 녀석은 정말 조심해야 한다. 이랑일 어떻게 해 보려고 호시탐탐 기회를 엿보고 있을지도 모르거든. 괜히 카사로마야? 하지만 안 되지. 베프의 인생이 꼬이는 거 난 절대로 그냥 둘 수 없다.

소리 - **은성** - 이랑

파자마 파티

초대장

'명작극장'의 크리스마스이브 파자마 파티에 초대합니다.

파티의 주제
놀자! 밤새우자! 떠들자!

樂樂한 프로그램 예고
운명의 남자 이름 알아내기 연필 점(기대하시라.)

태국으로 날아가며 의상 협찬을 해 주신 공진희 여사께 보답하
는 마음으로 한순간도 방심하지 말고 놀아 보는 거야!

일시: 오늘 오후 5시부터 끝장 볼 때까지
장소: 소리네 집
준비물: 크리스마스 선물과 먹을 것, 그 외 알아서

소리가 이메일로 초대장을 보냈다. 엄마가 태국에서 크리스마스와 연말연시를 보내기로 했다며 긴급 속보를 보낸 게 꼭 일주일 전이다(소리 아빠는 신문사 기자인데 태국 특파원으로 방콕에 계신다). 속보와 함께 크리스마스이브 밤샘 파자마 파티 공지를 했는데, 이렇게 초대장까지 발송할 줄은 몰랐다. 의상 협찬이 있을 거라며 파자마 걱정은 하지 말라는 얘긴 이미 들었다. 협찬자가 민소리 엄마였다니, 이제 소리가 자기 엄마에 대해 불평하면 짜증이 날 것 같다. 그런데 '운명의 남자 이름 알아내기 연필 점'이 뭐지? 하여든 엉뚱하다.

점심때쯤 소리가 약간의 변동 사항을 알렸다. 1차는 명작에 모여 놀고 2차로 자기 집에 가서 파티를 하자고 했다. "오드리를 빼놓고 크리스마스이브를 보낸다니 말도 안 돼." 이랑과 나는 두말 않고 찬성했다. 저녁 일곱시에 명작극장이 예약돼 있다니 그 전까지 오드리와 실컷 부비부비 하면 되겠군.

커피도 마시지 않으면서 커피 전문점에 자리를 차지하고 있는 사람은 나 하나밖에 없는 것 같았다. 혼자 앉는 창가 자린데 뭐. 2층이라 알바들 눈치 볼 일은 없었다. 이랑이 청소 당번이어서 다행이었다. 아저씨 가게에 갔다 와야 했으니까. 아저씨는 수업 끝나고 가게에 잠깐 들렀다 가라고 했다. 아침 식사를 하면서 엄마가 쿠키를 구웠다며 파티에 가져가 친구들과 먹으라는 얘기를 하고 나서였다.

나는 마지못한 척 알았다고 했다. 가게엔 왜 들르라고 했겠어. 너에게 뭔가 줄 게 있다, 이 말이지. 설마 술안주 따위는 아니겠지? 고로케 같은 걸 싸 주면 표정 관리를 어떻게 해야 하나. 그런데 이런 걱정은 한 방에 날아갔다. "마카롱이라고 아냐? 옆 건물에 새로 입점했는데 순 여자 손님들뿐이더라. 난 사카린 덩어리같아 하나 먹고 질리더구만." 마카롱집 포장 백을 건네받았을 때만 해도 그렇게 놀라지는 않았다. 아저씨의 고운 손가락에 세종대왕 세 분이 잡혀 나왔을 때는 정말 배꼽 인사라도 할 뻔했다.

"오래 기다렸지."

"깜짝이야."

창밖을 내다보며 잡생각을 하느라 이랑이 내 옆에 걸터앉는데도 몰랐다.

"무슨 생각 하고 있었어?"

"그냥 멍 때리고 있었지."

"그건 뭐야? 선물?"

스툴에서 일어나 쇼핑백을 챙겨 드는 나에게 이랑이 물었다.

"아니, 먹을 거."

"쇼핑백으로 봐선 평범치 않아 보이는데, 뭐야?"

"난 니 가방에 뭐가 들었는지 안 물어볼 거야. 미리 알면 재미없잖아."

"오오, 이은성. 가자!"

"그래!"

이랑과 나는 지각이라도 한 것처럼 나무 계단을 다다다다 뛰어내려갔다.

* * *

"꺄악! 이게 뭐야?"

이랑은 소리가 준 선물 포장 끈을 풀고 비명을 질렀다. 소리의 품에 안겨 잠들었던 오드리가 눈을 빠끔 떴다가 다시 감았다.

"소리 너 진짜!"

이랑이 선물을 집어 드는 순간 내 입에서도 똑같은 비명이 터졌다.

"꺅! 뽕브라!"

"민소리 정말, 내가 그렇게 빈약해 보였니?"

"그랬겠지? 히히."

"이그, 내가 못살아. 이걸 어떻게 하고 다녀. 다 눈치챌걸? 가슴이 갑자기 두 배로 커졌는데 누가 몰라."

이랑이 뽕브라를 들고 흔들다가 테이블에 탁 내려놓았다.

"넌 가슴만 좀 부풀리면 남자애들 쓰러뜨리는 거 시간문젤걸?"

소리는 이랑을 약 올리며 좋아 죽으려고 했다.

"하여튼 이 웬수."

이랑이 팔을 돌려 옆에 앉은 소리의 목을 감아 조였다.

"나 같은 웬수 둔 거 고마워나 해, 절벽아."

소리가 캑캑거리며 응수했다.

"그렇게 절벽은 아니거든?"

소리와 이랑은 또 티격태격, 그냥 넘어가는 날이 없다. 잠에서 깬 오드리가 '무슨 일이야옹?' 하는 듯 고개를 빼더니 앞발로 뽕브라를 낚아채려고 했다.

"안 되지! 수석 집사의 가슴인데."

소리가 잽싸게 뽕브라를 치우며 말했다. 웃지 않고는 못 배긴다니까.

"이제 내 선물. 기다리느라 목 빠졌어."

나는 고개를 앞으로 털벅 떨어뜨리고 앞에 앉은 이랑과 소리에게 손바닥을 들이댔다. 명작극장에 모이자마자 소리가 제일 처음 선물을 받았고, 그다음은 이랑, 마지막은 나였다. 소리와 이랑이 받은 선물은 이랬다.

〈소리가 받은 선물〉

이랑에게서: 『은하수를 여행하는 히치하이커를 위한 안내서』 1~5권 합본.

어마어마하게 두꺼운 책이었다. 무명 시인이신 대학가 헌책방 사장님이 적극 추천한 책이라고. 이랑이 "용돈이 궁해 중고 서점을 찾을 수밖에 없었어." 하며 울상을 짓자 소리는 "이런 책일수록 낡은 티가 나야 있어 보이는 법이야. 모르는 선배가 간간이 밑줄도 그어 놓으셨으니 얼마나 좋아."라며 하하, 웃었다.

나에게서: 원목으로 된 소형 라디오.

무슨 선물을 해야 할지 고민하자 이랑이 귀띔해 주었다. 새벽에 라디오 음악 프로를 들으며 노트북을 두드리고 싶다고, 얼마 전 소리가 말했다고 한다. 인터넷 쇼핑몰에서 손가락으로 마우스만 눌러 구입했다. 너무 쉬웠나?

〈이랑이 받은 선물〉

소리에게서: 알다시피 뽕브라.

소리 앤 정말 무슨 일을 벌일지 한 치 앞을 내다볼 수 없는 아이다. 뽕브라라니!

나에게서: 오드리와 함께 찍은 사진 앨범.

이랑이 앨범을 펼쳐 보고 미친 듯 환호성을 지를 때, 나는 벅차오르는 감동으로 가슴이 뻐근했다. 분명히 기뻐할 거라고는 생각했지만 팔짝팔짝 뛰며 눈물까지 글썽일 줄은 몰랐다. 심심할 때 스마트폰으로 찍은 사진들이 이렇게 쓸모 있을지 누가 알았겠어.

소리와 이랑이 나에게 줄 선물을 꺼내 테이블에 올려놓았다. 부피가 작은 것부터 집었다. 소리가 씨익 장난스럽게 웃었다. 포장을 풀자 안경집이 나왔다. 웬 안경?

"호오, 기대되는데?"

오드리의 목을 쓸어 주던 이랑이 안경집으로 바짝 몸을 숙였다. 이, 이, 이건 아닌데…… 안경을 바꾸다니, 지금 쓰고 있는 뿔테 안경은 설정이라고!

포장을 풀고 안경집을 열자 소리가 의기양양 말했다.

"어때, 최고지?"

최고는 뭐가 최고야. 난 튀고 싶지 않다고오! 안경집엔 확 튀는 안경이 들어 있었다.

오 마이 갓.

"요즘 가장 핫한 컬러, 버건디 색상이야. 색깔이 요염한 대신 모양은 귀여운 라운드 형태. 날씬한 허리 라인도 죽이지?"

소리가 안경점 직원이라도 되는 양 말했다. 죽이는 거 누가 몰라? 나도 보는 눈이 있는데.

"진짜 모델 필 나겠다. 빨리 써 봐."

이랑이 재촉했다.

"넋 나간 표정 하고는."

소리가 키득키득 웃으며 내가 쓴 안경을 벗기려고 했다.

"알았어!"

나는 안경을 벗어 얼른 무릎에 내려놓았다. 도수 없는 안경이라는 게 들통 나면 끝장이다.

"아니, 이게 누구야. 혹시 장윤주 동생 아니신가요?"

새 안경을 쓰자 소리가 연극을 하듯 외쳤다.

"정말 장윤주 동생이라고 해도 믿겠다. 비포 앤드 애프터, 완벽 반전인데? 슈퍼모델 선발 대회로 곧장 달려가도 되겠어."

"리틀 장윤주가 탄생하는 거지."

"우린 그녀의 친구고?"

소리와 이랑은 주거니 받거니 장난을 쳤다.

소리가 파우치에서 거울을 꺼내 내 앞에 대 주었다.

"짜잔~ 이은성의 일대 변신, 직접 확인해 보시라."

굳이 거울을 들여다볼 필요는 없었다. 내 스타일을 내가 모를까 봐? 마음만 먹는다면 당장 장윤주를 넘어설 수도 있다고.

"니가 봐도 딴사람이지?"

소리가 스타일리스트라도 되는 것처럼 머리카락까지 정리해 주었다.

"그래, 나 같지 않아. 이 정도면 매직인데?"

도저히 웃을 기분이 아닌데 억지로 웃느라 힘들었다. 전학 오기 전 아이들과 몰려다니며 여왕 행세를 했던 얼굴이 거울 속에 있었다. 거울을 빼앗아 던져 버리고 싶었다.

"거봐, 이은성. 신이 내린 몸매 패션모델 장윤주랑 닮았다는 말을 들을 수 있는 애가 세상에 몇 명이나 될 것 같니? 적어도 내가 16년 넘게 살면서 봤던 여자애들 중엔 너 하나뿐이야. 몸매뿐 아니라 얼굴까지. 오이씨 모양의 작은 얼굴에 동그란 두상, 홀꺼풀의 쪽 찢어진 눈, 진한 동양미의 광대뼈. 완벽하게 모델용이잖아."

내가 그걸 모르겠니? 하지만 난 절대 튀어선 안 된다고.

"고맙다, 민소리. 그치만 이 안경은 변신하고 싶을 때만 한 번씩 꺼내 쓸게. 아직은 날 완전히 바꿔 버리고 싶진 않거든?"

나는 이렇게 말하고 싱겁게 웃었다. 너무 심각해 보이면 이상하게 생각할 거야.

"니가 정 그러고 싶다면. 우리도 널 막무가내로 바꿔 놓을 생각은 없어. 안 그래, 채이랑?"

"그래, 지가 싫으면 할 수 없지 뭐. 천천히 가 보자고."

오, 하느님, 고맙습니다. 이 정도면 잘 넘어가는 거였다. 버건디색 안경을 보는 순간부터 지옥문 앞에 서 있는 것 같았다니까.

가뜩이나 기운이 빠졌는데 이랑이 준 선물은 실망스러웠다. 나한테까지 책을 선물할 건 뭐야. 그것도 다섯 권이나. 난 정말 할 일이 없을 때조차 책은 읽지 않는다. 딱 봐도 뭔가 있어 보이는 책, 은하수 어쩌고를 보물처럼 건지고 나서 바로 내 것까지 해결했겠지. 게다가 영문으로 된 책이 두 권! 울고 싶었다.

"고마워. 와, 표지가 전부 예술이네."

나는 기뻐하는 표정을 짓기 위해 온 힘을 다했다.

"이 두 권은 영어로 돼 있지만 일러스트랑 사진으로 꾸며져서 눈으로만 봐도 본전 뽑을 거야. 패션의 정석, 매력적인 여자가 되기 위한 어드바이스, 그런 얘기들 같던데."

"난 10년은 걸려야 다 읽을 수 있겠다."

이랑과 소리는 내 말을 농담으로 듣고 하하 웃었다. 나머지 세 권은 한국의 톱 모델과 스타일리스트, 패션 칼럼니스트가 쓴 책들이었다.

"아, 줄 게 또 있었는데. 짠!"

이랑이 가방에서 꺼내 하나씩 준 것은 크리스마스카드였다.

"오드리!"

봉투에서 카드를 꺼낸 소리가 크게 외쳤다.

"대단한데? 딱 봐도 오드리잖아."

소리가 손에 든 카드엔 소파에 엎드려 잠든 오드리가 있었다.

"내가 얼마나 심혈을 기울였는지 니들은 모를걸? 죽는 줄 알았어."

이랑이 엄살을 부렸다.

"민 집사님, 꼬리를 잡아당기면 짜증 난단 말이야옹?"

말풍선 안의 글을 읽은 소리가 이랑에게 눈을 흘겼다.

"내 거 한번 볼까? 오, 실물 저리 가라, 정말 예쁘다."

그림 속의 오드리는 앞발을 뺨에 댄 채 분홍색 혀를 살짝 드러내고 애교스러운 표정을 짓고 있었다.

"요 잠꾸러기야, 계속 잠만 잘 거니?"

나는 팔을 뻗어 오드리의 이마를 살살 쓸어 주었다. 처음엔 고양이라면 살짝 스치기만 해도 기겁을 했는데 나도 많이 발전했다.

"이제 보니 책보다도 카드에 백만 배 공을 들였어, 채이랑."

소리가 이랑의 옆구리를 꼬집으며 말했다.

"다들 고이고이 간직해."

이랑이 말하고 방금 잠에서 깬 오드리의 등을 쓸어내렸다.

"이 민 집사는 오드리한테도 크리스마스 선물을 했지롱."

소리가 "끼끼." 하며 윈도 바를 가리켰다.

"결국 일을 저지르셨군."

윈도 바 오른쪽 끝에 있는 얼룩소 모양의 잠자리 쿠션을 보고 이랑이 말했다. 애완동물용품 할인 마트에서 소리가 앉았던 쿠션이었다.

"오뎅바로 할까 잠자리 쿠션으로 할까 고민하다 잠자리 쿠션으로 찍었지."

소리가 카드를 봉투에 집어넣으며 말했다.

"민소리, 고양이한테 쿠션은 필요 없다니까? 왜 괜한 데 돈을 써. 그 돈으로 사료를 한 번 더 사는 게 낫지."

"너 같음 크리스마스 선물로 예쁘고 포근한 쿠션보다 쌀 10킬로 받는 게 낫겠니?"

"비교할 걸 비교해야지."

"아마 오드리도 오늘 같은 날은 식탐보다 허영심이 채워지길 원할 거야. 그렇지, 오드리?"

소리가 오드리를 꼭 끌어안으며 말했다.

"오드리, 아니지?"

이랑이 말하고 오드리의 얼굴을 감싸자 오드리가 "이야옹." 소리를 냈다.

"봐, 아니라잖아."

"통역이 아주 지 멋대로야."

시도 때도 없는 티격태격. 이제 "그만들 해."라고 말할 힘도 없었다. 한낱 애완동물을 외동 공주님 모시듯 지극 정성 다하는 게 신기할 뿐이다. 오드리, 차라리 내가 너였다면 좋았겠다.

* * *

소리네 집엔 이번까지 딱 두 번 와 봤지만 정말 멋지다는 생각밖에 안 든다. 유니크한 디자인의 복층 빌라는 TV 드라마에 나오는 부잣집 같다. 내가 홀딱 반한 곳은 이모의 방과 소리의 방이 있는 2층. 페르시아풍 낡은 카펫이 깔린 자그마한 거실엔 알록달록

한 쿠션들이 아기자기한 소품들과 함께 나뒹굴고, 긴 원목 좌탁엔 머그컵들과 책들이 널려 어지러웠다. 벽에는 그림과 영화 스틸 컷이 군데군데 무더기로 붙었고, 그 아래로 올망졸망 작은 화분들이 모여 있었다.

소리의 방은 소설책들이 빽빽이 꽂힌 책장과 그것도 모자라 가장자리로 책을 쌓아 놓은 널찍한 책상만으로도 문학소녀의 방다웠다. 이 많은 책을 다 읽긴 한 거야? 인테리어 잡지에 나올 법한 고급스러운 침대와 깜찍한 화장대는 당장 내 방으로 옮겨 놓고 싶었다.

명작에서 바닥까지 추락한 기분은 소리네 집으로 오는 동안 괜찮아졌다. 얼마나 자기최면을 걸었는지. 빨리 기분 전환을 하지 않으면 크리스마스이브 파티는 망한다. 치어 업! 치어 업! 그러고는 소리네 집 문을 열고 들어온 순간 정말로 기분이 업 되었다.

소리 엄마가 협찬해 준 잠옷 세 벌은 마치 한 세트 같았다. 파스텔 톤의 노랑, 분홍, 하늘색 잠옷엔 각각 해, 달, 별이 디자인되어 있었다. 이랑은 달, 나는 해, 소리는 별을 선택했다. 모두 파자마를 입고 나니 슬슬 크리스마스 파티 분위기가 나기 시작했다. 그래, 패션 안경 따윈 싹 잊어버리자.

"이제 본격적으로 파자마 파티를 열어 볼까?"

소리가 박수를 두 번 짝짝 치고 말했다.

"우선 파티 식량부터 세팅해 놓자. 밤새워 놀려면 먹을 게 빵빵해야지."

소리는 탁자 밑에서 상자 하나를 꺼냈다.

"와우, 정말 빵빵한데?"

상자에 든 물건들을 뒤적거리며 내가 말했다. 인스턴트 타코와 스낵, 샌드위치 크래커, 올리브 캔, 초콜릿, 샴페인 등등 없는 게 없었다.

"이럴 줄 알았으면 우린 빈손으로 올 걸 그랬잖아."

이랑이 말하며 가방에서 흰 비닐봉지 하나를 꺼냈다.

"난 소박하게 김밥 세 줄. 맛은 기대하지 마. 집에서 이 몸이 손수 만드셨으니까."

"감동이다. 레알 니가 만든 거야?"

소리가 은박지에 싼 김밥을 풀고 말했다.

"정성이 장난 아닌데? 보기만 해도 군침 나온다."

나는 감탄하며 내가 가져온 쇼핑백을 탁자에 올렸다.

"끼악, 마, 마, 마카롱! 그리고 이건 수제 쿠키! 완벽하다."

쇼핑백 속에 있는 것들을 꺼내자 소리가 흥분했다.

"우리가 깜놀 하는 거 보려고 아깐 안 보여 줬구나?"

이랑이 말하고 비닐 포장을 뜯어 초코 마카롱을 한 입 깨물었다.

"끼야루, 환상적인 달콤함."

"아, 근데 운명의 남자 이름 알아내기 연필 점은 뭐야?"

나는 소리가 보낸 초대장의 '樂樂한 프로그램 예고'를 기억해 내고 말했다.

"맞아. 나도 그거 진짜 궁금했는데."

이랑이 맞장구를 쳤다.

"그럴 줄 알았어."

소리가 킥킥 웃고는 탁자 밑에서 A4 용지 두 장과 연필 하나를 꺼냈다.

"말 나온 김에 지금 해 보지 뭐. 누가 먼저 할래? 채이랑? 이은성?"

내가 먼저 손을 들었다. 운명의 남자가 누구인지 별로 궁금하진 않았다.

"오, 이은성, 이렇게 적극적일 줄 몰랐는데?"

소리는 탁자 끝으로 가 A4 용지를 펼치더니 나를 자기 앞에 앉게 했다.

"자, 연필 아랫부분을 손으로 이렇게 감아쥐고 눈을 감아. 이제 정신을 집중한 다음 운명의 남자가 될 사람을 상상하는 거야."

나는 막대기를 잡듯 연필을 잡고 눈을 감았다. 소리가 내 손 위로 연필을 함께 잡았다. 잠시 침묵이 흐르더니 소리의 입에서 중얼중얼 주문이 흘러나왔다.

"부비그로 부나리 그루뉴츄 라즈므뉴류고……."

이랑이 쿡쿡 웃음을 참는 소리가 들렸지만 주문 하나는 그럴듯했다. 소리가 정말 내 운명의 남자 이름을 알아내긴 할까?

　　　　　　　　　　　* * *

소리의 연필 점 결과가 나올 때마다 폭소가 터졌다.

　나의 운명의 남자 이름: 유재석
　이랑의 운명의 남자 이름: 마이클

"유우재애서억? 대박이다."

"품절남이잖아!"

"내 이상형은 아니지만 완전 럭키한 인물!"

"동명이인? 어쨌든 유느님이랑 똑같은 이름이면 나쁘진 않지."

"그 이름 내가 사면 안 될까?"

깔깔깔 깔깔깔…….

"마이크을? 헐, 외국인이네."

"외국인이지만 너무 흔한 이름이다."

"한국 남자보다 백배 낫지 뭐. 좋겠다, 채이랑."

"마이클과 결혼하면 우리 좀 자주 초대해라. 미국이든 아이슬란드든 콩고든 상관없으니까."

"백인일까, 흑인일까, 혼혈일까?"

"혼혈이 매력적이지. 데니스 오나 줄리엔 강 정도면 신의 축복을 받은 건데."

"욕심이 과해."

"어차피 상상인데 뭐."

깔깔깔 깔깔깔…….

연필 점 결과가 너무 코믹해서 그렇지, 주문을 외는 것부터 소리는 점쟁이 포스가 제대로 났다. 음산한 목소리로 외계어 같은 주문을 외우자 연필이 움직이기 시작했다. 연필을 쥔 나와 소리의 손도 따라서 움직였다. 그런데 종이 위에 꾸불꾸불 그려진 운명의 남자 이름이 유재석일 줄이야. 마이클보다 웃기지는 않았지만, 그 이름을 보고는 뒤집어지지 않을 수 없었다. 소설가도 좋지만 소리에겐 파티 플래너나 레크리에이션 가이드가 적성에 더 맞지 않나 몰라.

시끌시끌한 '운명의 남자 이름 알아내기 연필 점'을 끝내고는 폭풍 수다로 돌입했다. 물론 빵빵하게 준비된 먹거리들을 폭풍 흡입하면서 말이다.

"과연 운명의 남자가 있긴 있을까? TV 드라마에 나오는 것처럼 말이야."

샌드위치 크래커와 스낵 봉지를 뜯으며 내가 말했다.

"그런 거 있잖아. 대학교 캠퍼스나 사무실, 병원 같은 데서 바쁘게 뛰어가다 꽈당 넘어지는 거야. 가방 속에 있던 물건들이나 안고 있던 서류가 여기저기 흩어져 엄청 당황하는데 짠! 눈앞에 스니커즈를 신은 남자의 발이 보이는 거지."

"그가 바로 운명의 남자?"

소리에게 박자를 맞춰 주었다.

"정신들 좀 차리셔. 드라마는 로망일 뿐이야."

이랑이 말하고 쯧쯧 혀를 찼다.

"난 그런 운명을 믿어. 단, 내 운명의 남자가 내 이상형이 아닐까 봐 걱정이지."

"소리 니 이상형이 어떤 남잔데?"

종이컵 세 개에 샴페인을 따르며 내가 물었다.

"이런 부류만 아니면 돼. 폭력배, 사기꾼, 도박꾼, 알코올중독자, 무능력자, 바람둥이. 이런 부류와 엮였다간 인생 바로 복잡해지거든."

"쉽네. 선량한 시민이면 된다는 거잖아."

샴페인을 홀짝거리던 이랑이 말했다.

"니들은 순진해서 모르지만 그 여섯 가지를 전부 피할 수 있는 남자는 드물걸? 이를테면 바람둥이도 얼마나 많아. 바로 우리 가까이에도 있잖아, 카사로마."

카사로마? 나는 이랑을 힐끔 쳐다보았다. 대수롭지 않은 듯 피, 하고 웃었지만 이랑의 표정은 좋아 보이지 않았다.

"걔 대단하다. 우리 대화에 등장하지 않는 날이 없잖아."

나는 정말 이로마라는 애가 궁금했다. 대체 얼마나 끝내주기에 여자애들을 그렇게 후리고 다니는지. 하지만 그보다 더 중요한 이유는? 이랑과 커플임이 의심되는 애라는 사실. 지금까지 난 꽉 닫은 락앤락처럼 입을 다물고 있었다.

"근데 채이랑, 카사로마가 동화 일러스트 전시회에 여자애들을 세 명이나 데리고 간 거 아니? 같은 날 각각 다른 시간에 한 명씩."

소리가 말했다.

"정말?"

이랑의 얼굴이 붉어지면서 살짝 굳는 걸 나는 놓치지 않았다.

"어, 정말. 로마네 학교 미술과 애가 주말에 갤러리 알바 하면서 봤대. 카사로마 그 자식 자기 학교 애가 거기서 알바를 하는 줄은 까맣게 몰랐겠지. 이랑이 너, 내 말 쉽게 듣지 마. 진짜 걱정이야. 카사로마한테 넘어갈까 봐."

"어이없어."

이랑은 샴페인을 마시고는 김밥 하나를 입에 넣었다. 소리는 자기한테 한 말인 줄 알았겠지만, 어이없다는 말은 아마도 로마를 두고 했겠지? 둘이 정말 썸 타고 있을 거라는 의혹이 빵처럼 부풀었다.

"김밥은 안 먹을 거야? 심혈을 기울여 만들었는데."

이랑이 말하고 내 입과 소리의 입에 김밥을 하나씩 밀어 넣었다. 태연한 척하지만 기운이 빠져 보였다.

"우리 타코도 한번 먹어 보자."

소리가 타코 봉지를 뜯는데 "카톡." 하는 소리가 들렸다.

"누구 거지?"

셋 다 동작을 멈추고 스마트폰을 확인했다. 이랑이 흠, 하더니 스마트폰을 거실 바닥에 내려놓았다. 잠깐 소리네 집을 애완동물 용품 할인 마트로 착각할 뻔했다. 그때의 상황과 똑같았으니까.

나는 보았다. 이랑의 스마트폰에 뜬 이름을. 이로마. 메시지는 읽을 수 없었지만 이번엔 이모티콘을 보았다. 손목시계를 들여다보는 폴 프랭크 이모티콘이었다. 어디선가 기다리고 있다는 얘기?

"이랑이 너한테 온 거지? 누구야?"

소리가 물었다.

"어, 친구."

이랑이 대답했다.

"친구 누구, 주영이?"

"어."

"뭐래?"

"메리 크리스마스 뭐 그런 거지. 나 좀 취한다."

이랑은 벽으로 가 기댔다.

"저 부츠는 누구 거야? 새거 같은데?"

나는 화분 옆에 놓인 부츠를 가리키며 소리에게 물었다. 톱 부분에 하얀 양모가 뭉게뭉게 있는 방한화였다. 사실 부츠가 누구 거든 알 바 아니었다. 왠지 들뜬 기분에 생각 없이 물었을 뿐이다. 민소리, 네가 모르는 이랑의 비밀이 있어.

"아, 그거? 윤이가 준 거야. 크리스마스 선물이래, 헐."

"선물은 어마어마한데 역시나 감동은 쿠키 부스러기만큼도 없네."

이랑이 말했다. 지금은 모든 게 귀찮을 텐데, 윤이라는 애가 싫긴 정말 싫은가 보았다.

"그런데 있지, 어마어마한 선물보다 더 적응 안 되는 건 윤이네 집 분위기야. 걔네 엄마 밤에도 선글라스를 끼고 다닌다? 무슨 톱 텔런트 같아. 나랑 처음 인사 나눌 때부터 매번 볼 때마다 선글라스를 안 벗더라고. 딸 친구 정도는 예의 같은 거 바삭 무시해도 되니? 인사를 해도 고개만 까딱하고 마니까 나중엔 나도 생까고 싶더라."

소리는 꽤나 쌓였는지 '윤이 엄마 씹기'에 돌입했다. 윤이라면 냉기를 뿜곤 하던 이랑은 잠잠히 듣고만 있었다. 이랑에게도 자기 최면이 필요할 것 같았다. 빨리 기분 전환을 하지 않으면 크리스마스이브 파티는 망한다. 치어 업! 치어 업! 채이랑, 기운을 내 봐. 크리스마스이브 파자마 파티잖아. 묘한 기분에 휩싸여 나는 이제 버건디색 패션 안경 따위 아무래도 좋았다. 난 오늘 밤새워 놀고 싶다고.

멘붕, 이렇게 끝난 거야?

대학가 북 카페에서 로마를 만나기로 했다. 약속 시간보다 두 시간 일찍 온 나는 창가 자리를 차지하고 앉아 〈세상 끝과의 조우〉를 보았다. 〈그랑블루〉에 이어 다음 명작극장 모임에서 볼 다큐 영화였다. 남극 기지를 배경으로 자연과 인간에 관한 이야기를 담은 다큐멘터리라고, 소리 이모는 말했다. 돌고래에 이어 펭귄을 만나볼 차렌가? 소리와 은성에게는 말하지 않았지만, 나는 명작극장 모임 전에 파일 공유 사이트에서 영화를 다운로드 해 미리 한 번 보고 간다. 그래야 뭘 좀 제대로 알 것 같기 때문이다.

처음엔 집중이 안 될 줄 알았는데 나는 꼼짝없이 영화에 빠져들었다. 쿡쿡 쑤셨던 머리도 영화를 보는 동안 거짓말처럼 말짱해졌다. 남극의 풍경은 디스커버리 채널을 보는 듯 아름답고 경건했다. 웅장한 음악이 감동을 더했다. 모든 신들께 죄송하지만, 마음의 평화는 성전에서 얻는 것보다 영화에서 얻는 게 빠를지도 모르겠다. 로마가 오면 별로 속상해하지 않으면서 "끝내자." 산뜻하게 말할 수 있을 것 같다.

"많이 기다렸니? 쏘리."

"깜짝이야."

로마는 약속 시간보다 조금 늦게 나타났다. 십이 분 지각? 마지막인데 봐주자. 귀에서 이어폰을 뺐다.

"앉아."

앞자리를 가리키며 말했다. 얼굴이 따끈따끈 더워졌다. 로마가 내 뒤에서 어깨에 손을 얹고 노트북을 들여다보고 있었다. 내 뺨과 로마의 뺨이 닿을락 말락 했다. 좋은 냄새가 났다. 마음 약해지면 안 되는데. 엔딩 크레디트가 모두 올라가고 화면이 까맣게 정지했다. 나는 화면을 닫고 노트북을 로그오프 했다.

"무슨 영화 봤어?"

로마가 아포가토를 받친 쟁반을 내려놓고 내 앞자리에 앉았다.

"〈세상 끝과의 조우〉라는 다큐멘터리."

"와우, 굉장한 영화 봤네? 베르너 헤어초크, 내가 좋아하는 감독이야. 너 그렇게 수준 있었어?"

로마는 아포가토를 자기 앞에 놓고 환하게 웃었다. 난 좀 당황했다. 〈세상 끝과의 조우〉를 알고 있었단 말이야? 게다가 감독 이름까지 막힘없이 말하잖아. 이 녀석은 뭘까. 머리 빈 양아치라면 차라리 속이 편할 것 같은데. 미련 없이 뼁 차 버리면 그만이니까.

오늘따라 내가 제일 좋아하는 목 폴라에 더플코트를 입고 나왔다.

"내가 왜 보자고 했는지 궁금하지 않아?"

뜸 들이지 말고 본론으로 넘어가야 할 것 같았다.

"보고 싶어서였겠지 뭐, 하하."

어쩔 수 없구나, 카사로마.

"동화 일러스트 전시회 말이야."

"어, 그거 뭐."

로마는 티스푼으로 아이스크림을 연달아 두 번 떠먹었다. 약간 긴장하는 것 같았다.

"세 명을 한꺼번에 가이드 했음 시간도 절약되고 힘도 덜 들었을 텐데, 왜 그랬어?"

"이런…… 그걸 물으려고 보자고 한 거야?"

별일도 아닌 걸 가지고, 하는 말투였다. 뭐야, 이 자식. 이렇게까지 뻔뻔했어?

"누군가 또 카사로마를 신나게 썹었나 보네. 서로 모르는 애들끼리 같이 다니면 불편하잖아. 전시회에 데려가고 싶은 애들은 너까지 셋이고, 똑같은 갤러리에 각각 다른 날 세 번 가는 것보다 하루 날 잡아 가는 게 좋겠다 싶었을 뿐이야."

기분이 점점 더 나빠졌다. 전시회에 데려가고 싶었던 애들이 나까지 셋? 나를 그 여자애들과 똑같이 취급했다는 말이지. 물이라도 한 컵 끼얹고 싶었다. 내가 잘못 생각했어, 소리야. 네 충고를 들었어야 했는데.

"그런 말은 한마디도 하지 않았잖아."

"거봐. 여자들은 그렇더라고. 아무것도 아닌 일 가지고 날을 세우고. 알면 속상할 일을 얘기해서 뭐해. 안 그래?"

알리바이를 만들려고 지하철역에서 할머니까지 모셔 오고, 넌 그게 아무것도 아닌 일이지? 기분이 더 더러워지기 전에 말해야 할 것 같았다.

"우리 끝⋯⋯."

"크리스마스이브엔 잠깐이라도 둘이 만나고 싶었는데, 너희 정말 밤새운 거야?"

끝내자는 말을 하려다가 입을 다물었다. 동화 일러스트 전시회에 데려갈 여자애들은 여럿이 될 수 있지만, 크리스마스 전날 밤에 보고 싶은 여자애는 한 명뿐일 것이다. 그래, 하루에 여자 셋을 만나고 이렇게 당당할 수는 없지.

"응, 새벽 다섯시쯤 잠들었을 거야."

소리와 은성과 나는 정말 그때까지 쉬지 않고 놀고 먹고 수다를 떨었다. 소리는 올빼미 과라 끄떡없었고, 은성도 크리스마스이브의 엔도르핀이 도는지 생생했다. 나는 로마에 대한 배신감으로 머리끝까지 스팀을 받은 상태였지만 '끝내자.' 생각하고 자포자기로 놀았다.

"소리네 집 앞으로 갈까 하다가 네가 곤란할 것 같아서 관뒀지."

로마가 말했다.

"잘했어. 신경은 좀 쓰였지만 셋 중 하나 빠지면 파장이나 마찬가지잖아."

내 목소리는 어느새 누그러져 있었다. 끝내자는 말을 해 버렸다면 얼마나 경솔해 보였을까. 아찔했다. 로마를 만나면서 발견하는 내 모습은 참 가지가지다.

"요즘은 북 카페가 인긴가 봐? 이 카페도 괜찮은데? 여기 올 때 나도 종종 불러 줘."

로마가 카페를 둘러보며 말했다.

"여럿이 오는 것보다 혼자 오기 좋은 곳이야. 봐 봐, 다들 자기 일에만 열중하고 있지. 우리 목소리가 거슬릴지도 몰라."

나는 소곤소곤 말했다.

"그럼 나가자."

로마가 내 왼쪽 귀를 잡아당겨 귓속말을 했다.

"방학도 했겠다, 크리스마스는 지났지만 연말 기분 좀 내 보자."

"그럴……까?"

귀가 새빨개졌을 것 같아 머리카락으로 슬쩍 덮었다. 로마는 에스프레소가 끼얹어진 바닐라 아이스크림을 듬뿍 떠 내 입속에 넣어 주었다. 아이스크림이 살살 녹으면서 마음까지 왈칵왈칵 녹았다. 무엇엔가 독하게 홀린 것 같았다. 끝내자는 말을 하러 나왔다가 연말 기분을 내며 대학가를 돌아다니게 되다니. 아, 나도 모르겠다. 카페를 나가는데 대학생 언니들이 로마를 힐끔거렸다. 언니들, 아무리 연상녀 연하남이 대세라지만 얜 고딩이라고요.

* * *

"안 자고 뭐 하니?"

"엄마! 내 방 들어올 때 노크 좀 하라니까."

엄마가 예고 없이 벌컥 문을 열 때마다 짜증이 난다. 가족끼리도 지켜야 할 에티켓이 있는 법인데, 우리 집 식구들은 에티켓이 몇 천만 원짜리 에르메스 핸드백이라도 되는 줄 안다.

"딸 방에 들어오는데 노크는. 딴짓하나 보려 그런다, 왜."

휴, 내가 무슨 말을 더 해. 불시에 들이닥쳐야 딴짓을 못 한다는 믿음은 대체 어디서 생기는 거지?

"일주일에 화실 사흘 가는 것도 모자라 집에 와서까지 그림이니?"

"방학이잖아. 좀 놔둬."

"공부를 그렇게 좀 해 봐라."

못 들은 척 드로잉 연필을 고쳐 잡았다.

"이 고양이가 소리네 이모 카페에 있다는 그 고양이야?"

엄마가 그림을 보고 말했다.

"어떻게 알았어? 예쁘지? 얘가 그 고양이, 오드리야."

"고양이 이름이 오드리야? 겉멋으로 화실에 다니는 줄 알았더니, 소질이 없진 않네."

웬일이야. 엄마가 이 정도 말했으면 칭찬이었다.

"근데 만날 오드리만 그리니? 저번에도 그리는 것 같더니."

"내 캐릭터를 만들려고. 뭐든 특화된 영역을 가지고 있으면 좋거든. 고양이 그림을 그리는 작가가 없진 않지만 난 나만의 고양이를 그리면 되니까."

정말 그럴 생각이었다. 내 꿈이자 오드리에 대한 사랑의 표현이랄까.

"아무 생각 없이 사는 줄 알았더니, 잘해 보셔."

엄마는 피식 웃었다. 오늘따라 꽤 우호적인데?

"엄마, 우리 오드리 데려다 키우자. 엄마는 아무것도 안 해도 돼. 다 내가 알아서 할 테니까."

"애, 애, 말도 꺼내지 마."

엄마는 펄쩍 뛰었다.

"오드리를 한번 보면 엄마도 분명히 생각이 달라질 거야. 이 그림보다 백배는 더 귀엽고 사랑스럽거든."

"요물 같은 고양이가 사랑스럽다는 여자들, 정신세계가 별난 게 분명해. 너처럼."

"일주일만 길러 보면 생각이 싹 바뀔걸? 나도 오드리 만나기 전까진 고양이 별로였어."

"됐다고요."

더 말해 봐야 입만 아플 것 같았다.

"방해되니까 그만 나가 줘."

"성깔하곤."

약을 잔뜩 올리고 나서 엄마는 실실 웃으며 나갔다.

오드리를 정말 명작에 그냥 놔둬야 하나? 소리는 걱정 말라는 식이지만, 나는 이모를 볼 때마다 신경이 쓰였다. 은성이네 집은 안 될까? 안 되지. 은성인 오드리를 만지는 것도 엄청난 일을 해 낸 거나 다름없으니까. 데려다 키우는 건 무리!

소리랑 카톡이나 해 볼까.

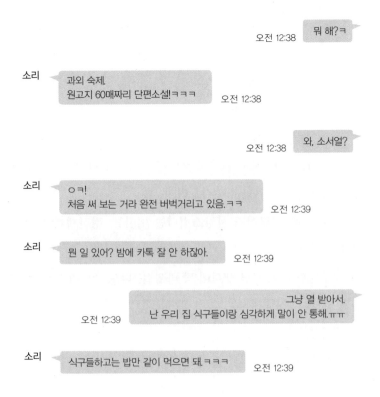

뭐 해?ㅋ 오전 12:38

소리 과외 숙제.
원고지 60매짜리 단편소설ㅋㅋㅋ 오전 12:38

와, 소서얼? 오전 12:38

소리 ㅇㅋ!
처음 써 보는 거라 완전 버벅거리고 있음.ㅋㅋ 오전 12:39

소리 뭔 일 있어? 밤에 카톡 잘 안 하잖아. 오전 12:39

그냥 열 받아서.
난 우리 집 식구들이랑 심각하게 말이 안 통해.ㅠㅠ 오전 12:39

소리 식구들하고는 밥만 같이 먹으면 돼.ㅋㅋㅋ 오전 12:39

독립하려면 최소 10년은 걸리겠지?
그때는 속이 다 터져 너덜너덜해질 거야.

오전 12:40

소리

걱정 마.
스무 살만 되면 내가 널 데리고 살 거니깐.ㅋㅋ

오전 12:40

오오, 제발 그래 줘라.ㅋ

오전 12:40

소리

꽉 믿고 쿨쿨 잠이나 자.
이 언닌 소설 쓴다.ㅋㅋ 굿밤~~~

오전 12:41

오키, 굿밤!!ㅋㅋㅋ

오전 12:41

　소리와 카톡을 했더니 속이 좀 풀리는 것 같았다. 요즘 로마 얘기를 할 때마다 좀 불편했는데 역시 친구는 친구다. 스무 살이 되면 날 데리고 산다고? 좋았어. 카톡 화면을 캡처해 놨다가 딴소리를 하면 보여 줘야지. 굳이 순서를 가릴 필요는 없지만, 베프 중의 베프를 말하라면 나는 소리를 꼽지 않을 수 없다. 친구, 하면 가장 먼저 떠오르는 아이가 바로 소리니까. 하지만 은성에게 미안해할 필요는 없을 것 같다. 꼭 그런 걸 따져 가며 친구들을 만나지는 않으니까. 소리와 은성, 나, 이렇게 셋이 만나면서 누가 더 베스트인지는 셋 다 의식하지 않을 거다.

                         * * *

"명작극장 다음 주지?"

보충수업이 끝나고 교문을 나서며 은성이 물었다.

"어, 그때까지 어떻게 기다리지? 난 그저께 잠깐 명작에 갔었지만."

내가 말했다.

"그랬어?"

"응. 화실 갔다 오다가."

"소리도 만났겠네?"

"아니. 걔 과외 가는 날이었거든."

"왜, 소리 아무 일 없을 때 가지 않고."

"소리랑 똑같은 말 하네. 그날따라 너무너무 오드리가 보고 싶더라. 미치게."

나는 히힛 웃었다.

"오드리가 새로운 개인기 보인 거 모르지?"

"무슨 개인기?"

"앞발로만 걸어가기."

"앞발로만 걸어가기?"

"응."

나는 스마트폰 앨범에 저장된 사진을 보여 주며 배를 잡고 웃었다.

"똑바로 앉은 자세에서 앞발 두 개로만 몸을 지탱하며 앞으로 가는데 너무 웃겨 돌아가시는 줄 알았어. 윈도 바 한쪽 끝에서 다른 한쪽 끝까지 이렇게 세 번이나 왔다 갔다 했잖아. 이모랑 나랑 웃다가 실신할 뻔했어. 메기 아저씨는 사진 찍느라 바쁘고."

은성도 사진을 보고 웃음을 터뜨렸다.

"오드리 생긴 건 헵번인데 진짜 웃긴 애 같아. 이 개인기 소리랑 나도 봤어야 했는……."

은성이 말하다 갑자기 입을 다물었다. 웃음도 딱 멈추었다.

"왜 그래?"

"아니야."

은성이 내 팔짱을 끼고 발걸음을 옮기는데 누군가 부르는 소리가 들렸다.

"은성아!"

찻길에 세워진 까만색 대형 승용차 안에서 한 아저씨가 창을 내리고 손을 흔들었다.

"너 부르는 것 같은데?"

내가 말하는 사이 운전석에 있던 아저씨가 차에서 내렸다. 아무 말 못 하고 얼어붙었던 은성이 "아빠야." 재빨리 말하고 어색하게 웃었다.

"학교 파하고 가는 길이냐?"

은성 아빠가 성큼성큼 다가오며 물었다.

"네."

은성인 모르는 아저씨가 말을 건 것처럼 대답했다. 얼굴은 완전히 새빨갰다.

"안녕하세요?"

은성 아빠에게 인사를 했다.

"은성이 친구냐? 예쁘게 생겼네."

"감사합니다."

나는 깍듯하게 대답하고 생긋 웃었다.

"너네 아빠 꽃중년이시다."

나는 은성의 귀에 대고 속삭였다. 은성이 "앤." 하며 내 팔을 툭 쳤다. 정말 중년의 주연급 영화배우를 보는 것 같았다. 은성처럼 월등히 우월하지는 않지만 작지 않은 키에 장동건 형님이 아닐까 싶은 잘생긴 마스크, 서글서글한 인상. 은성인 대체 뭐가 부끄럽지? 게다가 아빠랑 다투기라도 한 것처럼 딱딱하기까지 하잖아.

"추운데 어디 들어가서 맛있는 거 사 먹고 가라."

어느새 지갑을 꺼낸 아저씨가 만 원짜리 두 장을 은성에게 건넸다.

"둘이 세종대왕 한 분씩!"

아저씨는 눈을 찡긋하고는 호탕하게 웃었다.

"잘 쓸게요."

은성이 지폐를 받아 코트 주머니에 넣었다. 아까보다는 좀 나았지만 미리 준비한 대사를 외우는 것처럼 자연스럽지가 않았다. 아저씨는 마냥 즐겁고 은성인 어색하고, 분위기 참 묘하네.

"그래그래, 먹고 들어가면 엄마도 편하지. 자, 그럼 먹심으로 파이팅!"

아저씨는 손을 번쩍 들어 보이고는 털털하게 웃으며 승용차로 갔다. 겉모습과는 달리 편안한 이웃집 아저씨 타입인 것 같았다.

"너 아빠한테 뭐 화난 일 있니? 좀 싸한 것 같더라?"

붕 소리를 내며 출발하는 차를 보고 말했다.

"그랬어? 음…… 난 아빠가 좀 점잖고 조용했으면 좋겠는데 늘 오버를 하는 편이라 긴장했었나 봐. 나 그런 거 의식 많이 하거든."

"뭘 그런 걸 신경 써. 용돈도 팍팍 주시고 부럽기만 하던데."

"그래, 용돈은 백 번이면 백 번 다 반갑지. 우리 뭐 먹으러 갈까?"

은성이 코트 주머니에서 돈을 꺼내 들고 말했다.

"으유, 그렇게 환하게 웃을 거면서. 나 아까 조마조마했단 말이야."

나는 은성을 흘겨보고 발걸음을 옮겼다. 은성인 내 팔짱을 끼고 후훗 웃었다.

"어차피 공돈 생겼는데 우리 오늘 기분 막 내자. 좀 핫한 곳으로 진출해 볼까?"

"나야 얻어먹는 처지니 어딜 가든 때땡큐지."

"소리는 어떡할까? 우리 둘만 놀려니 좀 걸린다."

은성이 말하고 나를 슬쩍 보았다.

"오늘 소리 과외 가는 날이야. 방학 땐 일주일에 한 번 더 하기로 했대. 걔 요즘 창작의 불길에 휩싸여 있잖아."

"오, 그럼 미래의 작가를 위해 오늘은 그냥 우리끼리만 놀아 볼까?"

은성이 장난스럽게 말하고 킥킥 웃었다.

"핫 플레이스의 소문난 맛집부터 검색해 보자. 은성이 너도 한번 찾아봐."

나는 스마트폰을 꺼내 들고 손끝으로 잠금 패턴을 그렸다.

"좋았어!"

은성이 가볍게 말하고 스마트폰을 꺼내 들었다.

학교에서 나올 때만 해도 나는 북 카페로 갈 생각이었다. 혹시 로마에게서 연락이 온다면 집에 있다가 나가는 것보다는 훨씬 편할 테니까. '끝내자.'는 말을 하러 나갔다가 대학가 데이트를 했던 날이 지난 일요일, 바로 그제였는데 2주는 지난 것 같았다.

어제는 화실에 갔지만 로마와 밤 산책은 하지 못했다. 연극 연습이 늦어진 데다 뒤풀이가 있다고 했다. "뒤풀이 빠질까?" 하는 말이 아니었다면 격하게 실망했을지 모른다. "무슨 소리야. 난 괜찮아. 혼자 걷는 것도 즐길 만하거든." 했지만 어깨가 축 처지는 건 어쩔 수 없었다. 로마에게 이토록 마음이 기운 데는 이유가 있었다. 아주 강력한 이유.

로마가 나에게 키스를 했다!

대학가 데이트를 끝내고 나를 집까지 바래다주다가……. 누군가 급하게 뛰어가다가 나와 부딪힐 뻔했을 때였다. 로마가 내 팔을 낚아채면서 둘 다 중심을 잃고 휘청했는데, 로마의 입술이 내 이마에 닿는 장면이 연출됐다. TV 미니 시리즈 드라마의 한 장면처럼. 우발적이라고 하기엔 의도한 느낌이 너무 분명했다. 잠깐 스친 정도가 아니라 그 순간을 정확히 인식할 만큼 그의 입술이 따뜻이 얹혔으니까. 입술에 한 키스는 아니었지만 순간 세상이 정지한 것 같았다. 어떻게 집에 들어왔는지 기억도 나지 않는다. 이것 봐. 또 로마 생각이잖아. 오늘은 맛있는 거나 실컷 먹자고, 채이라앙!

* * *

오드리를 목욕시킬 때마다 한바탕 전쟁을 치르는 것 같다. 오드리는 정말 정말 씻는 걸 싫어한다. "틈만 나면 그루밍을 하는데 왜 날 괴롭히냐옹!" 오드리의 앙칼진 비명이 내 귀엔 그렇게 들린다. 오드리가 발버둥을 치면 감당이 안 된다. 날카로운 발톱으로 팔과 손을 얼마나 할퀴어대는지, 상처가 나지 않게 하려면 고무장갑을 끼어야 한다. 지금까지는 한 달에 한 번 정도 목욕을 시켰는데 이번엔 2주 만에 일을 치르는 중이다. 이모의 고양이 알레르기 때문에 내린 특단의 조치다.

목욕을 시킬 땐 욕실이 넓은 소리네 집으로 오드리를 데려온다. 소리는 오드리를 위한 목욕용품 세트를 완벽하게 갖춰 놓았다. 자기 아이를 위해서라면 아낌없이 돈을 쓰는 아줌마 같다. 오드리 목욕날은 은성을 부르지 않는다. 목욕이 싫어 발광하는 꼴을 봤다 간 정나미가 뚝 떨어질 거다. 거품이 뭉게뭉게 일어 커다란 솜뭉 치처럼 된 오드리를 언젠가는 꼭 보여 줘야지.

"채이랑, 내가 오드리 붙잡을게 니가 물 뿌려."

소리가 자기 코에 묻은 거품을 손등으로 닦아 내고 말했다.

"오케이."

"이리 와, 오드리이."

오드리를 끌어안다시피 붙잡은 소리가 나에게 눈짓을 했다.

"뿌려."

나는 샤워기 물을 미지근하게 조절해 물을 분사했다. 촤악, 물 이 끼얹어지자 오드리가 진저리를 쳤다.

"이제 거의 다 끝났어, 오드리. 니가 좋아하는 수건으로 보송보 송 말려 줄게."

몸통을 씻어 내고 얼굴과 발바닥 젤리까지 꼼꼼히 닦아 주면 목 욕은 끝난 거나 다름없었다. 포근한 수건과 드라이어로 털을 잘 말리면 오드리의 우다다다 쇼가 펼쳐진다. 거실을 종횡무진 달리 며 맘껏 기분을 내는 오드리를 보는 건 전쟁 후에 누리는 최고의 평화다.

"집사 노릇 힘들어. 후덜덜."

거사를 치른 후 소리는 1층 거실 바닥에 드러누워 툴툴거렸다.

"그래도 오드리가 오늘 개인기 또 하나 보여 줬잖아."

소리 옆에 누운 내가 몸을 뒤집으며 말했다.

"아하, 난 '앞발로만 걸어가기'보다 '세면대에 누워 물 받아먹기'가 더 웃기더라."

소리가 오드리의 흉내를 내며 깔깔 웃었다. 세면대에 올라간 오드리가 움푹 들어간 물받이에 발라당 누워 수도꼭지에서 떨어지는 물을 받아먹는 건 정말 대박이었다. 물론 수도꼭지는 우리가 틀어 줬고. 앞발로만 걸어가기 사진은 소리에게도 보여 주었다.

"허공에 앞발질 개인기부터 앞발로만 걸어가기, 세면대에 누워 물 받아먹기. 다음엔 뭘 보여 줄 거니, 오드리?"

소리는 우다다다를 멈추지 않는 오드리에게 부엉이 인형 쿠션을 흔들어 보이며 말했다. 현관까지 갔던 오드리가 소리에게 우다다다 달려와 쿠션을 낚아챘다.

"그래, 그만 시끄럽게 굴고 부엉이랑 놀아라."

오드리를 꽉 껴안았다 놓으며 소리가 말했다. 오드리는 벌써 부엉이를 물고 뜯고 야단법석이다.

"로마 있잖아."

"응?"

또 로마니? 별로 듣고 싶지 않았다. 백 퍼센트 굿 뉴스가 아니라 배드 뉴스일 테니까.

"걔 요즘 자기네 학교 퀸카랑 사귀나 보더라?"

"그래?"

"같은 과 여자애라니 뭐."

설마. 머릿속이 하얘지는 것 같았다.

"쭉쭉빵빵에다 성형을 좀 했지만 얼굴도 갑이라 학교 홍보 모델도 한다던데?"

"누구한테 들었어?"

"누구겠어. 윤이지."

"걘 이로마 파파라치 같더라?"

"이럴 줄 알았어. 윤이라면 눈에 팍팍 스파크가 튀지."

소리는 키득키득 웃었다.

"로마랑 같은 학교에다 그 녀석이 워낙 유명해야 말이지. 게다가 여자애까지 만만치 않으니, 그 정도면 전교생이 다 알지 않을까? 하여튼 카사로마는 카사로마야."

온몸의 힘이 쭉 빠져나가는 것 같았다. 이로마, 너 뭐니? 하지만 아직 이 역겨운 뉴스를 믿을 때는 아니었다. 이런 일로 로마를 오해한 게 벌써 몇 번인데.

"윤이도 동아리 탐방 취재하러 나갔다가 걔들 봤대. 윤이 그 학교 교지 기자잖아. 동아리 연습 끝나고 장만 인터뷰하는 거였는데 다른 애들도 몇 명 남았었나 봐. 그중에 우월 종자 두 명이 눈에 확 들어오더라나? 이로마랑 그 여자애."

"언제 봤대?"

"바로 어제."

끔찍했다. 어제면 내가 화실에 가는 날이었고 로마는 늦게까지 연극 연습이 있다고 했다. 어떻게든 빠져나오겠다는 걸 몇 번이나 팬찮다며 말렸는데, 소리 얘기로 판단하면 연습은 그렇게 늦게까지 한 게 아니었다.

"둘이 자연스럽게 스킨십도 하고 누가 봐도 커플이라던걸?"

"친하면 그럴 수도 있지. 예고 애들은 개방적이라 손잡고 그런 정도는 스킨십도 아니라고 하던데."

내가 지금 무슨 헛소릴 하고 있지? 로마에 대한 분노가 피어오르면서 로마를 변호하는 멍청함은 뭐야.

"두고 봐. 얼마 안 가 파트너가 또 바뀔 거야. 카사로마가 괜히 카사로마야?"

소리가 장담하듯 말했다.

"로마는 그러던데? 자기가 이 여자애, 저 여자애 만나고 다닌다는 소문 잘 안다고. 하지만 자기한테 마구 덤비는 애들을 시끄럽지 않게 돌려보냈을 뿐이라고. 좋은 친구로 지낼 수도 있는데 굳이 불편해질 필요 없어서 영화도 보고 야구장에 간 적도 있대. 떳떳하니까 그런 말 하는 거 아냐?"

미쳤어. 지금 로마를 두둔하고 싶니?

"로마가 그랬어? 언제?"

"전에 선생님 심부름 때문에 화실에 잠깐 왔었거든."

"화실에서 그런 얘길 해? 자기 엄마도 있는데?"

"아니, 그날 운동도 할 겸 집까지 바래다주겠다고 해서……."

아아, 내가 무슨 소릴 하고 있는 거야. 소리가 이쯤 끝낼 애가 아닌데. 모든 게 엉망으로 되어 가고 있었다.

"솔직히 말해 봐. 너 로마랑 썸 타고 있지. 아님, 이미 사귀는 중?"

소리가 옆으로 누운 채 나를 똑바로 내려다보며 물었다.

"썸은 무슨."

나는 얼버무렸다.

"카사로마가 너한테 그런 말을 왜 했겠어. 그러고는 계속 대시했지? 맞잖아. 내가 그쪽으로 얼마나 촉이 발달했는데."

"……그래, 만난 지 한 달 좀 안 됐어."

소리의 추궁에 순간 자백하듯 말을 해 버렸다.

"뭐라고? 정말이야?"

소리는 팅기듯 상체를 일으키고 앉았다.

"응……."

"그럼 내가 로마 디스하고 그럴 때 넌 로마를 만나고 있었던 거네?"

"미안해. 하지만 로마가 비밀로 하길 원했기 때문에 말할 수 없었어."

나도 몸을 일으켜 무릎을 끌어안고 앉았다.

"로마가 그랬다고 날 바보로 만드니?"

소리의 목소리가 점점 커졌다. 얼마나 화가 났는지 얼굴이 빨갛게 달아올라 있었다.

"널 바보로 만들려고 그랬던 게 아니라, 로마의 프라이버시를 지켜 주려고 그랬던 거야."

"친구를 바보로 만들더라도 날라리 양아치 프라이버시는 지켜 줘야 했다?"

"그게 아니라니까! 나중에 얘기하려고 했어. 이제 공개해도 되겠다 싶을 때."

나도 화가 나기는 마찬가지였다. 그렇게 단순하게 단정 지을 문제가 아니잖아.

"근데 왜 지금 얘기해? 계속 입 꽉 닫고 있지."

"니가 그렇게까지 추궁하는데 더 이상 어떻게 입을 다물어."

"그래서, 그 자식이랑 해피하냐?"

소리는 빈정대듯 말했다.

"사실은 헷갈릴 때가 많아. 어떤 앤지. 지금도 그렇고."

"넌 그런 얘기 숨기다 꼭 힘들어질 때 털어놓더라? 중딩 때도 그랬잖아. 두 번이나. 그러더니 고딩 때도? 넌 내가 추궁해서 말했다지만 니가 헷갈리고 혼란스러우니까 얘기해 버린 거야. 잘되고 있음 계속 지퍼 닫았겠지."

"말했잖아. 비밀로 하기로 한 약속 깰 수 없었다고."

"절친이면 무슨 얘기든 다 해야 하는 거 아냐?"

소리는 고함치듯 말했다.

"모든 얘길 다 하는 게 베프니? 난 그렇게 생각하지 않아."

내 목소리는 조금 떨렸다. 울고 싶었다.

소리는 벌떡 일어나 나를 내려다보고 말했다.

"명작극장 끝내지. 절친을 그따위로 무시한 너, 못 보겠어."

그러고는 쿵쿵쿵 소리를 내며 2층으로 올라갔다. 부엉이 쿠션을 줄기차게 물어뜯던 오드리가 고개를 들고는 소리의 뒷모습을 빤히 올려다보았다. 대체 무슨 일이 벌어진 거지? 다 끝난 거야? 로마도? 소리도?

소리 - 은성 - 이랑

내가 만약 외로울 때면 누가 나를 위로해 주지?*

방학이다. 즐거운 방학이 아니라 아주 개떡 같은 방학이다. 엄마가 태국에서 돌아올 때까지 일주일 동안 청소만 했다. 화장실 변기도 닦고 거실 바닥도 닦고 책상과 거실 테이블, 식탁과 냉장고도 닦았다. 내 평생 손끝이 쪼글쪼글해지도록 걸레질을 해 보긴 처음이다. 청소를 하고 나서는 고추장 비빔밥을 아귀아귀 먹어 댔다. 바람난 남편 때문에 이를 악문 TV 드라마 속 아줌마, 딱 그 꼴이었다. 정말 어이 상실이다.

물론 보충수업을 받으러 학교에도 갔고 글쓰기 과외도 빠지지 않았다. 보충수업 땐 채이랑과 이로마 생각에 열 받아 1교시부터

• 가수 윤복희가 부른 〈여러분〉의 가사 일부분.

6교시까지 시간을 홀딱홀딱 까먹었지만, 과외를 하러 가서는 기를 쓰고 집중했다. 엄마가 좋아하는 노래의 가사를 생각했다. '내가 만약 외로울 때면 누가 나를 위로해 주지?' '여러분'이 아니라 나에겐 '한 줄의 문장'이었다. 그래, 신의 뜻일지 몰라. 이 기회에 문단에 파란을 일으킬 문제작을 써 보는 거야. 혹시 알아? 처음 쓴 단편소설이 신춘문예에 보란 듯이 당선될지. 작가 이름으로 민소리는 너무 약한 것 같아 필명을 생각해 보기도 했다. 스무 개쯤 뽑아 놓았는데 일단 '이파란'이 제일 마음에 든다.

그날 이후 이랑에게선 아무 연락도 없었다. 잘됐지 뭐. 사과를 받을 게 아니라면 여기서 깨끗이 끝내는 게 나았다. 아무리 베프였다고 해도 아니면 아닌 거다. 믿음이 깨졌으면 모든 게 깨진 거니까. 얌전한 고양이 부뚜막에 먼저 올라간다더니, 어쩜 그렇게 날 감쪽같이 속일 수 있지? 피를 나눈 언니보다 몇 배는 더 생각해 주고 챙겼는데 말이다. 작년에 속도위반으로 일찌감치 결혼한 언니는 나랑 나이 차이도 일곱 살이나 나고 자기밖에 모르는 얌체라 잘해 주고 싶은 마음도 없지만.

어쩐지, 처음부터 수상쩍다 싶더니만. 내 촉은 틀리는 법이 없다. 우우욱, 생각만 해도 화가 치민다. 나는 모든 문을 활짝 활짝 열고 보일 거 못 보일 거 다 보여 줬는데, 이랑은 비밀의 방을 만들어 놓고 감당하기 어려운 뭔가가 있을 때만 그 방을 살짝 열어 보였다.

난 스무 살이 되면 정말 이랑과 함께 독립하려고 했다. 부모님의 반대 같은 건 걱정할 일이 없었다. 고등학교만 졸업하면 집에서 다 내쫓을 거라고 엄마와 아빠 심심하면 말하곤 했으니까. 결혼 전까지 빈대가 체질이라며 부모님 골수까지 빼먹고 나갈 거라던 언니는 구제불능이었고. 어쨌든 적어도 난 내 인생을 잘 살고 있다고 생각했는데 한심하기 짝이 없는 착각이었다. 한마디로 민소리, 인생 헛살았다. 알았니?

은성이한테는 뭐라고 하지? 걘 아직 아무것도 모른다. 어제 카톡을 할 때는 시침 뚝 뗐다. 이랑이 며칠 동안 다운돼 있다며 왜 그러는지 아느냐고 하는데 내가 뭐라겠어. '니들 매일 만나면서 나한테 물어보냐?' 그렇게 대꾸해 버렸다. 이랑에게서 시작된 문제니 이랑이 얘기하는 게 맞다. 은성인 명작극장 모임 때 보자며 카톡을 끝냈다. 명작극장은 정말 어떻게 해야 하지? 이랑이한테는 다 끝내자고 했지만 둘만의 명작극장이 아니니까. 은성인 졸지에 뭐냐고. 에 씨, 모르겠다. 닥치면 생각해야지.

오늘은 새해 들어 첫 번째 맞는 일요일. 새벽까지 소설을 쓰다가 잠들었는데 지금이 몇 시인지 모르겠다. 일어날까 말까. 이불 뒤집어쓰고 잡념에 시달리느니 일어나는 게 나을 것 같았다.

"민소리, 이제 일어나지?"

노크 소리가 들리더니 엄마가 방에 들어왔다.

"타이밍 한번 잘 맞추네."

이불을 얼굴 밑으로 끌어내리며 말했다.

"대체 몇 시간을 자니? 좀 있으면 저녁 먹어야겠다."

"뭐? 저녁?"

이불을 걷어 내고 벌떡 일어났다. 머리맡에 두었던 스마트폰을 눌러 보니 오후 다섯시 십삼분. 열두 시간이나 잤단 말이야?

"깨우지 그랬어."

침대에서 내려와 책상으로 가 앉았다. 노트북 전원을 켰다.

"밤새 두드리는 것 같던데 또 노트북을 켜?"

"외롭거든."

"무슨 잠꼬대 같은 소리야. 배 안 고프니? 밥 먹으러 나가자."

엄마가 내 외로움을 알 리 없었다.

"집에서 대충 먹으면 안 되나? 나가기 싫은데."

"며칠 장을 안 봐서 집에 먹을 게 없어. 옷 갈아입고 내려와."

"엄마."

방을 나가려는 엄마를 불렀다.

"엄마 한번 심각하게 부른다. 왜?"

"친구란 뭘까?"

나는 정말 심각하게 물었다.

"자다가 봉창 두드린다더니, 자다가 일어나 친구란 뭐냐니?"

"그러니까 친구란 어떤 사이여야 하는가, 그걸 묻는 거야."

"친구랑 싸웠니?"

넘겨짚긴. 이랑과 싸웠다고 말하긴 싫었다.

"아니 아니, 소설을 쓰다 보니 생각이 달려서. 내가 깊이가 좀 없잖아. 20년 동안 드라마를 썼으면 엄만 인간에 대해 빠삭할 거 아냐."

"흠, 친구라……."

엄마는 팔짱을 끼고 도톰한 입술을 쫑긋쫑긋했다.

"친구를 어째야 한다, 라고 말할 수 있는 건 아니지. 친구는 당위가 아니라 존재니까. 그냥 친구라는 현실 그 자체지."

"꽈당, 누가 철학 강의를 해 달래? 드라마 쓰는 것처럼 쉽게 얘기해 봐. 내 수준에 맞게, 단순하게 말해 보라고."

"그래, 단순하게, 친구는 그냥 친구라니까? 미주알고주알 자기 속을 홀딱 까뒤집는 친구, 만나서 시끌시끌 놀기만 하는 친구, 비슷한 생각을 나누는 친구, 어떤 목적을 가지고 만나는 친구……."

드라마에 등장시킨 인간형을 모두 말할 작정인가 보았다.

"그게 다 친구지 뭐."

엄마는 어깨를 으쓱했다.

"진정한 친구는 미주알고주알 자기 속을 홀딱 까뒤집는 친구겠지?"

엄마가 뭐라고 대답하든 나는 그렇다고 확신했다. '베프'나 '절친'이란 말이 왜 있겠어.

"니가 그렇다면 그런 거지 뭐."

"아우 짜증 나. 말씀 고오맙습니다."

엄마가 하하 웃었다.

스마트폰 벨 소리가 들렸다. 침대에 놓인 폰에 껄끄러운 이름이 떠 있었다. 까칠채이랑.

"옷 입고 내려갈게."

방문 쪽으로 엄마의 등을 밀었다.

"만날 만나면서 무슨 할 얘기들이 그리 많은지."

엄마는 내 폰을 들여다보며 피식 웃고는 방을 나갔다.

조금 긴장됐다. 받을까, 말까. 머리가 갈등하는 동안 손가락은 초록색 송수화기 그림을 터치하고 있었다. 혹시 사과를 할지도 몰라.

"어."

참 어정쩡하네.

"새해 인사 못 해서. 잘 보냈니?"

"그렇지 뭐."

얼굴을 벅벅 긁고 싶을 만큼 어색했다.

"소리야, 나 정말 너 속일 마음 없었어. 약속을 지키고 싶었을 뿐이야. 누구랑 약속했든 약속은 약속이니까."

이랑이 얘 진짜 뭐 하자는 거지? 스팀이 팍팍 오르기 시작했다.

"그 얘기 하려고 전화했니?"

"그래."

"니가 진짜 친구라면 내가 이로마 깔 때 말했어야 해. 내가 몇 번이나 떠보는데도 너 깜찍하게 모른 척하더라? 원래 그렇게 내숭이었니?"

"너한테는 미안했어. 하지만 카사로마에게도 프라이버시는 있잖아. 이로마가 믿을 만한 애는 아니었다는 걸 알게 된 지금도 그 생각엔 변함이 없어."

"친구랑 그런 얘기 안 하고 무슨 얘길 하니? 그 자식 작업에 넘어갈까 봐 내가 얼마나 걱정했는지 알아?"

"바보가 아닌데 왜 몰라. 하지만 내 성격 알잖아."

"됐거든? 난 죽어도 너 이해 못 해. 똑같은 얘기 할 거면 앞으로 전화하지 마. 명작극장 문 닫아도, 두 번 다시 너 못 만나도 나 후회 안 해. 어디 가서 나랑 친구였다고 말하지 마."

"……."

이랑은 아무 말이 없었다.

"그리고 로마 그 자식은 제발 만나지 마라. 끊을게."

스마트폰을 침대에 던졌다. 사과를 기대했던 내가 순진했지. 어차피 이렇게 됐는데 로마 자식 만나지 말라는 말은 뭐하러 했는지 모르겠다. 걱정해 줘 봤자 뒤로 호박씨 까고 양아치 프라이버시만 챙기는데. 그래, 내가 바보 천치였어. 이제라도 정신 차리자. 친구고 뭐고 다 필요 없고, 글이나 열심히 쓰자고. 내가 외로울 때 날 위로해 줄 건 여러분이 아니라 차라리 누추한 문장들이라니까. 정말 개떡 같은 방학이다.

* * *

오드리는 개인기를 또 하나 개발했다. 우다다다 비닐봉지 뒤집어쓰고 헤드뱅잉. 이름이 좀 긴가? 카페 한쪽 끝에서 우다다다 달려가 비닐봉지 속으로 머리를 쏙 집어넣은 다음 정신없이 헤드뱅잉을 하는 거였다. 이모가 도시락집 비닐 포장 봉지를 바닥에 떨어뜨리고 놔뒀는데 오드리가 단박에 개인기 도구로 활용했다. 이 기발한 개인기를 다섯 번이나 보여 줬는데 다섯 번 다 성공. 개인기도 기상천외했지만 민첩성은 정말 끝내줬다. "뭐니? 쟤." 이모는 눈물까지 찔끔찔끔 흘리며 말했고, 메기 아저씨는 사진을 찍기 바빴다. 한바탕 개인기를 펼친 오드리는 손님 세 명이 들어서자 커피 원두 통 속으로 들어가 그루밍을 시작했다. 심심하면 그루밍이다.

나는 명작극장으로 들어와 노트북을 꺼냈다. 전 같으면 오드리의 개인기에 열렬한 입맞춤을 퍼붓고 맛좋은 간식 캔을 땄겠지만, 지금은 아무런 의욕도 없었다. 머릿속엔 오직 한 가지 생각뿐이었다.

이랑이 명작극장에 올까, 오지 않을까.

안 그러려고 해도 눈동자가 자꾸 출입문 쪽으로 돌아갔다. 오면 어색할 텐데 어떡하지? 표정 관리도 제대로 안 될 게 뻔하고. 셋이 만나면 폭풍 수다가 기본인데, 둘이 멋쩍게 있으면 은성이 이상하게 볼지도 몰랐다. 으으, 이런 상황 정말 싫다.

커피 잔을 닦던 이모가 손목시계를 가리키며 나를 향해 어깨를 으쓱했다. "애들 늦네?" 하는 것 같았다. 근데 이모 팔 뭐야. 그냥 두면 정말 안 되겠네. 멀리서 보아도 팔뚝이 두드러지게 발긋발긋

했다. 연고를 바르면 괜찮아진다면서 왜 저 지경이 되도록 놔두는지 모르겠다.

노트북 전원을 켤 때 누군가 카페 문을 열고 들어왔다. 커다란 귀마개를 한 파마머리 아저씨가 메기 아저씨 옆으로 가 앉았다. 그새 오드리는 쿠션 그 자체인 메기 아저씨 품에서 잠들어 있었다. 혹시 이랑, 은성 둘 다 안 나타나는 거 아냐? 이랑이 명작에 오지 않겠다고 하고, 이유를 캐묻던 은성이 그럼 자기도 오지 않겠다고 하고. 그럴 수도 있지. 으음, 피곤해라. 적당한 핑계를 대고 오늘 명작극장을 취소해 버릴걸. 될 대로 되라, 하고 있다가 여기까지 왔다. 네시에 시작하기로 했는데 십삼 분이 지나고 있었다. 은성에게 카톡을 보내 볼까. 하지만 그럴 필요는 없었다. 스마트폰을 집어 드는 순간 은성이 카페로 들어섰으니까.

"이랑인 몸이 너무 안 좋대."

명작극장으로 들어온 은성이 말했다.

"왜? 어디 아프대?"

내가 물었다.

"생리통이 심한가 봐. 그런 거 없었는데 요즘 컨디션이 바닥이라선가? 말도 잘 안 하고. 넌 진짜 뭐 아는 거 없어? 이랑이가 왜 그러는지."

은성이 손가락장갑을 벗으며 내 앞에 앉았다.

"이랑이 못 온다고 그랬으면 나한테 연락하지. 명작극장 둘이시는 곰 그렇잖아."

나는 대답을 피했다. 언제까지 이래야 할까.

"스마트폰 배터리가 다 돼서. 나 원래 폰 관리 잘 안 하잖아."

"그랬구나? 좀 일찍 오지. 오드리 개인기 완전 죽여줬는데. 오늘 또 새로운 거 선보였거든."

은성의 장갑을 껴 보며 말했다. 장갑이지만 손가락이 길긴 길구나.

"그래? 어떤 개인기?"

"우다다다 비닐봉지 뒤집어쓰고 헤드뱅잉."

"뭐? 우다다다 비닐봉지 뒤집어쓰고 헤드뱅잉?"

은성이 깔깔 웃었다.

"이름만 들어도 웃긴다. 사진 찍은 거 있어?"

"메기 아저씨가 찍었는데 보여 달라고 할까?"

"아니, 그럴 필요까진 없고."

그럴 줄 알았다. 은성인 오드리의 모든 걸 보고 싶어 할 만큼 녀석을 좋아하진 않는다. 이랑이라면 궁금해 죽으려고 했겠지.

"그럼 우리끼리라도 영화를 볼까? 명작극장에 왔는데 그냥 가면 섭하지."

은성에게 말했다. 나는 영화를 보고 싶었다. 〈세상 끝과의 조우〉든 뭐든. 영화라도 보지 않으면 은성과 무슨 얘기라도 하고 있어야 하니까. 정말이지 수다 떨 기분이 아니었다.

"그러자."

은성이 내 옆으로 와 앉았다. 다리 길이 차이 봐라. 무릎 담요를 집어다 허벅지부터 길게 덮었다.

"채 집사님은 오늘 안 오시나?"

마우스를 잡는데 이모가 명작극장 문을 열고 말했다.

"네, 몸이 안 좋아서요."

은성이 대답했다.

"어머, 명작극장에 빠질 정도면 많이 아픈가 보네. 너희 셋 중 이랑이가 제일 열성이잖아. 게다가 영화가 아니라도 오드리는 꼭 보러 왔을 텐데."

"주문 안 해도 알지? 우리 지금 영화 보려고. 초특급으로 부탁합니다, 이모님."

나는 이모를 몰아내듯 말했다. 오늘은 누구의 말이든 길어지는 게 싫었다.

'명작극장' 폴더를 클릭했다. 그동안 명작극장에서 보았던 영화 파일이 주르륵 떴다. 〈세상 끝과의 조우〉까지 열여섯 개. 모두 이모에게서 받은 파일들이다. 겨우 영화 열여섯 편 보고 명작극장 문을 닫는 거야? 아무리 생각해도 기가 막혔다. 영화 파일을 클릭했다. 까만 화면에 감독의 이름이 떴다 사라지고 잠시 후 영화 제목이 나타났다. 〈세상 끝과의 조우〉가 시작되고 있었다. 머리 비우고 영화나 보자.

"너 오늘 좀 시들시들한 거 아니?"

은성을 배웅하고 들어오자 이모가 말했다.

"그래 보여? 은성이도 나한테 그러던데."

시큰둥하게 대답하고 메기 아저씨가 있었던 자리에 앉았다.

"거울 한번 봐 봐. 어떤가."

"메기 아저씬 언제 갔어?"

"니들 영화 볼 때 갔지. 영화 아카데미 동기 입봉작 모니터링하러. 아까 왔었는데, 봤지? 메기 옆에 있던 노숙자. 꼴은 그래도 영화감독이잖아."

노숙자란 파마머리 아저씨를 말하나 보았다. 메기 아저씨보다는 상태가 양호하던데. 별 대꾸 없이 고개를 끄덕였다.

"이랑이가 빠져서 일찍 끝냈니? 토론은 금세 쫑 하고 수다 떨기에 정신없더니. 〈세상 끝과의 조우〉는 어땠어?"

"바다표범 우는 소리 정말 신비롭더라. 소름 쫙 돋는 거 있지? 베스트 오브 더 베스트 신은 그거였어. 펭귄 한 마리가 친구들한테서 이탈해 뒤뚱뒤뚱 산으로 걸어가던 장면. 갠 뭘 향해 가고 있었을까?"

"오오, 민소리, 대충 보는 줄 알았더니 아니었네?"

이모가 기특하다는 듯 말했다.

"산으로 가는 펭귄은 정말 시적이지?"

"응. 하지만 내 취향은 역시 판타지야. 〈반지의 제왕〉, 〈나니아 연대기〉 같은 영화. 상상력의 끝을 보여 주잖아."

"호오, 그러신가요?"

"이모."

나는 두 손으로 턱을 받치고 이모를 불렀다.

"이모 한번 비장하게 부르네. 얼굴 좀 펴라. 유언이라도 남길 것 같아."

"친구란 뭘까?"

"친구?"

"어, 친구."

"잠깐만. 어서 오세요."

손님 두 명이 카페로 들어와 얘기가 끊겼다. 매일같이 파리만 날리더니 오늘따라 손님이 간간이 쉬지 않고 들어왔다. 그냥 집으로 갈까? 이모가 이마를 탁 칠 만한 대답을 해 준다 해도 마음이 풀릴 것 같지 않았다. 카사로마의 너저분한 프라이버시를 지키기 위해 베프를 바보로 만든 채이랑, 백 년 동안 생각해도 이해 못 한다.

"으악!"

뺨에 까슬까슬한 게 와 닿는 느낌에 자리에서 펄쩍 튀어 올랐다.

"오드리!"

2인용 테이블의 의자 위에서 그루밍을 하다 깊이 잠들었던 오드리가 어느새 바로 올라와 나에게 달라붙었다.

"이 언냐 오늘은 배터리 막대 한 개밖에 없다. 맛난 간식 먹으며 혼자 놀아."

화장실 세면대 수납장에서 참치와 통새우 캔을 가져왔다. 이제 뚜껑 따는 소리만 들어도 오드리는 입맛을 다신다. 추르릅 냠냠 쩝쩝. 조그만 것이 먹는 소리 한번 요란하다.

"소리 너 친구랑 무슨 일 있지?"

주문한 커피를 손님이 가져가자 이모가 물었다. 엄마도 그러더니 넘겨짚긴. 하긴 얼굴 잔뜩 구기고 "친구란 뭘까?"라고 묻는데 눈치 까는 거지 뭐.

"혹시 이랑이?"

엄마보다는 이모가 한 수 위였다.

"응."

나는 자포자기로 대답하고 푸후후 웃었다.

오드리가 참치와 통새우를 탐하는 동안, 나는 이모에게 나를 빡치게 만든 스토리를 달달달 보고했다.

"흥미진진한데?"

보고를 들은 이모의 첫 평가는 기대 이하였다. 내 생에 가장 심각하고 진지한 고민을 털어놨는데 이 가벼운 호기심은 뭐지?

"이모! 난 지금 증권가 찌라시 루머를 씹어 댄 게 아니라고."

"물론이지."

이모는 직업 상담사처럼 대꾸했다.

"실망스럽겠지만 나는 민소리도 이해하고 채이랑도 이해해."

오 마이 갓.

"난 이모가 얼마나 이해심이 많은지 알고 싶었던 게 아닌데. 양팔 저울에 똑같은 무게로 추를 올려놓은 것도 아니고, 어떻게 이쪽도 백 그램, 저쪽도 백 그램이야? 사람 마음은 1그램이라도 어느 쪽으로든 기울기 마련이잖아."

"사람 마음을 양팔 저울에 달아 볼 수 있다면 얼마나 편리하겠니."

"결론은 둘 다 똑같다는 거?"

"똑같다는 말하고는 또 다른데. 어쨌든 소리야, 그래도 친군데 니가 참아라, 그런 얘기 난 안 해. 니가 아무리 노력해도 이랑일 이해할 수 없다면 할 수 없지. 마음 가는 대로 하란 뜻. 그게 이모의 결론이야. 오케이?"

"그래, 오케이."

이제 명쾌하게 정리가 되었다. 그런데 뭐가 이렇게 찝찝하지?

"하지만 어차피 그렇게 마음먹었다면 좀 더 두고 봐도 괜찮지 않을까? 시간이 한참 지나 혹시 이랑이가 '소리 니 생각이 옳았어.', 이렇게 나올지도 모르잖아."

"이모가 걜 몰라서 그래. 고집 쩐다고. 암튼 이랑인 나 없이도 잘 지낼 거야. 나쁜 기집애. 카사로마 이 자식, 이랑이 울리면 가만두나 봐라."

"그 녀석 만나면 눈물 쏙 빠지게 니킥 한번 날려 줘라."

이모는 장난스럽게 말했다. 조카가 베프와 찢어지기로 했다는데 대체 뭐가 좋은 거야?

간식 캔에 빠져들었던 오드리가 고개를 들고 입 주변을 핥았다. 배가 부른지 나에게로 접근하는 걸 슬쩍 밀어 냈다.

"니 수석 집사가 이 언냐를 화나게 했어, 오드리. 아니? 이제 베프고 절친이고 다 필요 없스."

나는 애꿎은 오드리에게 투덜댔다.

"애정이 뜨거우시더니 그렇게 쉽게 식어도 되는 거야?"

이모가 캔을 치우며 말했다.

"내가 뭘. 이랑이가 먼저……."

"오드리한테 그렇단 얘기였어. 하긴 넌 오드리한테 하는 게 곧 이랑이한테 하는 거지 뭐."

"쳇."

왠지 민망해져 코트 단추를 채웠다.

"나 배터리가 다 돼서 더 이상 못 있겠다. 집에 가서 기절해야지."

"반드시 깨어나야 해."

명작극장으로 가방을 가지러 들어가는데 이모가 장난스럽게 말했다. 이모는 내가 며칠 못 가 "채이랑, 노올자." 하고 이랑을 부를 거라고 생각하는 게 틀림없다. 하지만 절대 그런 일은 없다. 이랑이 자기 잘못을 인정하지 않는 한.

* * *

"소리 너 타고난 재능이 있는 것 같아. 글발이 한번 트이니까 거침없는데?"

과외 후 선생님이 스터디 룸을 나가자 윤이가 나를 잔뜩 치켜세웠다.

"에이, 말도 안 돼. 끝없는 지적질에 만신창이가 됐는데 뭘."

플라스틱 쟁반에 먹고 난 잔해들을 챙기며 내가 말했다. 과외는 스터디 카페에서 하는데 언제나 네 시간을 꽉 채운다.

"지적질이 많을수록 잘 썼다는 얘기야. 좀 더 완벽하길 바란다, 그 말씀이지."

"갖다 붙이긴."

한 모금 남은 레모네이드를 후루룩 빨아들이며 내가 말했다. 꿀꿀했던 기분이 한결 나아지는 것 같았다.

"그냥 하는 말이 아니라, 우리 과 애들 중에도 너만큼 쓰는 애들 몇 명 없어."

"설마. 명색이 예고 문창관데."

"문창과 애들도 나름이지. 너 정도면 당장 전학 와도 절대 꿇리지 않을걸? 그래그래, 아예 우리 학교로 전학 와라. 어차피 진로를 정했으면 그쪽으로 집중하는 게 낫지. 백일장 수상 실적만 좀 되면 대학 가는 거 일반고보다 훨씬 유리하거든."

"진짜?"

"진짜."

솔깃했다. 맞아, 명작극장이니 뭐니 하며 철없이 놀 궁리만 했던 내가 어리석었지. 다들 눈에 불을 켜고 자기 살 길 찾기에 바쁜데 말이다.

"내가 가고 싶다고 전학을 갈 수 있나? 정원이 있을 텐데."

"일반고로 전학 가는 애들이 있어서 거의 매 학기 편입생을 받거든. 물론 시험을 쳐야 하지만. 장담하는데, 너라면 문제없이 합격이야."

"생각해 보고. 우리 엄만 분명히 내켜 하지 않을 거야. 과외도 탐탁지 않아하다가 내가 조르고 졸라서 알아봐 줬거든. 글을 쓰는 건 배우거나 가르치는 게 아니라나?"

"다 옛날 얘기지. 이제 문학에도 아이돌 시대가 온다고. 두고봐."

이런 말을 할 때 윤이는 카리스마가 넘친다.

"내일은 뭐 할 거니?"

가방을 다 챙기고 나서 윤이가 물었다.

"아직 계획 없는데."

원래 계획은 이랑, 은성과 디스코팡팡에 가는 거였다. 무지 기대했는데, 쯧. 단편소설을 마무리해야 한다며 다음에 가자고 은성에게 카톡을 보냈다. 셋이 그룹 채팅을 하는데 오줌 눌 시간도 없다며 이랑에게 전해 달라고 했다. 이제 은성도 뭔가 눈치채지 않았을까.

꺼 놓았던 스마트폰을 켜는데 윤이가 "잠깐." 하고 내 폰을 빼앗았다.

"얘 누구니? 어디서 많이 본 얼굴인데?"

윤이가 바탕 화면 사진을 보고 고개를 갸웃했다. 은성, 이랑, 오드리와 명작극장에서 함께 찍은 사진이었다. 만사 귀찮아 사진도 바꾸지 않았다.

"이은성! 맞지? 이은성."

"니가 은성일 어떻게 알아?"

자리에서 일어서려다 다시 앉으며 물었다.

"내가 묻고 싶다. 너, 이은성이랑 친해? 폰에다 깔아 놓을 만큼?"

"어, 근데 넌 어떻게 은성일 아느냐고."

윤이는 어이없다는 듯 나를 보았다.

"중딩 때 우리 학군에서 놀던 날라리야."

대체 무슨 말이지? 은성이 날라리였다니, 순진한 이은성이.

"그땐 나도 좀 놀았는데. 양대 산맥이 있었거든. 우린 할 거 다 하고 노는 애들이었다면, 얘네 떨거지들은 완전 찌질했지. 스타일 죽이는 이은성은 독보적이었지만. 근데 완전 주름잡던 애가 왜 이렇게 맛이 갔지? 아니, 얘 너네 반이니?"

"아니, 친구네 학교 애."

"그렇구나. 얘 지금은 어때?"

기가 막혔다. 이은성이 중딩 땐 알아주는 날라리였다니.

"생긴 대로 놀아. 착하게."

나는 스마트폰을 주머니에 넣으며 말했다. 믿을 수 없었다. 은성이 네가 정말?

"뉴스에 날 일이네. 못된 여왕님께서 착한 무수리가 돼 버리다니. 하긴 세상엔 늘 기적이라는 게 일어나니까. 이따 밤에 전화로 흥미진진한 이은성 스토리를 얘기해 줄게. 나가자!"

노트북 백팩을 멘 윤이가 쟁반을 들고 일어났다. 나는 엉거주춤 따라 일어났다. 머리가 띵했다.

"기자단 합격자 발표 20일인 거 알지?"

쟁반을 분리수거대 위에 올리며 윤이가 말했다.

"딱 열흘 남았네. 우리 둘 다 되면 스테이크 먹으러 가자. 엄마가 사 준댔는데 너도 같이 가지 뭐."

윤이는 이미 합격된 것처럼 말했다. 같이 가면 선글라스 벗은 윤이 엄마를 볼 수 있을까? 정신없는 와중에도 그런 생각이 들었다.

"난 자신 없는데. 독후감을 너무 거지같이 써서. 독후감 쓰는 거 완전 싫어하거든. 심사 위원이 몇 줄 읽다가 던져 버렸을 거야."

카페 바깥으로 나오며 목도리로 입을 가렸다.

"안 그런 거 같으면서 은근 엄살이더라?"

윤이가 나를 째려보며 웃었다.

"주말 잘 보내."

"어."

찻길로 뛰어가는 윤이의 등에 대고 멍하게 대답했다. 오렌지색 미니 쿠퍼가 대기하고 있었다. 차가 앞쪽으로 가 있어 윤이 엄마는 보이지 않았다. 윤이가 어딜 가든 라이딩을 해 주는 윤이 엄마. 한가하신 건지, 지독하신 건지.

버스 정류장으로 걸어가며 스마트폰 바탕 화면의 은성을 보았다. 이은성, 너 정말 그랬니?

운명처럼 만난 아이

이랑은 컨디션이 조금 나아진 것 같다. 지난주엔 쓰나미라도 겪은 것처럼 창백해 보이더니.

"소리 정말 필 받았나 봐. 소설 쓴다며 꼼짝도 않잖아. 노는 일이라면 뒤로 미룰 애가 아닌데, 그치?"

화장실에서 이를 닦고 나와 교실로 가면서 내가 말했다.

"그러게."

이랑은 한마디만 하고 입을 다물었다. 소리와 무슨 일이 있는 게 틀림없다. 디스코팡팡에 가기로 했던 약속이 취소된 이유도 그래서일 것이다.

어제 소리는 소설을 써야 한다며 디스코팡팡엔 다음에 가자고 카톡을 보내왔다. 하지만 믿을 말이 따로 있지. 단지 그 때문에 벼르고 별렀던 방학 행사를 포기할 민소리가 아니었다. 내키지 않는다는 이랑을 끈질기게 설득한 게 누군데. 나는 늘 하던 대로 '너희들이 가고 싶다면.' 하는 태도를 취했다. 정말 오랜만에 놀아 보나 했더니만. 애들한테는 디스코팡팡에 한 번도 가 본 적이 없다고 했지만 실은 중학교 때 문턱 닳게 다녔다. 같이 몰려다니며 놀던 애들과 인천 월미도까지 간 적도 있다. 미니스커트를 입은 채 긴 머리카락을 출렁이며 몸부림을 치면 밑에서 구경하는 멍청이들이 입을 벌린 채 침을 흘리곤 했다.

"솔직히 말해 봐. 니들 무슨 일 있지?"

교실에 들어와 이랑의 옆자리에 앉으며 물었다. 이랑이 멈칫했다. 파우치에서 핸드크림을 꺼내 내 손에 짜 주던 참이었다.

"무슨 일이라니?"

이랑은 시침 뚝 떼고 자기 손에 핸드크림을 짰다.

"나 그렇게 눈치 깜깜은 아니거든. 아무것도 모른 척하고 있기 진짜 괴로운 거 알아? 연기도 안 되는데."

핸드크림을 문지르며 푸흡 웃었지만 솔직히 웃을 기분은 아니었다. 얼마나 비밀스러운 일이기에 나한테는 한마디도 해 주지 않니?

"그래 맞아, 무슨 일 있었어."

"거…… 봐."

너무 쉽게 대답이 나와 오히려 말문이 막혔다. 그렇게 말할 걸 왜 여태까지 입을 닫고 있었담.

"우리, 어쩜 명작극장 끝내야 할지도 몰라."

이랑은 책을 읽듯 단조롭게 말하고 핸드크림을 손등에 문질렀다.

"뭐어? 명작극장 문을 닫다니, 쫑 난다는 말이야?"

"어, 그런 말."

"무슨 개 풀 뜯어 먹는 소리야?"

너무 놀라 옛날에 많이 쓰던 말이 튀어나왔다.

"은성아, 소리랑 나, 앞으로 안 볼지도 몰라."

이랑이 파우치를 정리하며 말했다.

"뭐라고?"

내가 지금 무슨 얘길 들었지? 실과 바늘, 포크와 나이프 같았던 소리와 이랑이 서로 안 보게 될지도 모른다니. 이처럼 쇼킹한 뉴스를 너무도 침착하고 차분하게 말해 잘못 들었나 싶었다.

"니들 싸웠구나?"

이랑은 핏 웃었다.

"대체 무슨 일인데 그래? 내가 알면 안 되니?"

나는 좀 딱딱하게 말했다.

"음…… 간단히 정리해 줄게. 너만 아무것도 모른 채 명작극장을 끝낸다면 정말 미안한 일이고, 그렇다고 누군가의 프라이버시를 침해하면서까지 모든 얘기를 다 하긴 그렇고."

이랑은 파우치 지퍼를 닫고 입을 열었다.

"중학교 동창 중에 A라는 친구가 있는데, 나는 A의 프라이버시를 지켜 주기 위해 소리에게 말하지 않은 게 있었어. 소리가 나중에 그 사실을 알게 되었어. 엄청 충격 받은 것 같아. 그 전에 소리가 A를 디스한 적이 여러 번 있었기 때문에 더 그랬을 거야. 물론 특별한 악의는 없었지만. 소리는 믿지 못할 부류인 A의 프라이버시를 위해—A한테 그런 면이 있는 건 사실이야—베프를 바보로 만든 날 절대 이해할 수 없대. 모든 걸 다 털어놓지 않으면서 어떻게 베프라고 할 수 있느냐는 거지. 나는 아무리 가까운 친구에게라도 털어놓지 못할 일이 있고, 아무리 허접한 인간이라도 지켜줄 프라이버시는 있다고 믿고 있고. 내 생각이 바뀌지 않는 한 소리는 나를 보지 않으려고 할 거야. 그런데 난 친구를 잃는 게 못 견디게 슬프지만 생각을 바꿀 수는 없거든? 그렇다고 거짓으로 친구를 대하긴 싫고. 결론은 아까 말한 대로 명작극장 문을 닫아야 할지도 모른단 얘기. 내가 해 줄 수 있는 말은 이게 전부야."

얘기를 끝내고 이랑이 교복을 탁탁 털었다.

"그럼 난…… 어떡해야 하지?"

나는 덜 떨어진 애처럼 말했다.

"글쎄, 너한텐 미안한 말이지만 친구 문제는 자기가 알아서 해야지 뭐."

실내인데 찬바람이 쌩 부는 것 같았다. 아무리 까칠하다지만 이랑이 너 성격이 보통 아니구나? 미안하다, 내가 잘못했다, 마음에 없는 말 한두 마디만 하면 해결될 텐데, 절친 중의 절친을 잃어도 자기 생각은 굽히지 않겠다는 얘기잖아. 그런데 A라는 애, 이로마 맞지?

"너희 둘 사이에 무슨 일이 있었는지는 더 이상 묻지 않을게."

나는 쿨한 척 말했다.

"하지만 우린 명작극장에서 다시 뭉쳐야지. 너희들 원래 티격태격 잘하잖아."

"다시 뭉칠 일 없을지도 모른다고."

이랑이 눈을 밑으로 내리깐 채 중얼거렸다. 머리가 복잡하고 마음이 존나 어수선했다. 일단 여기까지만 하고 나중에 생각하자.

"학교 끝나고 '밥보다 맛있는 떡볶이'에 갈까? 그 집 떡볶이 진짜 죽이더라. 오늘 닭개장 나와서 나 얼마 안 먹었잖아. 기름 엄청 떠서 토하는 줄 알았어."

나는 과장되게 엄살을 떨면서 말길을 돌렸다.

"그러자. 위대하신 이은성이 겨우 그거 먹고 만족할 순 없으시겠지."

"두 시간을 또 어떻게 버티지?"

나는 울상을 하며 자리에서 일어났다. 교실 앞문으로 이랑의 짝꿍이 들어오고 있었다.

"밥보다 맛있는 떡볶이를 생각하자. 튀김하고 오뎅도."

"벌써부터 침샘 터진다."

이랑이 자기 머리카락을 배배 꼬며 소리 없이 웃었다.

내 자리로 돌아와 생수병의 물을 마셨다. 뭐지? 갑자기 가슴이 두근대는 것은. 나는 그 이유를 모르지 않았다. 그래, 나에겐 기회일지 몰라. 하지만 절대로 가볍게 놀아선 안 돼.

* * *

"나 그림 배워 볼래."

저녁으로 감자 크로켓을 먹으며 엄마에게 말했다. 군것질을 해 밥 생각이 없다고 했더니, 엄마는 삼십 분 만에 뚝딱뚝딱 감자 크로켓을 만들어 냈다. 엄마의 요리 솜씨만큼은 집에서 썩히기 아까울 정도다.

"그림? 너 그쪽엔 흥미 없는 줄 알았는데?"

의외기도 하겠지. 초딩 때부터 지금까지 예체능엔 손톱만큼의 재능도 관심도 없었으니까.

"성적도 안 되고 공부도 하기 싫어서 미대 쪽으로 한번 생각해 보려고."

미대를 지망하는 애들이 들으면 미친 듯 욕을 하겠지?

"생각 잘했네. 안 그래도 진로를 정할 때가 됐다 싶었는데."

비뚤어지겠다고 하지 않는 한 내 말은 다 들어주는 엄마지만, 이번엔 꽤나 좋아하는 눈치였다.

"미술 학원 알아봐야겠네?"

엄마는 크로켓 하나를 내 접시에 옮겨 주며 말했다.

"화실 다니려고."

"화실? 입시 전문 미술 학원이 낫지 않니?"

"아니, 학원은 광고만 요란했지 수강생들이 많아서 한 사람 한 사람 성의껏 봐 주진 못해. 일단 화실에서 기초 다지고 나서 학원 생각해 볼래. 입시 정보는 학원이 빠삭할 테니까."

나는 말이 되는지도 모르고 지껄였다.

"그럴래? 그래, 아무것도 모르는 엄마보단 네가 낫겠지."

언제나 자신 없는 태도, 공연히 짜증이 났다.

"어쩌면 이번 주에 시작할지도 몰라. 우리 반 애가 다니는 화실 알아보려고. 학교에서도 가깝대."

"수강료는 얼마나 하니? 준비해 놔야겠네."

"얼만지 아직 물어보지 않았어. 나중에 얘기할게."

"그래. 같은 반 친구랑 다닌다니 잘됐다."

엄마는 내가 미술 대회에서 입상이라도 한 것처럼 좋아했다. 새로운 친구들과 영화 감상 모임을 하고 화실을 함께 다닌다는 사실만으로도 감격스러운 것이다. 내가 날라리들과 하루살이처럼 몰려다닐 때에 비하면 감지덕지겠지. 그땐 내가 다이너마이트라도 들고 다니는 것 같았을 테니까.

"왜, 더 먹지 않고."

식탁에서 일어나는 나에게 엄마가 말했다.

"배불러서. 아저씨 들어오시면 드려."

방에 들어와 일기장을 꺼냈다. 전학 왔을 때부터 쓰기 시작한 일기장이었다. 첫 장을 펼쳤다.

채이랑, 운명처럼 이 아이를 만났다.

전학 온 첫날, 하굣길에 아무런 그림도 없는 노란색 표지의 노트를 사 가지고 들어와 썼던 첫 문장이었다. 그날 나는 이랑에게 꽂혔다.

채이랑, 운명처럼 이 아이를 만났다.

조회 시간에 헐렁하게 맞춘 새 교복을 입고 교탁 옆에 멍청히 서 있을 때 뚜두두두 내 동공으로 빨려 들어온 아이. 담임의 지시에 따라 꾸벅 인사를 할 때 이 아이와 눈이 마주쳤다. 무심한 듯 시크한 얼굴을 하고 한 손으로 턱을 괸 채 다른 한 손으로는 긴 머리카락을 배배 꼬는 모습이 프랑스 모델 겸 배우 샤를로트 갱스부르 같았다. 지금까지 이런 아인 한 번도 만나 본 적이 없었다. 나는 얼른 고개를 돌렸다. 무심한 눈길인데도 내 속을 꿰뚫어 볼 것만 같았다. 담임이 내가 앉을 자리를 손으로 가리켰을 때야 그 아이의 옆자리가 비어 있었다는 걸 알았다. 짝꿍이 되었다. 가슴이 쿵쿵 뛰었다…….

그날 이랑이 나에게 마음을 써 준 방식은 꽤 간결했다. 저 선생님, 숙제 안 해 오면 죽음이야. 영어는 시험 보면 성적 불러 준다? 좀 깨지. 우리 학교 보충은 없어, 방학엔 있지만. 드문드문 한마디씩 던지는 말은 무심한 것 같았지만 전학생 짝꿍에게 신경 쓰고 있다는 걸 알 수 있었다. 젓가락처럼 마르고 키가 클 뿐 멋없는 커트 머리에 바보 같은 뿔테 안경을 쓴 나에게 호감을 가졌을 리는 없다. 하지만 새로 굴러 들어온 총기 없는 아이를 얕잡아보거나 무시할 싸가지는 아닌 것 같았다. 게다가 풍기는 이미지도 딱 내 스타일! 강 건너 낯선 동네에서 죽은 듯 엎드려 있으려 했던 나는 아랫술을 꼭 깨물었다.

첫 일기의 마지막 문장은 이랬다.

널 친구로 만들고 말 거야.

그날 이후로 나는 다시 아랫입술을 꼭 깨물었다. 가슴이 또 두근거렸다. 이랑과 더 가까워질 기회인지 몰라. 걷잡을 수 없는 욕망이 섣불리 까불면 안 된다는 마음속 경고를 밀쳐 내려 하고 있었다. 펜을 꼭 쥐고 오늘의 일기를 썼다. 딱 한 문장이었다.

이랑의 넘버원이 되고 싶다.

나는 기도하듯 눈을 감고 일기장을 덮었다.

책상에 놓인 원형 거울을 들여다보았다. 촌스러운 커트 머리와 바보 같은 뿔테 안경으로 나를 포장하는 건 이제 그만. 나라는 인간을 새롭게 만들어 나갈 차례였다. 어떻게? 양파 껍질을 벗기듯 한 겹 한 겹. 하지만 잊지 말아야 할 것이 있었다. 절대로 튀어서는 안 된다는 것.

"카톡!"

기습하듯 울린 카톡 도착음에 움찔했다. 소리였다.

"기절할 뻔했네."

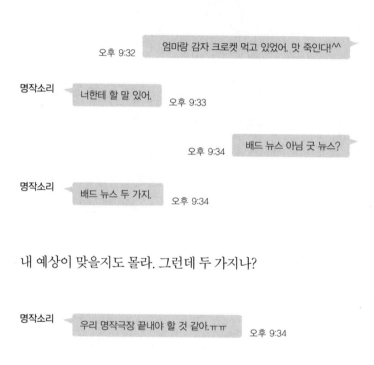

명작소리 뭐 해? 오후 9:26

목소리도 표정도 없이 글자뿐인 말이었지만 왠지 심각하게 느껴졌다. 소리도 그러는 거 아냐? 이랑과의 문제를 간단히 정리해주겠다고. 시간이 조금 지난 다음 답을 했다.

오후 9:32 엄마랑 감자 크로켓 먹고 있었어. 맛 죽인다!^^

명작소리 너한테 할 말 있어. 오후 9:33

오후 9:34 배드 뉴스 아님 굿 뉴스?

명작소리 배드 뉴스 두 가지. 오후 9:34

내 예상이 맞을지도 몰라. 그런데 두 가지나?

명작소리 우리 명작극장 끝내야 할 것 같아.ㅠㅠ 오후 9:34

빙고, 라고 해야 하나?

오후 9:35 무슨 말이야???

명작소리　나 이랑이 안 보기로 했어.
　　　　　너한테도 얘기해야 할 것 같아서.　　오후 9:35

오후 9:35　무슨 일인데???

명작소리　이랑이가 나한테 반드시 말했어야 할 일이 있었어.
　　　　　그런데 그걸 숨겼어.
　　　　　난 걔 더 이상 친구로 생각할 수 없어.
　　　　　그게 전부야.　　오후 9:36

'고백의 날'이란 게 있다면 바로 오늘일 것이다. 양 사이드에서 날짜를 맞춘 듯 나에게 고백을 하다니. 하지만 내가 알게 된 사실은 이유를 모르는 결과일 뿐이다. '명작극장 문을 닫게 되었다.' 나는 확실치 않은 사실과 상상으로 허술하게 추리를 할 뿐, 이랑과 소리가 왜 아무도 넘볼 수 없는 친구 관계를 접으려 하는지 알 수 없었다.

나는 십 분 후에 답장을 했다.

오후 9:46　나 지금 멘붕;‥‥
　　　　　두 번째 배드 뉴스는 뭐야?

명작소리　음.... 그건 다음에 말하는 게 낫겠다.
　　　　　해골이 마구 복잡해서.　　오후 9:47

'명작극장 문을 닫게 되었다.'는 사실보다 더 해골이 복잡한 일이 있다고? 그게 뭘까.

오후 9:47 　에이 뭐야. 지금 얘기해.

명작소리　아냐.
다음에 얘기할게.　오후 9:48

오후 9:48 　ㅇㅇ...ㅜㅜ

　더 이상의 토크는 없었다. 소리의 해골을 복잡하게 만드는 일이 뭘까. 걔가 그렇게까지 신중히 생각하고 말하는 타입은 아닌데. 나야말로 머리가 쥐 나게 복잡했다. 일단 뭔지 모르는 일까지 신경 쓰진 말자. 그런 얘기일수록 별일 아닐 때가 많으니까. 오늘은 일찌감치 침대에 누워 마음을 차분히 가라앉혀야 할 것 같다. 절대로, 절대로, 절대로, 경거망동은 하지 말아야지.

매력 덩어리 샴고양이 분양합니다

인디 레이블 마켓에서 주영은 생기가 돌았다. 마켓에서 하는 공연이 막 끝난 참이었다.

"어땠어?"

주영이 나에게 물었다.

"기대 이상이야. 나 이런 공연 처음이잖아. 게다가 공짜라니."

"역시, 니가 좋아할 거라고 생각했어."

주영이 약간 돌출된 입을 크게 벌리고 웃었다.

"두 밴드 중 어느 쪽이 더 좋았어?"

"음…… 두 번째 밴드. 난 펑크보다 발라드가 좋거든."

"그럴 줄 알았어. 남성 듀오라도 꽤 서정적이지?"

신이 난 주영이 나를 출입구와 가까운 곳으로 데려갔다.

"음반들 디자인 진짜 짱이지? 재킷만 봐도 소장하고 싶을 정도야."

주영이 가리킨 곳에는 톡톡 튀는 디자인의 음반들이 벽을 장식하고 있었다. 레이블별로 나뉜 샘플 CD들이 사방으로 가득했다. 샘플 CD 밑으로는 긴 테이블에 판매용 CD가 바구니에 차곡차곡 담겨 있었다.

주영은 샘플 음반들을 하나씩 빼서 우드 케이스 안의 CD 플레이어에 넣고 헤드폰으로 들었다. 아주 능숙해 보였다.

"너 여기 자주 오나 봐?"

"시간 되면. 토요일마다 공연이 있거든. 밴드 두 팀이 세 곡씩만 부르는 소규모 공연이라 부담 없잖아."

주영은 음악을 들어 보라며 헤드폰을 내 머리에 끼워 주었다. 하얗고 커다란 헤드폰을 끼고 수많은 인디 CD들에 둘러싸여 전혀 새로운 음악을 듣는 기분은 생각보다 괜찮았다. 음악도 음악이지만 멋진 공간을 소비하고 있다는 특별한 느낌? 주영이 즐기는 건 음악보다 이런 느낌일지 몰랐다. 오늘은 주영의 허세에 적극 동참해 봐야지. 나는 포크, 재즈 피아노, 힙합 등등 내키는 대로 음반을 가져다 들었다. 그래, 이거야. 마구마구 힐링이 되잖아?

"오늘따라 패션이 눈에 확 띈다. 코트랑 부츠 어디서 샀어?"

인디 레이블 마켓을 나와 주영을 따라가며 물었다. 어디서 샀는지 알아 봤자 구입할 처지도 못 되지만. 떡볶이 단추가 언밸런스하게 한쪽으로 치우친 디플로트와 끈으로 묶는 부츠는 정말 독특

해 보였다.

"보세 시장에서. 나중에 같이 가 볼래? 가격도 저렴하고 유니크한 옷들 굉장히 많아. 눈이 핑핑 돌아갈걸?"

주영이 눈알을 굴리며 장난스럽게 웃었다.

"너 갈 때 한번 따라가 보지 뭐. 근데 지금 어디로 가는 거야?"

"어디긴. 풍악을 즐겼으니 먹으러 가야지."

스마트폰에 연결한 이어폰 한쪽을 내 귀에 꽂아 주며 주영이 말했다. 왼쪽 귀에 피아노와 기타 연주 소리가 들렸다.

"일본인 오빠가 하는 카레집, 괜찮지?"

"무조건 오케이지. 너무 배고파 신발을 접시에 올려놔도 먹을 수 있을 것 같아."

자기가 알아서 정해 버린 거야? 선택하는 것마다 감탄스러우니 트집 잡을 일은 없지 뭐.

"하하, 이랑이 너 아주 뿅 갈 거야. 카레의 바다에 쌀밥의 섬, 그 섬을 가로지른 두 마리의 새우튀김. 게다가 가격은 2인분에 단돈 만 원. 환상이지?"

주영은 의기양양하게 웃었다.

"바다에 가고 싶다."

내가 멍하게 중얼거리자 주영이 배를 잡고 웃었다.

"너 오늘 진짜 웃긴다. 카레의 바다와 쌀밥의 섬에서 '바다에 가고 싶다.'까지 나가다니. 말 나온 김에 정말 일을 쳐 볼까? 겨울 바다로 고고씽! 어때?"

겨울 바다? 이처럼 매력적인 유혹은 처음이었다. 겨울 바다라니.

"좋아!"

"오, 진짜지?"

"어, 진짜."

엄마의 허락은 나중 일이었다. 바다에 가고 싶다는 생각이 파도처럼 밀려오고 있는 지금은. 오드리도 데려간다면 정말 환상일 텐데.

"그럼 내일까지 날짜 생각해 보고 카톡으로 정하자."

나는 자동인형처럼 고개를 끄덕였다. 주영이 이어폰 한쪽을 자기 귀에 꽂았다.

"아, 어반자카파구나? 들어 봐."

대화를 하느라 건성으로 듣고 있던 노래가 귓속을 파고들었다.

함께 나누던 공기 함께 나누던 그 모든 기억이

마치 먼지처럼 흩어져 사라져 버리던 날

붉어진 눈으로 거릴 헤매던 날

도저히 견딜 수 없다 누군가 건네 온 이별

코끝에 먼저 와 버린 차가운 겨울······

느닷없이 눈물이 핑 돌았다. 여성 보컬과 남성 보컬이 번갈아 부르는 노래가 꽤나 감성적이어서? 아니었다. 느닷없이, 소리가 했던 말이 생각났다. 치가운 손바닥으로 내 뺨을 찰싹찰싹 때리는 듯했던 그 말. 어디 가서 나랑 친구였다고 말하지 마, 어디 가서 나랑 친구였다고 말하지 마, 어디 가서 나랑 친구였다고 말하지 마…… 아프다, 아프다, 아프다……. 못된 계집애, 그렇게 아프게 때릴 거였다면 요란스럽게 잘해 주지나 말지. 스무 살이면 날 데리고 살겠다고? 됐어. 누가 그러든 다시는 그런 말 믿지 않을 거야.

* * *

"채이랑."

화실에서 나와 걸어가는데 로마의 목소리가 들렸다. 뒤를 돌아보았다. 편의점 앞에서 성큼성큼 다가오는 긴 다리가 보였다.

"왜?"

"요즘 무슨 일 있냐? 전화도 안 받고 카톡도 씹고."

"무슨 일은 누구에게나, 언제나 일어나고 있다며. 다만 알 수 없을 뿐이라고."

나는 언젠가 로마가 했던 말을 그대로 해 주었다. 그땐 어른스러워 보였는데 이젠 언제나 일을 만들고 다니는 철딱서니로 보일 뿐이었다.

"뭔 소리야?"

로마는 자기가 한 말도 기억하지 못했다. 개폼 잡느라 했던 말이니 그럴 수밖에. 가던 방향으로 다시 걷기 시작했다.

"왜 그러는데? 화실 오는 요일도 바꾸고. 괜히 그럴 리 없잖아."

녀석은 날 따라오며 귀찮게 굴었다.

"안 그래도 바쁠 텐데 왜 날 따라다니니?"

앞만 보고 가며 물었다.

"몰라서 물어?"

"어, 모르겠어."

"그거야……."

로마는 빨리 대답하지 못했다.

"너도 모르는구나?"

이제 녀석에게 아무런 기대도 없지만 슬금슬금 짜증이 나기 시작했다.

"내가 뭐 잘못한 게 있나?"

로마가 초조한 듯 휙 돌아 내 앞을 가로막고 섰다가 반대편으로 왔다. 나는 멈추었던 발걸음을 다시 옮겼다.

"그렇다면 말해 봐. 내가 모를 수도 있으니까."

"너, 다른 여자애들한테도 그랬니? 만나는 거 비밀로 하자고. 엄마가 알면 죽이려 할 거라고."

변명 따위 듣지 않겠다고 마음먹었는데, 참지 못하고 말을 해 버렸다.

"너도 결국 똑같은 거야? 할 일 없이 남 뒤땅이나 까고 다니는 애들하고 다를 게 없느냐고."

로마가 말할 때마다 입김이 풀풀 날아왔다.

"갤러리에서 하루 ∧ 세 탕 뛰고, 난극 연습이다 뒤풀이다 알리바이 만든 다음 다른 여자애들하고 시간 보내면서 최선을 다한 것처럼 꾸미고, 두 번까지는 믿어 줄 수 있었는데 그 이상이 되니까 봐줄 수가 없더라. 뒤땅도 명백한 사실일 때가 있거든."

"이런, 추측이 사실로 둔갑하는 일을 언제까지 두고 봐야 하지?"

대화를 하면 할수록 뻔뻔한 밑바닥만 들여다보였다.

"제발 좀 닥쳐 줄래?"

차분하게 던진 말에 녀석은 움찔하는 것 같았다.

"왜 이래? 너답지 않게."

"나다운 게 뭔데?"

녀석은 아무 말도 하지 못했다.

"원장님, 아니 너네 엄마하고 친구들한테 우리 사귀고 있다, 공개하고 다시 시작해 볼까?"

"말했잖아. 엄마가 알면 날 죽이려 할 거라고. 안 그래도 악성 루머가 성가신 마당에……."

나는 녀석이 "억." 하고 자기 얼굴을 감싸 쥔 다음에야 보조 가방으로 녀석의 얼굴을 후려친 걸 알았다. 조금 당황했지만 약하게 나가고 싶지 않았다.

"황금 비율의 허우대와 달콤한 말, 정신이 어질어질한 스킨십, 카사로마다운 프로급 매너에 혹했던 내가 수치스러울 뿐이야."

녀석은 두 손으로 입 주변을 감싼 채 나를 내려다보기만 했다. 예상치 못한 일격과 독설에 꽤나 놀란 것 같았다.

"넌 모든 걸 다 갖췄는데 딱 한 가지, 뭐가 없는 줄 아니? 진정성. 너한테서는 나오자마자 사라지는 입김만큼의 진정성도 찾아볼 수 없어."

이렇게 말하고 나는 빠르게 걸음을 옮겼다.

"뭣 때문에 그렇게 화가 났는데? 네가 오해했던 일들 다 풀어 줬잖아. 여기저기 떠도는 풍문을 갖고 그런다면 정말 실망이야."

녀석이 소리치듯 말했지만 뒤돌아보지 않았다. 그래, 네 얍삽함을 내 오해로 만들어 버리는 데 넌 천부적인 소질이 있었지. 나는 창피할 정도로 멍청했고. 겉만 번지르르한 엉터리 짝퉁 같은 너 때문에 난 보석 같은 친구를 잃었어.

"이제 나 안 볼 거야?"

녀석이 크게 소리쳤지만 대꾸하지 않았다. 마주치면 인사는 해야겠지. 너랑 원수처럼 지낼 일은 없을 거야. 네 엄마는 좋으신 분이거든. 나는 마음속으로만 대답했다. 녀석은 더 이상 찌질한 말을 보내지 않았다.

코트 주머니에서 "카톡" 하는 소리가 새 나왔다. 스마트폰을 꺼내 화면을 보았다. 카톡이 두 개 와 있었다. 주영과 소리. 소리가 무슨 일로? 우선 주영이 것부터 확인했다. '이따 밤 열한시에 채팅하자.' 바다 여행 얘기를 하자는 거겠지? 오늘이 화요일이니까 돌아오는 토요일에 가자고 해야지. 어차피 갈 거라면 미룰 일이 뭐 있어. 'ㅇㅇ.' 나는 간단히 답하고 폰을 집어넣었다. 소리한테서 온 건 나중에 봐야지. 왠지 떨렸다.

양손을 주머니에 찔러 넣고 어깨를 움츠렸다. 속이 휑 비어 버린 것처럼 추웠다. 이렇게 지독하게 쓸쓸했던 적이 있었나? 소리와 은성과 나, 셋이 몰려다닐 때는 이런 멜랑콜리에 젖을 새가 없었는데. 내가 정신이 나갔던 탓이지 뭐. 카사로마와의 밤 산책에 혹했을 때부터 단추를 잘못 끼웠던 거야. 하지만 절대로 소리가 옳았다는 말은 아니다. 부모 형제와도 나눌 수 없는 게 있는데, 베프면 타인의 프라이버시까지 외면하면서 모든 걸 까 보여야 한다고? 소리야, 그건 어쩜 폭력일지 몰라. 나는 널 절대로 미워할 수 없지만, 내 생각을 바꿀 순 없어.

폰을 꺼내 소리의 카톡 메시지를 확인했다. '너 시간될 때 전화 좀 해 줘. 할 얘기 있어. 난 아무 때나 괜찮아.' 할 얘기가 있다고? 다시는 말도 못 걸게 매서운 말을 퍼붓더니, 무슨 할 얘기? 궁금했지만 집에 가서 전화를 하기로 했다. 손도 시리고, 혹시 길어질지도 모르니까. 내일은 혼자 오드리를 보러 가야지. 지금 나에게 힘을 줄 수 있는 건 오드리뿐이다.

* * *

"나 며칠 동안 쭉 생각했는데, 나도 그림 한번 배워 보려고."

3교시가 끝나고 내 자리로 온 은성이 뜻밖의 얘기를 했다.

"그림을? 웬일이야, 너 예체능엔 취미 없었잖아."

"그렇긴 했지."

은성인 멋쩍은 듯 웃었다.

"크리스마스 때 네가 준 카드 보고는 나도 한번 그려 보고 싶더라. 우선 방학 때 한 달만 배워 보고 계속 할지 말지 결정하려고."

은성의 표정을 보니 쉽게 생각한 것 같지는 않았다.

"너네 화실은 어때? 나처럼 소질 하나 없는 애도 배울 수 있어?"

"취미로 하는데 안 될 게 뭐 있어. 근데 카드 하나 보고 그림 배울 결심을 하다니, 좀 더 생각해 보고 결정하는 게 어때?"

미안하지만 말리고 싶었다. 로마와 불편하게 된 마당에 친구까지 화실에 끌어들여 즐거워할 때가 아니었다. 두 배로 신경 쓰일 테니까. 중학교 동창인 로마를 무시해도 이상할 테고, 친한 척은 절대로 할 수 없을 것 같고. 그리고 어제 소리가 한 얘기 때문에 마음이 불편했다. 은성이 중학교 때 여왕 행세를 하며 친구들을 가지고 놀던 날라리였다니.

소리는 윤이에게서 들었다며 흥분하여 말했다. 나도 알고 있어야 할 것 같다면서, 어떻게 그토록 감쪽같이 우릴 속이며 다른 얼굴을 할 수 있는지 어이없다고 했다. 처음엔 아무 말도 나오지 않았다. 충격이었다. 하지만 은성에게서 직접 얘기를 들어 봐야겠다는 소리의 말엔 찬성할 수 없었다. 본인이 감추고 싶어 하는 과거를 억지로 들춰내긴 싫었다. 말을 하고 하지 않고는 은성이 맘이잖아? 예전과 다른 은성의 모습을 가짜라고 단정할 수도 없고. 연예인들만 완벽 변신을 하란 법이 어디 있어. 하지만 솔직히 좀 찜찜하긴 했다. 어떻게 백팔십도로 사람이 달라질 수가 있지? 마음도, 외모도. "난 은성이 과거 같은 건 중요하지 않아." 소리에겐 그렇게 말하고 통화를 끝냈지만 이 생각 저 생각으로 새벽까지 뒤척이다 잠이 들었다.

"걱정 마. 쉽게 포기하진 않을 테니까. 내가 그 화실 다니는 게 불편한 건 아니지?"

"어? 아니지이."

나는 정신을 차렸다. 친구에게 상처 주는 말은 절대로 안 돼. 겪어 봤으니 잘 알잖아? 얼마나 얼마나 아픈지. 은성의 과거 같은 건 깊게 생각하지 말자. 지금은 소리와의 문제만으로도 머리 아파 죽을 것 같다고.

"같이 다니면 심심하지도 않고 더 좋지 뭐. 열심히 안 하면 죽도록 괴롭힐 거야."

은성을 협박하는 척하며 히힛 웃었다. 어색했다.

"그럼 오늘 가서 등록할까?"

은성인 굉장한 특혜라도 입은 것처럼 좋아했다.

"아니, 내일. 나 화실 가는 날 화목토로 바꿨잖아."

"그렇지, 참."

화실 가는 요일을 바꾼 것은 로마 때문이었다.

"각오해, 이은성. 카드 그림 별거 아닌 것 같지만 한 장씩 그릴 때마다 완전 뺄는 줄 알았거든."

"내가 체력은 좀 되니까. 어쨌든 나한테 도움이 될 것 같아. 미적인 감각도 생길 것 같고."

"드디어 모델 쪽으로 마음 굳힌 거야?"

허리에 손을 얹어 모델 포즈를 취하며 내가 물었다. 역시 좀 어색했다.

"음…… 조금은?"

은성의 수줍어하는 모습은 정말 순진해 보인다. 이게 가짜라고? 설마, 우리를 이용해 먹을 것도 아니면서 가면을 쓸 리 없잖아.

"참, 수강료는 얼마야?"

"한 달에 15만 원. 진짜 싸지?"

그래, 여왕 노릇이 얼마나 헛된 일인지 뒤늦게 깨달았을 수도 있지. 자신을 완전히 바꿔 버리고 싶을 만큼.

"대박. 그 두 배는 될 줄 알았는데."

"수강료만큼은 내 공로야. 단지 그림이 좋아 찾아온 고딩은 처음이라며 파격적인 혜택을 주셨거든. 아무 때나 가고 싶을 때 가면 되고."

"환상이다. 로마 엄마 무지 멋있을 것 같아."

"보자마자 반할걸?"

나는 교과서와 노트를 서랍에 집어넣고 자리에서 일어났다.

"매점 갔다 와도 되겠지? 참깨 스틱 사 먹자."

사실은 참깨 스틱을 먹고 싶기보다 얘기를 그만하고 싶었다.

"너 이제 니 페이스를 찾은 것 같은데? 요즘 내가 엄청 눈치 봤는데 모르지."

매점으로 갈 때 은성이 내 팔짱을 끼며 말했다. 나는 웃기만 했다.

"소리하고는 아직 그래?"

은성이 나를 힐끔 보는 게 느껴졌다.

"응."

나는 짧게 대답했다.

"너희 둘 다 연락도 안 했고?"

"응."

"저기."

은성이 내 팔을 꽉 잡으며 말했다.

"내 생각엔 어느 한쪽이 져 줘야 풀릴 문제인 것 같아. 져 주는 쪽은 물론 네가 돼야 하고. 소리가 좀 어린애 같고 고집 장난 아닌 거 너도 알잖아."

"소리가 너한테 뭐라고 했어?"

혹시 로마 얘기를 하진 않았겠지?

"뭐라고 한 것도 아니고 안 한 것도 아니야. 너보다 더 간단히 말했으니까. 난 무슨 일인지 모르지만, 널 도저히 용서할 수가 없나 봐."

도저히 용서할 수가 없다고? 용서라니. 이건 누가 누굴 용서하고 말고 할 문제가 아니잖아. 꼭 그런 식으로 말해야 했나? 기분이 상했다. 시시콜콜 모든 얘길 다 풀어 놓지 않은 건 다행이었다. 카사로마에게 정신 팔았던 일, 솔직히 창피했다.

"참깨 스틱 하나요."

매점에 도착해 알바 언니에게 주문하고 지갑에서 돈을 꺼냈다. 소리 얘기도 그만하고 싶었다.

"하나 가지고 나눠 먹자."

"그래, 내일은 내가 딸기 웨하스 살게. 이러다 우리 살찌겠다."

은성인 실눈을 길게 늘여 눈웃음을 지었다. 가식 없이 순한 얼굴. 그래, 저 모습이 어떻게 가짜야. 내가 몰랐던 때의 은성, 난 그때의 은성인 모르는 거로 할래. 나는 은성의 팔짱을 꼭 꼈다.

***

잠결에 누군가 내 팔을 꼭꼭 누르는 게 느껴졌다. 젤리처럼 말랑말랑한 발바닥, 오드리였다. 실컷 자고 일어나 심심하구나. 요 이쁜 개냥이! 방 안이 아직 어둑어둑했다. 알람도 울리지 않았으니 이른 새벽일 것이다. 나에게 장난을 치도록 이불을 걷은 다음 자는 척 꼼짝도 하지 않았다. 오드리는 이제 내 목과 얼굴을 눌러보다 가슴까지 더듬었다. 감히 숙녀의 가슴을? 터져 나오려는 웃음을 겨우 참았다.

안 되겠는지 녀석은 발이 아니라 혀로 내 몸을 공략했다. 귓구멍과 콧구멍에 혀를 넣어 간질이고 입술까지 핥았다. 점점 수위가 높아지는데? 하지만 달콤한 잠보다 더 나를 홀리는데 어쩔 수 없지. 이게 처음이자 마지막 베드신이 될지도 모르니 마음껏 즐기는 거야. 오드리도 나도.

반응이 없자 오드리는 내 배 위로 올라와 길게 엎드렸다. 보나
마나 한판 또 늘어지게 잘 태세. 어떤 행동을 하든지 미련 없이 다
음 행동으로 넘어갈 수 있는 게 오드리의 특징이었다. 신나게 뛰
고 구르다 포근한 담요를 만나면 그 위에 느긋이 앉아 그루밍에
열중하고, 그루밍을 하다가 보이지 않는 허공의 무엇엔가 정신없
이 헛발질을 하고, 그러다 중심을 잃어 나동그라지면 그대로 다리
를 쭉 뻗고 누워 잠을 잔다. 내가 오드리를 좋아하는 이유는 그 무
엇에도 집착이나 미련이 없기 때문인 것 같다. 세 집사에게 관심
을 끌려고 착착 달라붙고 재롱을 떨다가도, 헤어질 때가 되면 빈
커피 원두 통에 들어가 무심한 눈길을 보내는 시크함. 어떻게 좋
아하지 않을 수 있을까.

어제 저녁 오드리를 데리고 왔을 때 다행히 집엔 아무도 없었
다. 늘 밖에서 놀기 바쁜 아빠와 오빠가 도움 될 때가 있을 줄 누가
알았겠어. 엄마도 어린이집에서 좀 늦는다고 했다. 오드리를 몰래
집에 데리고 들어가기엔 최고의 타이밍. 고양이 이동장을 메고 내
방으로 무사히 들어왔다. 저녁엔 엄마가 방문을 벌컥 열까 봐 선
수를 치듯 거실로 주방으로 몇 번씩 나가 봐야 했다.

아침엔 내가 가장 먼저 집을 나서는 게 좀 찜찜하지만, 오빠 빼
고 모두가 바빠 내 방 따위에 신경 쓸 사람은 없었다. 오빠는 고양
이가 아니라 호랑이를 집에서 보았다 해도 '넌 뭐냐?' 힐끗 보고
말 사람이다. 고양이가 돈을 입에 물고 있다면 또 모르지.

오드리가 소리를 낼 일은 없었다. 누군가 귀찮게 굴거나, 기분

이 날아갈 듯 좋거나, 새로운 생물체가 나타나지 않는 이상 야옹 소리는 내지 않는다. 방이 워낙 작아서 우다다다를 할 일도 없고. 보충수업 끝나자마자 집으로 와서 오드리를 데리고 나와야지.

오드리를 하루만 집으로 데려가고 싶다고 했을 때 소리 이모는 두말 않고 오케이 했다.

"수석 집사가 데려가신다는데 허락은 필요 없지. 뭐 잘됐네. 소리도 그렇고, 요즘 집사들이 관심을 안 가져 오드리가 좀 불쌍해 보였는데."

다른 얘긴 하지 않았지만 이모도 뭔가 알고 있거나 짐작하고 있는 게 틀림없었다. 어쩔 수 없지 뭐. 이모의 팔은 상태가 조금 더 나빠진 것 같았다. 이모에게 인사를 하고 나오며 마음속으로 말했다. 조금만 기다리세요, 이모.

나는 지난밤 고양이 카페에 오드리 분양 광고를 올렸다.

매력 덩어리 샴고양이 입양하실 분 찾습니다.

냥이 종류: 샴

나이: 두 살로 추정(유기묘를 데려다 키웠답니다.)

색깔: 베이지-브라운의 환상적인 그러데이션

눈 색깔: 오션 블루

오드리 헵번을 닮은 미모에 애교 만점의 개냥이입니다.

시시때때로 개인기를 개발하는 재주꾼이기도 하죠.

허공에 앞발질하기, 세면대에 누워 물 받아먹기, 앞발로만 걸어가기.

보면 쓰러져요.^^

우다다다를 좋아하기 때문에 집이 넓으면 더 좋을 것 같네요.

느닷없이 냥이 알레르기가 생겨 입양을 보내기로 했답니다.ㅜㅜㅜ

입양을 원하시는 분은 연락 주세요~

010-4103-XXXX

의자에 털벅 엎드려 있는 오드리의 사진을 함께 올렸다. 눈물이
나오려 했지만 꾹 참았다. 오드리와의 인연은 여기까지라고 생각
하자. 아마 오드리는 다른 집사를 만나도 명랑하게 잘 지낼 것이
다. 정이 많은 개냥이지만 집착도 미련도 없는 아이니까. 그래, 더
좋은 주인을 만나면 되지 뭐. 너에게 얼마나 충실한 집사가 될 수
있는지, 깐깐하게 면접을 볼 거야.

슬슬 잠에 빠져드는 오드리의 얼굴을 두 손으로 감싸 쥐고 앞뒤
로 쓸어 주었다.

"오드리, 언니가 학교에 가면 자라. 단둘이 놀 시간이 얼마 남지
않았단 말이야."

나는 오드리의 귀에 대고 속삭였다.

앞발로 내 배를 꾹 밟고 일어난 오드리가 길게 하품을 했다. 엉
덩이를 살살 긁어 주니 골골 기분 좋은 소리를 냈다.

"쉿."

몸을 일으켜 오드리를 끌어안고 귀를 기울였다. 주방에서 그릇 부딪치는 소리가 들렸다. 엄마가 아침 준비를 시작했다. 이제 삼십 분쯤 후면 내 스마트폰 알람이 울릴 것이다. 시간이 겨우 그것밖에 안 남았단 말이야?

나는 침대 옆에 놔둔 파우치를 들어 올려 지퍼를 열었다. 베이지색 천 주머니에는 고양이 칫솔과 치약, 면봉, 벼룩 제거 구충제, 항생제, 소염제, 안약, 생리식염수 같은 오드리 용품이 들어 있었다. 치약을 꺼내 뚜껑을 연 다음 오드리를 다리 사이에 끼웠다. 왼손으로 입을 벌리고 오른손으로 오드리의 이빨에 치약을 발랐다. 칫솔질을 하거나 치약을 바르면 분노하는 냥이들이 많다는데, 오드리는 꼬리만 내 다리에 감았다 풀었다 한다. 제발 살려 달라는 뜻이다.

치약을 다 바른 다음엔 귀 청소도 해 주고 브러시로 빗질도 해 줘야지. 오드리가 입양될 때까지는 소리 이모에게 최대한 폐를 끼치지 않아야 했다. 오드리에게 더없이 좋은 공간을 제공한 이모였는데 그 하얀 팔이 고양이 알레르기로 엉망이 되다니. 만일을 대비해 빗질을 열심히 했어야 했는데 너무 소홀했다. 뭐든지 지나간 다음에 후회다.

소리 - 은성 - 이랑

인생 왜 이렇게 꼬이지?

죽으란 법은 없다니까. 하하, 나에게 이런 일이 생기다니. 출판사 기자단에 합격했다! 꿈이야 생시야. 쉬는 시간에 스마트폰으로 합격자 명단을 확인한 나는 손바닥으로 내 뺨을 찰싹 때렸다. 정말 아무 기대도 하지 않았는데, 로또 당첨 같은 행운이었다. 개떡 같은 기분을 날려 주기에 이보다 더 통쾌한 일이 있을까. 합격자 명단에 당당히 들어 있는 내 이름을 눈을 비비고 몇 번이나 확인했는지 모른다. 할렐루야. 합격자 30명의 독후감과 에세이도 올라와 있었다. 다른 애들은 어떻게 썼는지 다 읽어 봐야지.

나는 하마터면 이랑에게 '나 기자 됐다!' 카톡을 보낼 뻔했다. 바보 아냐? 습관처럼 무서운 게 없다더니. 은성에게도 물론 메시지를 보내지 않았다. 그럴 마음이 생길 리 없잖아. 이제 걜 믿을 수 없을 것 같다. 이랑은 은성의 과거가 중요하지 않다고 했다. 친구에게라도 숨기고 싶은 게 있을 수 있다고? 그렇기도 하겠지. 동류항이니 이해가 팍팍 되시지 않겠어?

은성인 나와 이랑 사이의 불편한 진실에 관해 초간단 브리핑을 들은 이후 아무 연락이 없었다. 일주일 조금 안 되었다. 갠 도대체 무수리 촌티 이미지를 뒤집어쓰고는 무슨 생각을 하며 우리랑 놀았을까? 아이고 머리야. 복잡한 생각 집어치우고 기자단 합격이나 자축하자. 명작에 가서 실컷 자랑질 해야지.

그런데 이변이 생겼다. 1등으로 붙을 줄 알았던 윤이가 미역국을 먹고 말았다. 상상도 하지 못한 대이변에 윤이는 얼마나 충격을 먹었을까. 아, 하필 오늘이 과외 날일 게 뭐람. 잠시 후면 윤이가 스터디 카페 룸으로 들어올 것이다. 네시 정각에 문자로 주어지는 시제를 가지고 글을 쓰다 보면 과외 선생님이 나타날 것이고. 표정 관리 어떻게 해야 하나.

"일찍 왔니?"

"어, 조금."

윤이가 벌컥 문을 열고 들어와 딸꾹질을 할 뻔했다.

"축하 축하 축하! 너 완전 짱이더라. 대체 독후감하고 에세이를 어떻게 썼기에 철썩 붙은 거니?"

내 맞은편에 앉은 윤이는 하이파이브를 하자며 손바닥을 들이댔다. 헛. 나는 윤이의 대범함에 주눅이 들어 소심하게 손바닥을 마주 쳤다.

"아무래도 내가 운발이 뻗친 것 같아. 독후감은 너무 감상적이고 에세이는 일기 수준이었는데. 그날 내 '오늘의 운세'가 '대박 아니면 쪽박이다.'였거든? 운 좋게 대박을 친 거지."

나는 말도 안 되는 헛소릴 지껄이고 헤헷 웃었다.

"실력이 있어야 운도 따르지. 내가 뭐랬니? 너 타고난 재주가 있다고 했지? 내가 그릇을 알아보는 눈이 있다니까. 암튼 운발 나빠 쪽박 찬 선배님한테 한턱 쏴라. 스테이크까진 그렇고 스파게티 정도?"

"좋아, 다음 스터디 때 스파게티 쏜다."

"오케이, 룰루."

나를 스스로 쿨한 애라고 생각했던 게 창피할 만큼 윤이는 명쾌하고 쿠울했다. 사실 윤이가 아니었다면 청소년 기자단이고 뭐고 남의 얘기였을 것이다. 어쩌면 나 대신 윤이가 합격했을지도 모르고.

"오늘 글 쓰기 쉽지 않겠다. 갈수록 난해해지는데?"

문자로 과외 선생님이 보낸 시제를 확인하고 내가 말했다.

'침대가 놓인 거실을 배경으로 등장인물을 남자 둘, 여자 하나로 하여 이야기를 만드시오.'

"샘 정말 어떻게 되신 거 아냐? 예대 문창과 기출 문제를 가지고 우리를 곤경에 빠뜨리려 하다니."

윤이는 가방에서 노트북을 꺼내며 투덜댔다.

"문창과 기출 문제?"

"어, 똑같진 않지만 작년 기출 문제를 조금 변형한 거거든."

또 한 번 놀라 멍하게 윤이를 바라봤다. 도대체 얜 모르는 게 뭘까? 아무리 중학교 때부터 글을 썼다지만 이 정도면 고3보다 입시에 빠삭했다.

"그래서 이렇게 어렵구나? 나 같은 초짜는 어떡하라고."

나는 툴툴거리면서도 걱정이 되지는 않았다. 오늘의 글쓰기 부담감이 기자단에 뽑힌 감격을 흐려 놓을 수는 없었다.

"이제부터 그런 말 하면 널 내숭으로 알 거야."

윤이는 물티슈로 내 노트북을 닦아 주며 살짝 눈을 흘겼다.

"로마라는 애 말이야."

오늘도 로마 얘기야? 좋았던 기분 잡쳐 놓지만 마라.

"로마가 뭐?"

"걔 양다리도 아니고 완전 문어 다리더라?"

"난 또 뭐라고. 그 녀석이 문어 다리든 주꾸미 다리든 난 상관없어."

나는 무심한 척 말했다. 상관없긴. 벌써 내 인생에 재수 없이 끼어들어 흙탕물 휘젓듯 더럽힌 놈인데.

"그렇긴 하지만 그런 얘기 재밌잖아. 오징어 땅콩 씹는 것처럼."

"이로마 얘긴 하도 들어서 그 어떤 얘기라도 지루해."

제발 좀 그만해라. 절친과 파탄을 맞게 한 놈, 얘기 들어야 열만 빋지.

"이로마랑 너랑 분명히 전생에 죽기 살기로 싸우던 연인이었을 거야."

윤이는 노트북을 로그인 하며 킥킥 웃었다.

"같은 생각이야. 빨리 쓰자. 우리 다 써 놓고 선생님 기다린 적 없잖아. 오늘은 시간이 더 오래 걸릴 것 같은데."

나는 노트북에 한글 새 파일을 만들어 제목을 입력했다. '침대가 놓인 거실.'

"그래. 난 카사로마를 이번 글에 등장시켜야지. 등장인물 남자 하나 설정!"

깔깔거리는 윤이를 보고 웃지 않을 수 없었다. 분명 나쁜 놈이겠지?

* * *

캣닢 방석을 던져 주자 오드리는 환장을 했다. 캣닢은 고양이가 특히 좋아하는 허브의 일종으로, 냄새를 맡으면 기분이 좋아져 흥분 상태가 된다. 캣닢을 광적으로 밝히는 오드리도 캣닢 방석을 주면 물어뜯고 씹고 씨름하고 정신줄 놓는다.

"그래, 오늘은 그거 가지고 놀아라. 이 언냐는 지켜보고만 있을게."

들었는지 못 들었는지 오드리는 방석을 물고 뜯고 난리 법석을 떨었다. 너덜너덜 누더기가 돼 한동안 안 꺼내다가 오랜만에 내줬더니 거의 먹어치울 태세다.

"명작극장 휴업하고는 오드리한테 계속 시들하네."

명작극장에 들어온 이모가 붙박이 의자에 앉아 두 다리를 올려 쭉 뻗고는 말했다.

"너한테는 오드리가 곧 이랑이었지."

"무슨 말씀이세요, 이모님?"

오드리가 곧 이랑이라니, 난 오드리에겐 새끼손톱만큼의 불만도 없었다.

"아닙니다, 조카님. 참, 이랑이가 오드릴 집에 데려갔다 하루 지내고 다시 데려왔는데, 넌 몰랐지?"

"언제?"

이렇게 복잡한 기분은 처음이었다. 오드리를 보러 명작에 올 수도 있고, 수석 집사였으니 오드리를 집에 데려갈 수도 있는데, 이랑이 날 피해 자기가 하고 싶은 일을 한 것만 같아 왠지 불쾌했다.

"이틀 전이었나, 사흘 전이었나? 나도 이제 늙었나 봐. 하루 이틀 차이도 헷갈리는 걸 보면."

"자기 엄마가 고양이를 요물이라면서 아예 집에 들일 생각도 말라고 못을 꽝 박았다더니. 가서 구박은 안 받았냐?"

나는 캣닙 냄새에 정신 못 차리는 오드리에게 내뱉듯 말했다.

"딱 하루였는데 뭐."

이모가 말했다. 첫.

"뭐 먹고 싶은 거 없니? 기자가 되셨는데 이모가 한턱 쏴야지.

민소리 다시 봐야겠어. 6대 1이면 만만찮은 경쟁률인데."

명작에 들어서자마자 난 이모에게 기자단 합격 소식부터 전했다. 과외 끝나고 명작으로 오면서 얼마나 입이 근질근질하던지. 전화로 엄마에게 먼저 말했더니 엄마는 "스펙 쌓는 거니?" 하면서 초를 쳤다. 나를 뭐로 보고.

"안 먹어도 배불러. 나 진짜 굉장한 일을 해낸 것 같아. 윤이한 테는 미안하지만 걔가 떨어질 정도면 지원자들 수준이 어느 정돈 지 알 수 있거든."

기자단 얘기를 하니 속이 풀렸다.

"윤이는 안됐네. 같이 붙었으면 좋았을 텐데."

"이모, 윤이 걔 보통 대인배가 아니야. 마치 자기가 합격한 것처 럼 좋아하면서, 내가 일을 낼 줄 일찍부터 알아봤다며 진심 축하 날리는 거야."

"그래? 질투가 날 법도 한데 양질의 멘탈을 가졌나 보네."

"나도 깜짝 놀랐잖아. 씀씀이가 겁나게 헤퍼서 그렇지 배울 게 많은 아이야. 알짜배기 정보들도 나한테 아낌없이 준다니까?"

나는 스파게티를 쏘는 건 물론 선물도 하나 하고 싶었다. 만날 받기만 했잖아. 별로 티 내지 않으면서 감동을 줄 만한 거 뭐 없을 까?

"캣닙 방석 아주 만신창이가 됐네. 좀 있다 뺏어라. 카페에 솜 날리는 거 싫어."

방석과 필사적으로 노는 오드리를 보고 이모가 인상을 찌푸렸다.

"이모, 윤이랑 여기서 스터디를 해 볼까?"

이모 얘긴 듣는 둥 마는 둥 방금 머릿속에 떠오른 생각을 말했다. 나는 가끔 중요한 순간인 양 머릿속에 전구가 탁 켜질 때가 있다.

"윤이랑 명작극장에서 스터디를?"

"어, 글도 쓰고 책도 읽고 공부도 하고. 사실 이젠 뭐 명작극장도 아니지."

"적어도 세 번은 생각해 봐. 성급하게 굴지 말고."

이모는 다리를 의자 밑으로 내리고 말했다.

"나 윤이랑 정말 환상의 팀을 만들어 볼 거야, 이모. 내 첫 번째 문우가 윤이라는 건 하늘이 내린 행운이거든."

"넌 누구에게든 마음을 쏟지 않으면 견딜 수가 없지? 지금은 그 대상이 윤이가 됐고."

이모는 가끔 엉뚱한 해석으로 사람 속을 뒤집는다.

"이모, 윤이가 그저 그렇고 그런 애라면 나 이러지 않아. 그동안 몰라봤을 뿐이야, 나와 진짜 친구가 될 수 있다는 걸. 그리고 이랑이하고 아무 일 없었어도 난 윤이를 좋아하게 됐을걸?"

나는 오드리에게서 캣닙 방석을 뺏으며 말했다. 신나게 놀던 오드리가 하악하악 화를 냈다.

"흠, 내가 하고 싶은 말은 판단을 미룰 필요도 있단 얘기야. 지금 생각이 답이 아닐 때도 있으니까. 앗, 손님이다."

이모가 붙박이 의자에서 내려가 명작극장을 튀어 나갔다.

"나중에 얘기하자."

문틈으로 얼굴을 들이밀고 말하는 이모에게 메롱 혀를 내밀어 보였다.

"오드리, 이 언냐가 윤이 언냐랑 여기서 스터디를 해 보려 구상 중이시다. 불만 없지?"

오드리가 대답이라도 하듯 내 옆 의자로 올라왔다.

"나한테 달라붙으라는 말은 아니고."

캣닙 방석을 붙박이 의자로 던졌다. 녀석은 날렵하게 캣닙 방석을 따라갔다. 오드리에겐 미안하지만, 이랑과 그렇게 된 이후 정말 녀석에 대한 애정이 식어 버린 것 같다.

오드리는 붙박이 의자 구석에 앉아 내 눈치를 보며 캣닙 방석을 씹었다. 저렇게 기죽은 표정은 처음이네. 좀 불쌍해 보이긴 했다. 이랑이 오드리를 처음 데려왔을 때가 생각났다. 인형 같은 유기묘에 명작이 완전 들썩였는데. 그리고 그날 내 머릿속에 전구가 반짝 켜졌던 거다. '오드리를 명작에서 기르자!' 그렇게 오드리가 명작의 마스코트가 된 다음 곧바로 은성을 끌어들여 명작극장을 만들었다. '오드리도 봐 주고 영화도 보고.' 꿀 같은 아이디어를 만장일치로 통과시키고 우린 명작극장 첫 모임 때 오픈 파티까지 했다.

이랑은 모르겠지만 그때 내 진짜 목적은 다른 데 있었다. 오드리를 이용해 채이랑과 절친 관계를 완전히 회복하고, 명작극장을 이용해 그 관계를 단단히 하고 싶었다. 그리고 난 성공했다. 넓은 오지랖으로 은성을 도우려 했던 건 사실이지만, 명작극장을 생각해 낸 건 순전히 이랑 때문이었다. 명작극장에서 오드리를 돌보며 시끌시끌 떠들고 재미나게 놀 때가 최고였는데. 아 씨, 출판사 기자단에 합격한 약발이 벌써 다 된 거야?

엄마는 왜 이렇게 늦는담. 오늘 저녁도 외식. 명작에서 기다리라고 전화한 지 한 시간이 넘었다. 윤이에게 정말 스터디를 해 보자고 할까? 북風 클럽. 그으래, 그런 이름 괜찮다. '명작극장'과는 확 다른 신선한 느낌이잖아? 나이스. 생각났을 때 추진해 봐야지.

* * *

모처럼 따뜻해진 일요일. 가벼운 캐시미어 코트를 입고 집을 나섰다. 서점에 가서 신간 소설들도 보고 문예지도 찾아보며 오후를 보내기로 했다. 바닥을 쳤던 기분은 차갑고 상쾌한 공기를 들이마시며 좀 나아졌다.

오늘 은성이 카톡으로 한 가지 소식을 전해 왔다. 점심이 훨씬 넘어 겨우 잠에서 깨 이불을 뒤집어쓰고 있을 때였다. 머리맡의 스마트폰을 집어 '리틀장윤주 이은성'을 확인하고 벌떡 일어나 앉았다.

리틀장윤주 이은성　잘 지내니? 일요일이라 꿀잠 중?^^*　　오후 2:14

한동안 연락이 없더니 참 명랑하게 말을 거네.

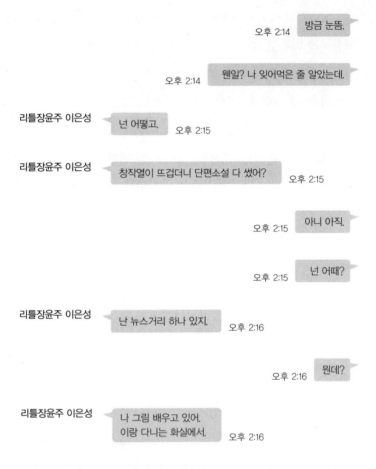

오후 2:14　방금 눈뜸.

오후 2:14　웬일? 나 잊어먹은 줄 알았는데.

리틀장윤주 이은성　넌 어떻고.　오후 2:15

리틀장윤주 이은성　창작열이 뜨겁더니 단편소설 다 썼어?　오후 2:15

오후 2:15　아니 아직.

오후 2:15　넌 어때?

리틀장윤주 이은성　난 뉴스거리 하나 있지.　오후 2:16

오후 2:16　뭔데?

리틀장윤주 이은성　나 그림 배우고 있어.
이랑 다니는 화실에서.　오후 2:16

　뭐, 뭐, 뭐라고? 일요일 한낮 공복에 듣는 갑작스러운 뉴스에 머리가 띵했다. 어이없어. 자수하려고 연락한 거야?

오후 2:17　빅뉴스네. ㅎ

오후 2:17 장윤주는 음악을 하고
리틀 장윤주는 미술을 하고?

민소리, 가식 쩐다. 이은성 너도 가식?

리틀장윤주 이은성 미적 감각을 키우는 데 도움이 될까 해서.
모델도 몸만 가지고 하는 게 아니잖아. ㅎㅎ
오후 2:18

리틀장윤주 이은성 방학 때 배워 보고 아니다 싶음 그만둘 거야.
오후 2:18

오후 2:18 이왕 하는 거 잘해 보지 왜.

토크를 빨리 끝내고 싶은데 은성인 또 한 번 염장을 질렀다.

리틀장윤주 이은성 이랑이가 열심히 안 하면 죽도록 괴롭힐 거래.
니가 조용하니까 너 대신 이랑이가 난리네. ㅋㅋㅋ
오후 2:19

오후 2:19 ㅎㅎ

리틀장윤주 이은성 너희 둘이 이은성 패션모델 만들기 프로젝트를
가동했으니까 둘 다 끝까지 책임져.
나 지구력 바닥임. ㅋ
오후 2:19

오후 2:10 ㅎㅎ

리틀장윤주 이은성: 이랑이 안 보기로 했다는 말
아무리 생각해도 나 믿을 수 없더라.   오후 2:20

나 점심 먹어야 해.
오후 2:20   열아홉 시간 동안 암것도 섭취 못 했음.ㅠㅠ

리틀장윤주 이은성: ㅇㅇ......
나중에 얘기하자. 즐점~   오후 2:20

여기까지 하고 토크는 끝났다. 배는 고픈데 입맛이 사라졌다. 다시 이불을 뒤집어썼다.

어쩌면 이랑이 화실에 같이 다니자고 말했을지 몰라. 그럴 수도 있지. 하지만 나랑 안 좋아지고 나서 바로 은성에게 그랬다는 건 채이랑답지 않은데? 아으, 신경 쓰지 않기로 해 놓고 뭐니? 근데 이랑이 앤 정말 은성의 과거 같은 건 아무 문제도 안 되나? 은성이 우릴 정말 친구라고 생각했다면 한 번쯤은 자기 고백을 하고 싶었을 텐데 말이야. 게다가 성형수술도 아니고, 어떻게 순식간에 사람이 백팔십도 달라지느냐고. 안과 밖 모두. 이래저래 나만 바보 되는 것 같다니까. 그래, 지금은 그 누구도 아닌 나만을 생각하자. 독하게! 나는 혼자서 북 치고 장구 치다 침대를 빠져나왔다.

서점까지는 도보 이십 분. 청소년 문학 전문 팟캐스트 방송을 들으며 걸으니 왠지 폼 나는 것 같았다. 유명세에 비해 작품은 평범한 C 작가와의 인터뷰는 출판사 홈피의 인터뷰 기사와 흡사해 별 재미가 없었다.

'북風 클럽'에 대해 생각했다. 윤이에게 말하면 당장에 오케이 하겠지? 그러고 보니 윤이를 명작에 데리고 간 적이 한 번도 없었다. 말도 안 돼. 다음 주엔 잊지 말고 데려가야지. 어? 쟤 누구야, 이로마 아냐? 나는 발걸음을 멈추었다. 전방 30미터 위치에서 걸어오고 있는 길쭉한 허우대는 분명히 카사로마였다. 요즘 학원에서도 만난 적이 없는데 이런 데서 마주치다니. 어라, 이건 또 뭐야. 녀석은 여우같이 생긴 여자애와 손을 잡고 있었다. 이 개자식을 그냥! 나는 귀에서 이어폰을 빼 주머니에 넣었다.

"어디 가냐?"

녀석이 가까이 다가왔을 때 앞을 가로막고 섰다.

"어? 너 여기 웬일이야?"

카사로마는 여우의 손을 슬쩍 놓았다. 얍삽한 새끼. 여자애가 카사로마를 힐끗 보고 굳은 얼굴을 했다.

"웬일은, 동네 돌아다니는데. 재미 좋으신가 보네?"

대놓고 여자애를 쳐다보며 빈정거렸다.

"재미는 뭐."

녀석은 얼버무렸다. 이 여우가 그 여우? 윤이가 말했던 H예고의 퀸카일지 몰랐다. 나보다 머리 하나는 큰 키에 말 그대로 쭉쭉 빵빵, 비주얼이 눈에 확 띄었다. 쭉쭉빵빵이 못마땅하다는 듯 나를 내려다보았다.

"케미가 더럽게 쩌는데? 둘이 사귀냐?"

눈길로 찔러 죽일 듯 둘을 번갈아 보고 쭉쭉빵빵에게 말했다.

"미안하지만 이 자식 여자 친구 있거든?"

쭉쭉빵빵이 썩은 표정을 하고 카사로마를 쳐다보았다.

"너 무슨 소리야?"

카사로마가 인상을 구기고 나에게 말했다.

"무슨 소리긴, 민소리지."

"하, 이런."

카사로마가 허세 가득한 감탄사를 내뱉었다.

"기가 막혀. 나 먼저 갈게 애 입 좀 닫아 놓고 정리 좀 하고 와."

쭉쭉빵빵이 카사로마에게 말하곤 긴 다리로 경보하듯 걸어갔다.

"저 기집애 일진 아니야? 이랑이 몰래 겨우 저따위와 딴짓을 하고 다니다니, 너도 참 꼴값한다."

녀석은 움찔 놀라는 것 같았다. 이랑에게 당부한 싸구려 비밀이 탄로 날 줄은 몰랐겠지.

"뭔 소리야. 아니, 제대로 알고나 말해. 이랑이하고는 이미 끝났으니까."

뭐? 끝났다고? 오래갈 거라곤 생각하지 않았지만 벌써? 이 새끼를 진짜! 나는 카사로마의 정강이를 걷어찼다. 녀석은 악, 비명을 지르고 주저앉았다.

"너 미쳤어?"

정강이를 부여잡고 녀석이 신음하듯 말했다.

"그래, 너 때문에 아주 미쳐 버리겠다. 재수 없어."

나는 카사로마 앞에 퉤 침을 뱉었다.

"너 뭔가 크게 오해하고 있나 본데……."

"개소리 집어치우고 빨리 쫓아가라, 저 일진 기집애."

나는 씩씩거리며 서점을 향해 걸어갔다. 뒤에서 녀석이 뭐라고 지껄이는 것 같았지만 이어폰을 꽂아 잘 들리지 않았다. 나쁜 자식. 어쨌든 쭉쭉빵빵 앞에서 망신을 주어 속은 후련했다. 녀석을 만나면 눈물 쏙 빠지게 니킥 한번 날려 주라고 이모가 말했는데, 오늘 일을 말하면 이모는 배꼽을 잡고 웃겠지? 그런데 채이랑, 너 카사로마한테 차였니?

* * *

오늘은 좀 일찍 자 볼까? 내일은 월요일, 학교엘 가야 하니까. 나는 어수선한 책상을 대충 정리하고 묶었던 머리를 풀었다.

"카톡."

이 밤에 누구? 스마트폰에 뜬 이름을 확인했다. 윤이. 카톡을 한 지 삼십 분도 안 됐는데, 할 말이 또 있나? '북風 클럽' 얘기를 했더니 윤이는 열광적인 환호를 하고 당장 시작하자고 했다. 한 줄 뜬 카톡 내용이 궁금증을 불러일으켰다. '자기도 알긴 하더라.' 누구 얘기야? 폰을 가지고 침대로 올라오는데 카톡 소리가 연이어 두 번 더 들렸다.

카카오톡에 뜬 윤이의 메시지를 보고 나는 돌처럼 굳었다. 나한 테 보낸 거야? 믿을 수가 없었다.

윤이	자기도 알긴 하더라. 운발 뻗쳤다며 겸손 떨더라고.	오후 11:46
윤이	솔직히 독후감이 너무 감상 덩어리잖아. 에세이는 일기장 뜯어낸 것 같고.	오후 11:47
윤이	심사 위원이 문제였어. 검증되지도 않은 피라미 작가가 심사 위원이라니.	오후 11:47

여기까지 보내고 윤이는 아무 말이 없었다. 나는 물론 답장을 하지 않았다. 민소리한테 카톡을 보내면서 민소리를 씹어 대는데 무슨 말을 해. 애 정말 미쳤나?

정수기에서 냉수를 한 컵 따라 마시고 와 카카오톡을 다시 한 번 확인했다. 분명히 잘못 보낸 카톡이었다. 이 애 저 애 멀티로 수다를 떨다가 다른 애한테 보낼 카톡을 나에게 보낸 것이다. 보아하니 이 메시지를 받았어야 할 아이는 나를 알고 있는 것 같았다. 날 한두 번 씹은 게 아니네.

창문을 활짝 열고 뜨끈뜨끈 열 받은 머리를 식혔다. 한겨울인데 추위도 느껴지지 않았다. 민소리, 정신 똑바로 차려. 윤이 얘 겉 다르고 속 다른 애야. 어쩜 그렇게 완벽하게 속일 수가 있지? 기자단에 내가 붙고 자기가 떨어진 걸 인정 못 하잖아. 그러면서 나에겐 타고난 글재주가 있다느니, 자기가 그릇을 알아보는 눈이 있다느니 하면서 비행기를 태워? 으으으, 팔다리가 후덜덜 떨렸다.

창문을 닫을 때 스마트폰 벨 소리가 들렸다. 예상대로 윤이였다. 받아, 말아? 초록색 통화 칸을 터치했다.

"소리야, 카톡 너한테 보낸 거 아니야."

꽤 다급한 목소리로 윤이가 말했다. 나는 대꾸하지 않았다.

"혹시 니 얘기로 착각한 거 아니지?"

착각 같은 소리 하고 있네. 잠시 침묵한 후에 시니컬하게 말했다.

"감상 덩어리 독후감하고 일기 나부랭이 같은 에세이를 쓴 애가 나 말고 또 있었나 보지?"

"그게 아니라, 우리 과 애 얘기야. 지난주 전공 숙제가 있었거든. 우연의 일치라는 거 있지?"

학교 전공 숙제를 피라미 작가가 심사하셨다고? 거짓말을 하려면 앞뒤부터 맞춰 보고 해야지.

"걔도 기자단에 붙었나 보네? 이름이 뭐야? 같은 기순데 알아 둬야지."

"음…… 걔 원래 남들이 자기 얘기 하는 거 안 좋아하거드은."

윤이는 자신 없이 말꼬리를 흐렸다. 거 봐. '걔'는 기자단에 붙은 애잖아. 민소리.

"윤이야."

"응?"

윤이의 목소리가 더 작아졌다.

"너 문창과보다 연극과로 가는 게 훨씬 나았을 것 같은데?"

"무……슨 말이야?"

"잡이나 끼지. 끊을게."

나는 대답도 듣지 않고 폰을 로그아웃시켰다.

이불을 뒤집어썼지만 너무 분해 잠이 오지 않았다. 쿨하긴 개뿔. 영악한 년, 축하가 아니라 악담이라도 하고 싶었지? 감쪽같은 연기에 폭풍 감동했던 게 수치스러웠다. 올해 내가 운이 더러운 가? 기자단에 합격했다 뿐이지 연달아 뒤통수만 맞았잖아. 그것도 철석같이 믿었던 애들한테서 세 번이나.

카카오톡에서 윤이와 채팅한 내용을 삭제했다. 카카오톡 검색 목록에서 '윤이'를 '숨김'으로 옮겨 버렸다. 분이 좀 가라앉을 때까진 이름도 보기 싫었다. 이름 주소 검색 목록의 위쪽에 '까칠채이랑'이 있었다. 이 이름은 숨길 수가 없었다. 이유는 나도 모르겠다.

목록을 주르륵 훑어 내려갔다. '리틀장윤주 이은성.' 어이없어. 화장실에나 처박혀 있고 싶을 내성적인 전학생을 우리가 구하자 어쩌자 오지랖 펼치며 쓸데없는 짓만 하고 다녔다니까. 명심하자, 민소리. 내가 만약 외로울 때면 누가 나를 위로해 주지? 여러분이 아니라 한 줄의 문장이다. 알았니? 세상 끝나는 것도 아닌데 머리 그만 쥐어뜯고 잠이나 자자.

이랑과 소리 사이

"너 뭐야."

내가 명작극장에 들어서자마자 소리가 깜짝 놀란 듯 말했다.

"대박 변신이네."

"어때? 니가 선물한 안경."

"어떻긴, 죽이지. 안경 바꾸고 비니 뒤집어쓴 거밖에 없는데 완전히 다른 인간이네. 알고 보니 변신의 귀재?"

깜짝이야. '변신의 귀재'라는 말에 나도 모르게 찔끔했다. 그런데 소리 얘 며칠 굶은 애처럼 기운이 없어 보이네. 말도 약간 비꼬는 것 같고.

"설마 안경하고 모자 때문에 인간이 달라지겠니?"

나는 후훔 웃으며 소리의 낮은편에 털썩 앉았다. 무슨 일 있었나? 방금 까나리 액젓이라도 삼킨 표정이잖아.

"무슨 말씀, 당연히 달라지지. 추리닝 입고 슈퍼 갈 때랑 잔뜩 꾸미고 남친 만나러 갈 때랑 같은 인간일 것 같아?"

"오 그렇군, 난 몰랐지."

나는 비니를 벗었다가 다시 쓰며 웃었다.

"니 전화 받고 나 이랑이한테 연락할 뻔했어. 만나서 같이 갈까? 그러려고 했다니까?"

소리는 통통하게 볼을 부풀렸다가 푸 하고 터뜨렸다. 이랑이 얘긴 불편하다는 뜻?

"소리야, 니가 해 줬던 얘기 이랑이한테도 들었거든? 둘이 좀 그렇게 됐다는 거. 쿨한 니가 져 주면 안 되니? 이랑이도 자세히는 말하지 않았지만, 걘 우정이라는 이름으로 남의 프라이버시를 침해하는 건 절대 안 된다고 생각하던데. 채이랑 까칠한 거 알잖아."

"우정이라는 이름으로? 이랑이가 그랬다고? 미치겠네. 난 우정을 그렇게 함부로 휘두르지 않아. 그리고 우정보다 값싼 프라이버시가 더 중요하니?"

소리는 발끈했다.

"아니, 그러니까 널 정말 좋은 친구라고 생각하지만…… 자기 원칙을 깰 순 없다 뭐 그런……."

어떻게 수습을 해야 할지 몰랐다. 이랑에게 마음이 얼어붙게 만들어서도 안 되고 와락 녹게 해서도 안 되는데.

"어쨌든 내가 먼저 연락하는 일은 없을 거야."

얼굴이 울긋불긋해진 소리는 가방에서 생수병을 꺼내 꿀꺽꿀꺽 물을 마셨다.

"나 이제 소설에 집중할 거야. 연락 잘 못 할지도 몰라."

목소리가 싸늘했다.

"언제까지 가나 두고 보자, 민소리."

나는 약간 장난을 섞어 말했다.

"두고 보긴."

소리는 시큰둥하게 웃었다.

"생각해 봤는데, 이랑이가 너한테 꼭 해야 할 말을 하지 않았다면 너 굉장히 충격이었을 것 같더라. 이랑일 친언니보다 더 챙겼잖아. 가끔 니가 이랑이한테 너무 다 열어 놓고 퍼 준다 싶을 때 있었거든."

"내가 퍼 줬다고? 난 내 마음만큼 준 거야."

이렇게 말하고 소리는 입을 꼭 다물었다. 질투와 열등감이 한꺼번에 밀려왔다. 그 누구도 소리보다 이랑을 더 좋아할 수는 없다. 나 역시 상대가 안 되고.

"그런 얘기 그만하자. 친구고 뭐고 뇌에 버그 날 것 같아."

소리는 후, 한숨까지 쉬었다.

"난 셋이 만날 때를 목 빠지게 기다리고 있는데, 이러다 정말 어느 날 목이 빠져 데굴데굴 굴러다니는 거 아닌지 몰라."

너무 조심하면서 말을 하는 탓에 머리가 슬슬 아파 오기 시작했다.

"너무 애쓰지 마. 넌 이랑이하고는 별문제 없잖아. 나한테는 신경 쓸 필요 없어. 난 소설이 있으니까. 솔직히 친구보다 소설이 먼저야."

말이 되는 소릴 해야지. 친구 일이라면 두 팔 걷어붙이고 나서는 민소리인데.

"으이그."

소리를 흘겨보며 웃었다. 난 너에게 계속 신경 쓸 거야. 나는 정말 소리와 이랑과 나, 셋이 명작극장에 다시 모이길 바랐다. 단, 좀 더 시간이 지난 후, 나와 이랑이 예전의 소리와 이랑 사이만큼 가까워진 후에라야 했다. 그게 몇 날 며칠을 고민한 끝에 내린 결론이다.

"그동안 집필 성과는 어땠어?"

소리의 노트북을 내 쪽으로 돌려놓고 들여다보며 말했다. 바탕화면에 떠 있는 한글 파일이 열 개도 넘는 것 같았다.

"개판이지 뭐."

소리는 노트북을 다시 자기 앞으로 돌리며 문 쪽을 보았다. 이모가 쟁반에 플레인 요거트를 받쳐 들고 명작극장으로 들어왔다. 명작에 들어올 때 주문을 해 놓았다. 열린 문틈으로 잽싸게 따라 들어온 오드리가 내 발에 달라붙어 운동화를 깨물었다. 제발, 오드리. 빨아서 오늘 처음 신은 거라고오!

"오랜만에 왔으니 베이글은 서비스야."

플레인 요거트와 함께 크림치즈 베이글을 내려놓으며 이모가 말했다.

"고맙습니다. 엄청 배고팠어요."

나는 꾸벅 인사를 하면서 한쪽 발로 오드리를 떼어 냈다. 그런데.

"으악!"

오드리가 내 허벅지로 뛰어올라 어깨에 발을 얹기까지는 일 초도 걸리지 않았다. 뺨을 핥으려는 오드리를 재빨리 끌어 내렸다.

"하하, 이 집사를 잊은 줄 알았더니 아니었네?"

나는 오드리의 등을 쓸어내리며 억지웃음을 지었다. 널 만지는 것만도 얼마나 큰 인내와 노력이 필요했는데. 뺨까지 핥다니 그건 아니지.

"민 집사가 애정이 식었던 참이라, 기습 키스를 하고 싶을 만큼 은성이가 반가웠나 보다."

이모가 소리를 힐긋 보며 말했다.

"근데 요즘 세 집사 모두 어찌하여 오드리를 외롭게 하는 거야? 명작극장의 명물로 키워 준 세 분이."

소리와 나 둘 다 아무 대답도 하지 않았다. 하지만 난 이모의 말이 기분 좋았다. 이랑과 소리 사이에 나를 끼워 넣는 말, 나는 아직도 이런 말에 감동한다.

"아 참, 소리 출판사 기자 된 거 알지?"

이모가 핫뉴스를 전했다.

"출판사 기자요?"

"응, 몰랐어? 우리 소리가 입이 무거워섰나…… 아, 손님 왔다."

이모는 카페 안으로 들어오는 여자 손님들을 보고는 얼른 명작 극장 밖으로 나갔다. 언뜻 본 이모의 팔은 전보다 상태가 더 안 좋아 보였다.

"무슨 얘기야? 출판사 기자라니."

오드리를 붙박이 의자에 슬쩍 내려놓고 소리에게 물었다.

"청소년 문학 도서를 내는 출판사가 있거든. 방학 시작하면서 그 출판사에서 중고생 기자를 모집했는데 뭐가 잘못됐는지 철썩 붙었다는 거."

"그으래? 대단하다, 기자라니."

"그러게. 오래 살고 볼 일이야."

소리는 픽 웃었다. 별로 좋아하는 것 같지도 않았다. 이랑한테 자랑하지 못해 신나지 않는구나. 더럽게 꿀꿀했다.

"붙을 만하니까 붙었겠지. 축하 축하! 아, 윤이도 지원했겠네?"

나는 안경과 비니를 매만졌다. 소리가 나를 훑어보는 게 왠지 불편했다.

"걘 떨어졌어."

소리는 간단히 대답했다.

"헐. 걔 좀 멘붕이었겠다. 자신감 충만한 애 같던데."

전원을 끄고 노트북을 덮으면서 소리는 시니컬하게 웃었다.

"나 걔한테 뒤통수 맞았어."

"왜, 무슨 일 있었구나?"

궁금해 견딜 수가 없었다. 설마 내 생일에 거사를 도모했던 날라리들처럼 된통 물을 먹이진 않았겠지? 관심을 끌기 위해 나와 소리 사이를 왔다 갔다 하며 깨방정을 떨던 오드리는 제풀에 지쳐 그루밍을 시작했다.

소리는 기자단 스캔들을 간단히 요약해 주었다. 평소 같으면 적어도 한 시간은 얘기를 풀었을 텐데, 수다쟁이 이야기꾼 같지 않았다. 그런데 소리의 뒤통수를 때렸다던 기자단 스캔들은 약간 시시하다 싶을 만큼 평범한 일일 뿐이었다. 세상에 그런 여우들이 얼마나 많은데. '나를 빼놓은 내 생일'에 카니발을 벌였던 애들에 비하면 뿅망치 정도에 불과했다.

"정말 무서운 애다."

나는 베이글을 썰어 한 조각 입속에 넣었다. 그새 나에게로 올라와 품에 안겨 있던 오드리가 입맛을 다셨다.

"그런 삼류가 무섭긴. 어디 그따위로 계속 살아 보라지. 잘되는 일 있나."

이런 얘기가 하고 싶었구나. 그래서 날 불렀어. 그런 말도 있잖아? 꿩 대신 닭. 이랑 대신 은성이었던 거지. 소리는 굿 뉴스든 배드 뉴스든 혼자서만 생각하고 넘어갈 타입이 아니다. 이랑이 있었다면 소설 한 편은 썼을 텐데.

"은성아."

소리가 조용히 내 이름을 불렀다.

"어?"

"너 혹시 나하고 이랑이한데 할 얘기 없니? 아니, 없었니?"

"무슨 얘기?"

아무렇지도 않은 척했지만 당황스러웠다. 뭘 알고 이러는 거지?

"아니 그냥, 너에 대해 아는 게 없는 것 같아서. 너, 니 얘기 잘 안 하는 거 아니?"

"뭘 새삼. 원래 그런데."

이랑과 안 좋게 되니 나에 대해서도 뭔가 점검해 보고 싶었구나. 하지만 내가 해줄 얘긴 없단다.

"그래, 그랬지. 그거 다 먹고 일어나자. 나 오늘 컨디션 별로야."

소리는 노트북을 가방에 넣었다.

"어."

베이글을 크게 잘라 입속에 넣었다. 어색한 침묵이 흘렀다. 이럴 거면 왜 오라고 했지? 계속 시큰둥하더니 컨디션이 별로라 가야겠다고? 마치 혼자 있고 싶다는 걸 내가 막무가내로 찾아오기라도 한 것 같잖아. 나도 빨리 집에 가고 싶었다. 기분이 확 잡쳤다. 베이글은 목구멍으로 잘 넘어가지 않았다.

* * *

"각오는 했는데 저엉말 어렵다. 간단한 이미지 사진 스케치만 세 시간! 색연필 던지고 뛰쳐나가고 싶은데 겨우 참았어."

그림 수업 첫날, 화실에서 나오며 이랑에게 말했다. 온몸에 얼마나 힘을 주고 있었는지 팔다리가 후들거렸다.

"그럴 줄 알았어. 그래도 너 찍소리 않고 잘 참던데?"

이랑이 가방에서 털장갑을 꺼내 끼고 두 손바닥을 탁탁 부딪쳤다.

"칼을 뽑았으면 휘둘러는 봐야지."

사실 나는 '안 될 일을 괜히 하겠다고 나섰나.' 싶어 몇 번이나 마음을 다잡아야 했다.

화실 선생님과의 상담은 길지 않았다. 취미로 그림을 그리고 싶다고 하자 선생님은 일단 기초는 건너뛰자고 했다. "우선 그리고 싶은 걸 그려 보자. 특별히 그려 보고 싶었던 게 있니?" 아무것도 떠오르는 게 없었다. 그림을 배울 목적으로 화실에 온 게 아니니까. 멍 때리고 있다가 결국 선생님이 가져온 사진엽서 다섯 장 중에 한 장을 골랐다. 수채 색연필을 잡고 세 시간 동안 사투를 벌인 끝에, 둥근 기둥으로 떠받친 유럽의 성당 건물은 형태, 원근법, 대칭을 완벽하게 무시하고 기우뚱 찌그러져 버렸다. "그만두는 게 어떻겠니?" 할까 봐 잔뜩 마음 졸이고 있었는데 선생님은 내 그림이 마음에 든다고 했다. 발로 그린 것 같은 이 그림이? 너무 어이없어 핫, 웃음이 나왔다. 하지만 스케치할 때 너무 디테일하게 묘사하지 말라는 얘길 한참이나 들어야 했다.

화실 선생님, 로마의 엄마는 헝클어진 머리에 화장기 하나 없이도 얼마나 멋있어 보이던지! 그렇게 나이 들 수만 있다면 빨리 늙어 버리고 싶을 정도였다. 카사로마가 나타나길 은근히 기대했는데 초딩들 빼놓고 남자라고는 그림자도 비치지 않았다.

"너 진짜 간지난다. 그림 그리면서 몇 번이나 쳐다봤는데 몰랐지? 계속 그렇게 좀 하고 다녀."

이랑은 장갑 낀 두 손을 뺨에 댄 채 말했다. 어제 소리를 만났을 때와 똑같은 차림, 단지 패션 안경에 비니만 썼을 뿐인데 반응이 빵빵 터졌다. 이랑이 해 주는 칭찬은 꿀맛이다. 동성의 친구라도 스타일이 좋으면 더 끌리는 법. 차츰차츰 아주 조금씩만 끌리게 해야지. 여왕이 될 마음은 털끝만큼도 없으니까.

"원래 감각이 보통 아닌데 우릴 깜짝 놀라게 하려고 그동안 촌티 냈던 거 아냐? 사소한 아이템으로 완벽 변신이라니."

깜짝 놀란 건 나였다. 더러운 속옷을 들킨 것 같았다.

"이 정도 가지고 변신은. 참, 나 어제 명작에 갔었어. 소리가 오라고 해서."

버스 정류장으로 걸어가며 조심스럽게 말을 꺼냈다.

"그, 랬어?"

이랑은 딸꾹질을 하듯 대꾸했다.

"소리 있잖아, 얘기할 사람이 필요했나 봐. 너도 알지? 걔 어떤 일이든 다른 사람에게 말하지 않곤 못 배긴다는 거."

좀 짜증 나게 굴었던 소리가 생각났지만 더 이상 신경 쓰지 않기로 했다.

"무슨 얘길 했는데?"

이랑은 꽤나 궁금해했다.

"재밌는 얘기."

"재밌는 얘기?"

"응, 윤이 얘기."

"걔 얘긴 듣고 싶지 않은데. 너한테 뭐 할 말이 있었던 건 아니고?"

이랑이 내 눈치를 살폈다. 뭐지? 느낌이 상쾌하지 않았다. 얘들 정말로 뭔가 알고 있는 거 아닐까? 설마, 어젯밤 SNS로 배신자들의 근황을 샅샅이 뒤져 봤지만 아무것도 찾을 수 없었다. 아니겠지.

"윤이 걔 진짜 무서운 애더라."

나는 이랑의 말은 못 들은 척하고 '기자단 스캔들'을 전했다. 약간씩 과장을 하다 보니 소리에게 들었을 때보다 오히려 더 흥미진진했다.

"생각했던 것보다 더 바닥이네. 물량 공세로 덤비는 애들 믿을 수 없다고 내가 그렇게 말했는데 바보같이."

목소리를 높이진 않았지만 이랑은 화가 나 있었다. 또 한 번 질투와 열등감이 밀려왔다. 과연 이랑-소리 사이만큼 이랑-은성 사이가 가까워질 수 있을까?

"은성이 넌 고민거리 없지?"

이랑이 느닷없이 물었다.

"어, 왜?"

그런 질문은 왜 하지? 마음이 점점 무거워졌다.

"아니, 소리하고 난 부딪치고 깨지고 엉망인데 넌 언제나 평화로워 보여서."

"평화롭다니, 그럴 리가. 너희가 그러고 있는데."

적당히 둘러댔다.

"오드리는 잘 있지?"

이랑은 빼먹지 않고 오드리의 안부를 물었다.

"여전하더라. 내 어깨로 기어올라 뺨을 핥으려고 해 기겁했었
어."

"애정 표현인데 마음껏 핥게 놔두지."

이랑은 오드리를 보고 있기라도 한 것처럼 얼굴이 환해졌다.

"처음에 내가 오드리 털끝 하나도 만지지 못한 거 알면서 그러
니?"

이랑과 나는 옛날 생각을 하고 웃었다. 이랑하고 같이 화실에서
그림을 그리고, 이런 얘기를 하며 밤길을 걸을 수 있어서 미치도
록 행복했다.

"오드리한테 정말 좋은 주인이 나타나야 할 텐데."

이랑이 말했다.

"내가 엄마한테 한번 말해 볼까?"

"됐어, 내가 알아보고 있으니까. 언젠가는 나타나겠지."

이랑은 풀이 죽어 말했다.

"소리 있잖아."

버스 정류장이 가까워졌을 때 또 한 번 소리 얘기를 꺼냈다.

"난 뭔지 모르지만 네가 말하지 않았다는 게 진짜 용서가 안 되
나 봐."

"용서? 번번이 그런 말 들으니까 좀 거슬리는데?"

발걸음을 잠깐 멈추었던 이랑이 얼굴을 붉혔다.

"아니, 그러니까, 널 이해하기가 정말 힘든가 봐."

코끝이 시릴 정도로 추운 날인데 진땀이 나려고 했다. 이랑과 소리가 완전히 끝장내지 않으면서 어긋난 마음을 좀 더 연장시키도록 하는 거, 스케치는 단순하게 형태만 잡고 디테일한 부분은 채색을 하면서 완성하는 것보다도 백배는 어려웠다.

"일 분만 일찍 나올걸."

버스 정류장에 도착해 방금 출발한 버스를 보며 이랑이 말했다. 이랑은 언제나 버스를 타고 가는 나를 먼저 보내고 집까지 걸어간다. 소리 얘기는 피하고 싶어 하는 것 같았다.

"내가 소리한테 셋이 한번 만나자고 해 볼까?"

슬쩍 떠본 말에 이랑은 고개를 저었다.

"아니, 둘이 먼저 오해를 풀고 나서라면 모를까, 그건 아니야. 나 약간 결벽증 있거든. 개운하지 않은 채 셋이 만나는 거 싫어. 버스가 금방 또 오네? 잘 가!"

"어, 그래. 잘 가!"

내 앞쪽으로 미끄러져 가는 버스를 향해 뛰었다. 소리와 이랑 둘 다 마음이 단단히 굳어 있는 게 분명했다. 게다가 뭔가 심상치 않게 감지되는 기운. 으…… 아닐 거야. 뭘 알았다면 가만있을 소리가 아니지. 이러다 정말 명작극장 끝! 이렇게 되는 거 아냐?

엄마는 오드리 얘길 듣고는 의외의 대답을 했다.

"종일 혼자 있는 게 무료해서 금붕어라도 몇 마리 길러 볼까 했는데 잘됐다. 금붕어보단 고양이가 낫지. 심심하지도 않고."

젓가락을 막 잡으려던 나는 식탁 맞은편에 앉은 엄마를 물끄러미 쳐다보았다. 고양이라면 꺼릴 줄 알았는데, 이제 다 잊었나? 2, 3년 전 우울증 치료에 도움이 될 거라며 엄마 친구가 개나 고양이를 키워 보라고 권했을 때 엄마는 분명히 말했다. 고양이는 싫다고. 그래서 잠깐이었지만 몰티즈를 키웠는데 지금 무슨 소릴 하는 거야.

"엄마 고양이 싫어하지 않았나? 옛날에……."

차마 그때 얘기는 꺼내지 못하고 얼버무렸다.

"그래, 옛날엔 싫어했지. 그땐 고양이랑은 잘 지낼 자신이 없었으니까. 고양이가 좀 이기적이잖아. 다정한 동물도 아니고. 하지만 지금은 상관없어. 강아지든 고양이든."

저렇게 맑은 얼굴을 하고 옛날 얘기를 할 수 있다니, 우울증이 정말로 다 나았구나. 하느님께 감사할 일인데 입맛이 씁쓰름했다. 한 남자로 인해 이렇게 살아날 힘이 있었다면 날 위해서도 죽을힘을 다했어야지.

"고양이를 꼭 우리 집으로 데려와야 하는 건 아니야. 여기저기 알아보고 있으니까 곧 입양될지도 모르거든."

나는 젓가락을 집어 들고 늦은 저녁을 먹기 시작했다.

"입양 안 되면 얘기해. 우리 집에서 키우면 네 친구들도 가끔 와서 보고 좋잖아."

엄마는 정수기 물을 따라다 주며 말했다. 고양이보다 내 친구들이 더 보고 싶었군.

"알았어."

그런 일은 없을 것이다. 실수는 뜻하지 않게 저지르는 법. 잘못하다 내 과거가 드러날 수도 있는데, 그런 모험을 뭐하러 해? 그야말로 하나를 얻으려다 모든 걸 잃어버릴지 모른다. 이랑이 내 과거를 알다니, 끔찍해라.

그런데 이랑과 바다에 가는 애는 누굴까? "토요일 화실 끝나고 어디 놀러 가지 않을래?" 하고 조금 전 전화했을 때 이랑이 말했다.

"나, 이번 토요일에 화실 빠질 거야."

"왜?"

한류 스타와 데이트를 시켜 준대도 화실을 택할 이랑이 화실엘 빠진다고?

"바다에 가려고."

"바다에? 누구랑?"

난데없이 바다라니. 토요일이면 모레인데, 그동안 나한테 바다 얘긴 한마디도 하지 않았다.

"초등학교 동창인데 가끔 만나는 애 있어."

초등학교 동창? 누굴까. 자세히 물어보고 싶은 걸 참았다.

"차라리 보충수업 하루 빼먹고 금요일에 가면 안 되니?"

"그냥 하루 쉬고 싶어서. 그림 그리는 게 어디 보통 일이야? 너도 이제 해 봐서 알겠지만."

눈송이 흩어지는 것처럼 이랑이 웃었다.

"잠깐 머리나 식히고 오려고."

이랑은 너무하다 싶을 만큼 담담했다.

"다음엔 나랑 가자, 바다에."

진심을 장난인 양 말했다.

"그러지 뭐. 그땐 산으로 갈까?"

이랑은 장난으로 말했다. 니가 내 속을 알 리 없지.

숟가락을 내려놓았다. 이랑이 누군가와 바다엘 간다는 생각을 하니 입맛이 나질 않았다. 자타 공인 먹신 이은성인데, 상사병도 아니고 뭐지? 내가 할 수 있는 일은 아무것도 없는데 마음만 정신 없이 바빴다. 그런데 좀 건조해진 이랑, 소리와 그렇게 되니 나한테도 흥미가 떨어진 걸까?

* * *

"웬일이야? 우리 집에 혼자 오고."

2층으로 올라온 나를 보고 소리가 말했다. 생각해 보니 나 혼자서 소리네 집에 온 건 처음이었다. 며칠 전엔 소리가 명작으로 불렀었고. 그땐 정말 기분이 나빴는데 며칠 지나니 괜찮아졌다. 뭐

202

안 좋은 일이 있었겠지.

"범생이 안경 벗으니까 진짜 분위기 쩌네. 페도라도 죽여주고. 장윤주 동생이라고 해도 정말 믿겠어. 앞은 잘 보이니?"

안경을 잠깐 벗고 페도라를 썼을 뿐인데 소리는 과하게 반응했다. 당분간은 스타일 변화를 이 정도로만 유지해야지. 절대로 잊어서는 안 될 것. 튀지 말자.

"그렇게 심한 근시는 아니야."

"그럼 공부할 때만 안경 껴도 되겠네. 뭐하러 촌스러운 안경으로 얼굴을 가리고 다녀."

얼굴을 가려? 내가 예민해진 건지 말 한마디 한마디가 쉽게 들리지 않았다.

"그래서 쫌씩 변신을 시도하고 있잖아."

나는 소리의 앙증맞은 만두 머리를 잡고 흔들었다. 미키마우스가 프린트된 추리닝까지, 소리는 귀여워 보였다.

"이랑이 오늘 바다에 갔어."

거실 테이블에 앉으며 소리에게 말했다.

"바다에? 누구랑?"

소리가 얼굴을 바짝 들고 물었다.

"초등학교 동창이라던데, 난 모르지."

"주영인가?"

소리는 쿠션을 끌어다 안고 말했다. 아, 그 이름 주영, 생각났다. 크리스마스이브 파티 때 들었는데, 내 기억력이 이 정도였나?

그날 이랑에게 카톡이 도착하자 소리가 누구냐고 물었고, 이랑이 '친구'라고 대답하자 소리가 '주영이'냐고 물었다. 이랑은 그렇다고 했다. 하지만 그 카톡은 이로마가 보낸 것이었다.

"둘이 친해? 이랑하고 주영이."

내가 묻자 소리는 만두 머리를 쥐고 이리저리 비틀었다.

"그사이 친해졌을지도 모르지. 무언가를 잃어버린 시절엔 그것을 대체하는 새로운 무언가를 찾기 마련이니까."

소리는 문학소녀답게 멋을 내서 말했다. 말에 뼈가 있군. 너도 잠깐 이랑을 윤이로 대체했으면서 뭘.

"근데 너 진짜로 웬일?"

소리가 물었다. 통화를 할 때도 "웬일이야, 혼자서 우리 집엘 다 오고?" 하더니 정말 의외인가 보았다. 이랑이 누구와 바다엘 갔는지 알고 싶어서. 이렇게 솔직히 말할 수는 없었다.

"심심해서."

"할 말이 있는 게 아니고?"

소리는 내 눈을 들여다보며 무릎 위의 쿠션을 뒤집었다. 왜 자꾸 나에게 할 말을 강요하지? 신경이 곤두섰다. 2층으로 누군가 올라오는 소리가 들렸다. 아까 "간식 올려다 줄까?" 하시더니, 소리의 엄마인 것 같았다.

"식어서 맛이 있을지 모르겠다."

아줌마가 쟁반을 들고 와 테이블에 내려놓았다.

"추로스잖아?"

소리가 기다란 막대를 구부린 것 같은 스낵 하나를 집어 들었다.

"역시 추로스는 쇼콜라에 찍어 먹는 게 진리야."

추로스를 걸쭉한 초콜릿에 찍어 맛보고 소리는 테이블에 착 붙어 앉았다. 명랑해지려 애쓰는 것 같았다.

"은성이도 먹어 봐."

아줌마가 추로스 하나를 집어 나에게 주었다.

"잘 먹겠습니다."

추로스에 쇼콜라를 묻히며 인사했다.

"은성이 오늘 멋진데? 쇼콜라 남으면 소리가 못 먹게 해라. 쟤 초콜릿 중독이야."

아줌마는 크게 웃으며 1층으로 내려갔다.

"처음 먹어 보는데 진짜 맛있다."

도넛과 다를 바 없는 맛이었지만 과장해 말했다.

"근데, 주영이란 애 어떤 애야?"

나는 참지 못하고 물었다. 내가 할 말은 이랑과 함께 바다에 간 아이에 대한 것밖에 없었으니까.

"주영이? 글쎄, 별로 얘기하고 싶지 않은 애?"

이렇게 말하고 소리는 삐딱하게 웃었다. 비호감이라는 말이네? 하지만 이랑이 그런 애랑 바다에 갈 리가 없잖아. 어딘가 치명적인 매력이 있는 앤가?

"이랑하고 꽤 친한가 봐? 여행까지 같이 갈 정도면."

"나두 잘 몰라. 그럼 배우는 건 어때? 재밌어?"

소리는 이랑이 얘긴 하고 싶지 않은 것 같았다.

"음, 아직은 잘 모르겠어. 꼼짝없이 세 시간을 앉아 있어야 하는데 그게 젤 힘들더라."

주영에 대한 얘기를 더 듣고 싶은데 이쯤 끝내야 할 것 같았다. 소리네 집까지 찾아왔는데 별로 알아낸 것도 없잖아.

"참, 윤이하고는 어떻게 됐어?"

추로스를 먹다가 문득 생각나 물었다.

"어떻게 되긴. 난 배신한 애는 그걸로 끝이야. 한 번 배신하면 두 번도 배신할 수 있거든."

입술에 힘을 주고 소리가 말했다.

"설마 이랑이도 배신을 했다고 생각하는 건 아니지?"

"난 뒤통수를 맞았지만 이랑이가 배신을 하진 않았지. 그럴 애도 아니고. 하지만 내가 이랑이였다면 절대 그렇게 하지 않았어."

소리는 야무지게 추로스를 한 입 깨물었다. '절대'라고 했지만 지난번처럼 흥분을 하지는 않았다.

"이랑인 그러던데? 니가 오해했다고. 내가 셋이 한번 보쟀더니 먼저 둘이 오해를 풀어야 셋이 만날 수 있대."

"이랑이가 그랬어?"

"어."

이랑의 잘못은 없이 소리의 일방적인 오해였다는 말로 들렸을까? 하지만 나는 이랑이 한 말을 왜곡하진 않았다. 이랑도 분명히 '오해'였다고 했으니까.

"것 봐. 이랑인 뭐가 문젠지 모르고 있다니까? 인간관계에서 뭐가 더 중요한지도 모르고. 그까짓……."

소리는 무슨 말을 하려다 그만두었다. 문제의 중심에 '그까짓'이 있었던 거야. 십중팔구 '그까짓'은 이로마였다. 대충 돌아가는 거 보면 알지. 눈치라면 내가 소리보다 한 수 위일걸? 남은 추로스를 한입에 욱여넣었다. 이랑인 지금쯤 바다에 도착했을까?

"근데 너 정말로 나한테 할 말 없니?"

소리는 또 한 번 '할 말'을 요구했다. 나는 할 말이 없는데 넌 들을 말이 있는 거니?

"지난번에도 그러더니, 무슨 할 말……."

소리는 설탕 묻은 손을 털고 뒤로 물러나 앉았다.

"이은성, 좀 솔직해질 수 없니? 너 스타일 왜 바꿨니? 중학교 때는 완전 스타일 쩌는 여왕님이었다며."

머릿속에서 벼락이 내리친 것 같았다. 입이 얼어붙어 말이 나오지 않았다. 지금 무슨 일이 벌어진 거지?

"어떻게 우리한테 감쪽같이, 정말 기막혀."

소리는 화를 참는 듯 얼굴이 빨개졌다.

숨이 차고 어지러웠다. 정신 차려, 이은성. 여기서 무너지면 안 돼. 나는 입에 남아 있던 추로스를 삼키며 심호흡을 했다.

"그래, 나 스타일 완전히 바꿨어. 그런데 뭐. 친구가 되려면 과거를 고백했어야 했단 얘기니? 그러고 나서 출입증이라도 받고 명작극장엘 들어와야 했다는 말이야? 나, 완벽하게 새로 태어나

고 싶었어. 그렇게 한번 놀았다고 영원히 아웃 돼야 해? 잘 살아

볼 기회를 얻는 게 죄냐고."

　담담하면서도 세게 나가려 했는데 나도 모르게 폭포수 같은 눈

물이 흘러내렸다. 하지만 잘못했다는 말을 할 생각은 조금도 없

었다. 찌질하게 나가선 안 된다. 난 구린 애가 아니라는 걸 보여

줘야 해.

　소리는 꼼짝도 않고 앉아 있었다. 나에게 붙박인 시선은 영원히

거두어지지 않을 것 같았다. 나의 여왕 시대를 어떻게 알았을까.

이랑이도 알까? 추로스가 달콤한 만큼 이 시간이 끔찍했다. 이것

이 악몽이라면, 그래서 꿈에서 깰 수만 있다면…….

소리 - 은성 - **이랑**

'THE END'는 아프지 않게

겨울 바다는 따뜻했다. 낮 기온이 영상 12도까지 올라갔고 바람도 불지 않았다. 태어나서 처음인 혼자만의 여행! 떠나기 전부터 하늘은 나를 돕고 있었다. 여러 가지로.

나는 주영과 함께 오지 않았다.

"여행 일주일만 연기하자. 친구가 재즈 콘서트 티켓을 얻었는데 딱 그날이야."

주영이 말했을 때 나는 잘됐다 싶었다. 혼자 가는 게 더 나을지도 몰라.

"다음 주는 내가 안 되는데? 그리고 생각해 보니까 겨울 바다 있잖아, 우리가 상상하는 만큼 낭만적이진 않을 것 같아. 바닷바람 얼마나 매서운데. 귀신처럼 머리카락 뒤집힌 채 모래밭에서 달달 떨며 걸어 다니는 거 별로야."

주영이 진상으로 굴지만 않았어도 오케이 했을 것이다. 내 사정은 묻지도 않고 멋대로 날짜를 옮기려는 게 얄미웠다. 재즈를 좋아한다는 얘긴 한 번도 들어 보지 못했는데 꽤나 있어 보이는 척하는 것도 우스웠고.

티켓값이 가장 싼 무궁화호 첫 열차를 타고 다섯 시간 삼십 분만에 부산에 도착했다. 오후 세시 십삼분 상행 열차를 예약해 놨다. 바다에 머물 수 있는 시간은 끽해야 세 시간? 하지만 그 정도로도 충분했다. 기차를 타고 내려오는 시간도 나름 괜찮았다. 나는 종착역에서 바다까지 가는 방법을 검색해 보고, 아무 생각도 하지 않은 채 창밖 풍경을 감상했다. 갑자기 늙어 버린 것처럼 그텅 비워진 상태가 얼마나 좋던지. 한 시간쯤 후엔 옆자리에 앉은 대학생 언니가 샌드위치도 주고 재미난 책까지 빌려줘 심심치 않았다.

여행비는 마술처럼 해결되었다. 엄마는 신의 계시를 받은 듯 나에게 주급 2만 원 인상의 은혜를 베풀었다. 만 원도 아니고 2만 원! 용돈 인상은 꿈도 꾸지 말란 듯 꿈쩍 않더니 느닷없이 말이다. 참 알다가도 모르겠다. 그렇게 애원할 땐 딜을 하자는 둥 말도 안 되는 소리만 하더니. 인상액의 2주분, 4만 원을 미리 당겨 받으면서 이틀 저녁을 하녀처럼 일했다. 당일치기지만 여행까지 허락 받았으니 그 정도 일쯤 콧노래를 부르면서도 할 수 있었다.

길게 이어진 백사장을 맨발로 걸었다. 발바닥이 차가웠지만 많이 시리진 않았다. 한낮의 햇빛이 머리 꼭대기로 고스란히 쏟아져 내렸다. 주말을 즐기러 나온 연인들이 이따금씩 지나쳐 갔다. 내 맨발을 힐끔힐끔 보면서. "이 겨울에 웬 맨발?" 하고 묻는 오빠도 있었다. 나는 운동화 무게만큼이라도 가벼워지고 싶었다. 모래를 밟을 때마다 발바닥의 굴곡이 느껴졌다. 부드러운 모래였다. 차락 차락 파도가 밀려왔다. 저 멀리까지 파랗게 펼쳐진 바다를 보니 구 겨졌던 마음이 쫘악 펴지는 것 같았다. 이래서 여행을 하는구나.

둥글게 구부러진 백사장 한가운데쯤 신문이 펼쳐져 있었다. 누군가 앉았다 그냥 두고 간 것처럼 눌린 흔적이 있었다. 누구 엉덩인지 참 거대하네. 움푹 파인 신문지에 털썩 주저앉았다. 애완동물용품 할인 마트에서 은성, 소리와 함께 고양이 잠자리 쿠션을 하나씩 차지하고 앉아 놀던 일이 생각났다. 소리는 자기가 앉았던 얼룩소 모양의 잠자리 쿠션을 크리스마스 선물로 오드리에게 사다 바쳤다. 고양이한테는 잠자리 쿠션이 필요 없다고 내가 그렇게 말했는데도. 소리는 언제나 그랬다. 해 주고 싶은 걸 참지 못하고 넘치게 퍼붓는 아이.

그런 소리가 폭발했다. 나 때문에. 하지만 나는 아직까지도 내가 실수를 했다는 생각이 들지 않는다. 조금이라도 그런 생각이 든다면 차라리 쉬울 텐데. 내가 잘못했어, 용서해 주라. 그러면 끝나잖아? 하지만 아무리 하찮은 존재와 약속을 했어도 약속은 약속이다. 나는 이로마의 얄팍함에 넘어간 건 후회해도 이로마와의 약속을 지킨 건 후회하지 않는다.

은성에겐 조금 불편함이 생겼지만 시간이 지나면 다시 자연스러워질 것이다. 명작극장에서 함께하는 동안 우리에겐 여왕이 아니라 친구였잖아? 은성이 지워 버린 과거를 우리가 복구시킬 이유는 없다. 은성인 그냥 은성일 뿐이다. 은성일 이해 못 한다면 소리가 날 이해 못 하는 거랑 뭐가 달라. 하지만 지난 시간이 어쩔 수 없이 드러나게 된다면 은성이 비겁하게 도망치거나 변명하지 않기를 바란다. 그렇게 볼품없는 아이가 내 친구라면 싫을 것 같다.

오드리에겐 정말 정말 미안하다. 명작극장이 아닌 곳에 있는 오드리는 상상이 되질 않는다. 하지만 방법이 없다. 오드리는 나의 오드리이고 내가 책임져야 하니까. 지금 생각하면 명작극장에서의 깨알같이 행복했던 시간은 전부 오드리가 만들어 준 거나 마찬가지다. 오드리가 아니었다면 명작극장은 열 일도 없었을지 모른다. 나는 소리가 오드리를 구실로 나와 절친 관계를 회복하려 했고 명작극장으로 튼튼한 울타리를 쳤다는 걸 알고 있었다. 하지만 아는 척하지 않고 소리가 하자는 대로 따랐다. 친구에게 얼마나 순수한 아이인지 누구보다 잘 알고 있었으니까.

나는 민소리를 사랑한다. 하지만 그렇다고 거짓으로 용서를 구하고 싶지는 않다. 결론은?

THE END.

파도가 좀 더 높다면 좋을 걸 그랬다. 귀에 쟁쟁 울리던 소리의 마지막 말을 멀리 쏠려 보낼 수 있게. "어디 가서 나랑 친구였다고 말하지 마." 마지막 그 말을 들었을 땐 정말 눈앞이 캄캄했다. 민소리, 꼭 그렇게 말해야 했니?

스마트폰 벨이 울렸다. 엄마였다. 참, 도착해 전화하라고 했는데 깜박했다.

"어, 엄마. 지금 전화하려고 했는데."

"그 말을 믿으라고? 하여튼 누굴 닮아서 그렇게 무심한지 모르겠다니까. 잘 도착했어?"

"그럼."

"주영이도 옆에 있고?"

"어, 편의점에 잠깐 들어갔어."

편의점이 이럴 때도 편리하구나.

"너 부산 갔다고 했더니 오빠가 난리다. 세상 무서운 줄 모른다고."

기막혀. 한 번이라도 믿음직한 모습을 보여 줬다면 모를까.

"세상 무서운 줄 알면 알바라도 하라고 해."

"알바라니?"

"아녜요. 고마워서 눈물을 흘리더라고 전해 줘."

"괜히 튀는 행동 하지 말고 얌전히 바다만 보고 와. 알았지?"

"여기서 튀어 봤자 모래밭이지."

"까불지 말고."

"세 시간 후면 올라가야 해. 까불 새도 없어. 엇, 주영이 어묵 들고 나온다. 끊을게요."

길게 통화했다가 실수라도 할까 봐 급하게 마무리했다.

무릎에 올려놓은 가방에서 엽서와 펜을 꺼냈다. 가방 위에 책을
놓고, 책 위에 엽서를 얹었다. 소리에게 보낼 엽서였다. 부산역 여
행 센터에 비치된 무료 엽서를 두 장 가져왔다. '한국의 산토리니'
라는 언덕배기 무지개색 마을을 사진으로 담은 예쁜 엽서였다. 두
장을 이어 붙여 봉투에 넣어 보낼 생각이었다. 말로 내 뺨을 때리
는 듯했던 소리와의 마지막 통화를 'THE END'로 하고 싶지 않았
다. 너무 아프잖아.

편지를 생각한 것은 기차 안에서 읽은 책 때문이었다. 옆 좌석
에 앉은 언니가 심심하면 보라고 건넨 일본 소설책. 처음엔 읽는
척만 하다 돌려주려고 했는데 부산에 도착하기 전에 다 읽어 버렸
다. 가볍게 들 수 있는 얇은 책이었다. 줄거리는 간단했다.

주인공은 학창 시절 완벽한 조합으로 어울렸던 네 명의 친구들
에게서 어느 날 갑자기 이유도 모른 채 절교를 당한다. 마음의 깊
은 상처를 갖고 30대 중반이 된 그는 애인의 조언을 듣고 무작정
친구들을 찾아 나선다. 그는 네 친구들을 차례로 만나 진실을 알
게 되고, 고독과 상실감에서 벗어나 새롭게 살아갈 힘을 얻는다.

내가 이 책을 끝까지 읽은 것은 친구들 얘기가 나왔기 때문이
다. 중요한 소재는 절교. 소설의 중반쯤에서 나는 잠깐 가슴이 두
근거리기도 했다. 나도 무작정 소리를 찾아갈까. 하지만 결말이
가까워지면서 고개를 저었다. 아니야. 여행 센터에서 엽서를 집어

들 때는 이미 무엇을 써야 할지 정리가 되어 있었다.

* * *

여섯시 반쯤 화실에 들른 로마는 갈 생각을 하지 않았다. 심부름을 왔는지 커다란 쇼핑백을 선생님께 건네곤 초딩들 그림을 봐주는 척하며 빈둥거렸다. "잘되니?" 나를 보고 태연하게 말을 걸 땐 어이가 없었다. 넉살이 좋은 건지 뻔뻔한 건지. 무시해 버릴까 하다가 고개만 까딱했다. 은성이 내 옆에 앉아 있었다. 녀석의 오른쪽 입술 바로 위에 살색 반창고가 붙은 걸 보고 잠시 놀라긴 했다. 보조 가방으로 맞을 때 상처가 난 게 분명했다. 비즈 장식이 할퀴고 지나간 것 같았다. 충격을 받은 듯 녀석이 입 주변을 감싸 쥐고 있던 게 생각났다.

내가 상처 부위를 눈여겨보자 녀석은 얼른 눈길을 피했다. 처음엔 왜 저런 찌질함이 보이지 않았을까. 은성을 보고는 '누구지?' 하는 듯 몇 번이나 힐끗거렸다. 카사로마의 본능이 발동했겠지. 서로 인사를 시켜 줄 마음은 조금도 없었다.

은성인 웬일인지 잔뜩 풀이 죽어 있었다. 무슨 일이 있었나? 지난번처럼 패션 안경에 비니를 쓴 모습이었다. 거기에 하나 더, 가장자리를 촘촘히 머리카락처럼 땋은 빈티지한 머플러를 둘렀다. 학교에서 나올 때 은성이 머플러를 두르자마자 나는 칭찬을 하지 않을 수 없었다. 정말 장윤주 이상이었다. 방학 동안 반 애들도 은성에게 관심을 보이기 시작했다. 확실히 그냥 썩긴 아까운 애다.

"정리하고 그만 나갈까?"

드로잉을 끝내고 은성에게 말했다. 일곱시가 다 되어 가고 있었다. 천일홍이 꽂힌 화병에 코를 들이댄 오드리는 예쁘게 그려졌다.

"그래."

기다렸다는 듯 은성이 대답했다. 오늘도 세 시간, 생각보다는 잘 버티고 있다. 두고 봐야 알겠지만 지금은 별 재능도 가능성도 보이질 않아 안타까울 뿐이다. 취미로 한다니까 뭐.

화실에서 나오는데 로마가 따라 나왔다.

"채이랑, 삼십 분만 시간 좀 내 줄래? 할 얘기가 있는데."

다 끝난 마당에 무슨 할 얘기가 있다고.

"여기서 하면 안 돼? 집에 빨리 가 봐야 하거든."

"잠깐이면 돼."

"나 먼저 갈까?"

은성이 눈치를 보고 있다가 말했다.

"아니, 같이 가."

발걸음을 떼려는 은성을 붙잡았다.

"할 얘기 있음 문자나 카톡으로 해. 가자."

은성의 팔을 잡아당기며 앞장서 걸어갔다. 로마와 나를 번갈아 바라보던 은성이 어리버리 따라왔다. 둘 사이에 뭔가 있다고 눈치 챘을지도 모른다. 인생에 밥풀 하나만큼도 도움이 안 되는 자식.

"너 로마한테 찬바람 쌩쌩 불더라?"

은성이 비니를 귀밑으로 내리며 말했다.

"그래 보였어?"

나는 아무렇지도 않은 척 대답하고 푸흡 웃었다.

"로마가 화실에 들어올 때부터 지금까지 쭉."

"로만지 어떻게 알았어?"

"딱 보니까 알겠던데 뭐. 외모가 완전 아이돌이잖아. 근데 입술
에 붙인 반창고는 좀 웃기더라."

은성인 뒤를 돌아보며 훗 웃었다.

"생긴 거야 톱클래스지."

반창고 얘긴 모른 척했다.

"다른 건 다 아니다, 그 말이네?"

"빙고."

우리는 동시에 실밥 터지는 소리를 내며 웃었다.

"바다 여행 어땠어? 그날 날씨는 괜찮던데."

은성이 머플러를 꼭꼭 여미며 물었다. 표정이 흐린 하늘만큼이
나 어두웠다.

"당일치기라 제대로 놀진 못했지. 가고 오는 시간 빼고 바다에
선 세 시간도 못 있었는데 뭘."

"멀리 갔었구나. 부산?"

"빙고."

"아 정말? 같이 갔던 애 너랑 아주 친한 사이였나 봐?"

"그렇신 않고, 가끔 나한테 필요한 자극을 주긴 하지."

"어떤 자극?"

"글쎄…… 평범함을 넘어서기 위한 자극?"

"특이한 애구나."

은성인 주영의 존재를 꽤 궁금해했다.

"근데 너 아주 조금만 신경 써도 스타일이 나오는데 지금까지 왜 그렇게 촌티를 냈니? 혹시 우리 모르게 일대 변신하고 주말에 혼자 쏘다니는 거 아냐?"

"말이 되는 소릴 해야지."

얼굴이 발개진 은성이 가느다란 눈으로 날 흘겨보았다. 당황했나? 하지만 말 한마디 한마디 조심하고 싶진 않았다. 불편해지니까.

"나중에 성공하면 '제가 이렇게 되기까지 저를 늘 채찍질하던 친구들이 있었습니다.' 인터뷰할 날이 있을 거야."

내 말에 은성인 조용히 웃기만 했다.

"너 어제까지 앓아누웠다가 겨우 살아난 애 같은 거 알아? 기운이 하나도 없어 가지고."

"아닌데…… 이랑아, 너 혹시 나한테 할 얘기 없니?"

문득 생각난 질문이 아니라 벼르고 별렀던 질문처럼 들렸다. 혹시 소리가 말해 버린 거 아냐? 그랬을지도 모르지. 속마음을 감추지 못하는 애니까.

"무슨 할 얘기?"

"아니 그냥."

"할 얘기 있어. 나…… 너무 배고파."

은성인 품, 하고 웃었다.

"나 오드리 데려다 키워 볼까 하고 엄마한테 얘기해 봤는데 반응이 별로네?"

조금 생기가 도는 얼굴로 은성이 말했다.

"정말 오드리를 키워 보려고?"

"어, 오드리를 생판 모르는 사람한테 보내긴 그렇잖아. 하지만 쉽진 않을 것 같아. 엄마가 몰티즈 키우다 실패한 일을 아직 잊지 못하고 있나 봐. 걘 강아지였는데도."

"야, 이은성, 너무 애쓰지 마. 가족을 괴롭히면서까지 오드리를 곁에 두다니 말도 안 돼. 그리고 솔직히 너 오드리가 미치도록 사랑스럽지도 않잖아."

은성인 말없이 웃기만 했다.

"어? 눈 온다!"

가로등 불빛 아래로 한 송이 두 송이 비밀스럽게 눈이 내리고 있었다. 버스 정류장에 거의 다 왔을 때였다.

"와, 정말 눈이네?"

은성이 가느다랗고 긴 손가락을 허공으로 뻗었다.

"우리 호떡 사 먹고 갈까? 너 배고파 돌아가시겠다며."

은성의 손가락이 상가의 호떡집을 가리키고 있었다. 밖으로 오픈된 호떡 판에서 한 번 뒤집어진 호떡들이 노릇하게 맛있는 냄새를 풍겼다.

"니가 사 준다면 난 부조건 좋지. 나 한동안 거지처럼 살아야 하는 거 알지?”

은성인 손바닥으로 내 정수리를 꾹 누르고 호떡집으로 향했다.

은성이 호떡을 사는 동안 스마트폰을 확인했다. 로마의 카톡 메시지가 두 개 도착해 있었다.

> **이로마**
> 생각보다 일방적인데?
> 적어도 너한테만큼은 오해를 사고 싶지 않다고.　　　　오후 7:22

> **이로마**
> 소리가 봤던 여자앤 동아리 친구일 뿐이야.
> 그럴듯한 소문이 나돌고 있는 것 같던데
> 걔가 나한테 좀 덤비는 건 사실이고.
> 일부러 소문을 부추기고 다녀 나도 머리가 아프다고.　　　　오후 7:25

이로마 너 정말 최악이구나. 너한테 개념이란 걸 쑤셔 박아 주고 싶다. 하여튼 고맙다. 널 깨끗이 잊어버릴 수 있을 거야. 새로운 스캔들을 만들고 있는 여자애랑 쏘다니다 소리한테 딱 걸린 게 분명했다. 소리 성격에 가만있진 않았을 텐데. 카톡 메시지를 삭제해 버렸다. 호떡이나 맛있게 먹자.

* * *

엽서는 소리에게 도착했을까? 우체국 직원은 하루면 도착할 거라고 했다. 작은 상자에 조개껍데기와 함께 넣어 보냈다. 소리가 엽서를 읽으면 어떤 기분이 들지는 걱정하지 않기로 했다. 마지막

으로 하고 싶은 일을 했고, 그것은 적어도 말로 아프게 때리는 것
보다는 나은 'THE END'였다고 믿으니까.

이제 일주일만 있으면 개학이다. 얻은 것보다 잃어버린 게 많은
방학. 2학년이 돼 봐야 입시 부담만 커질 테지만, 막판에 꼬여 버
린 1학년 빨리 마감하고 싶었다.

"깜짝이야."

"무슨 죄를 졌기에 만날 그렇게 놀라니?"

한두 번 당하는 것도 아닌데, 엄마가 방문을 벌컥벌컥 열 때마
다 놀라 자빠질 것 같다.

"내일부터 방문 잠가 놔야지. 이러다 엄마보다 일찍 죽겠어."

"싸가지 하고는. 엄마한테 못 하는 소리가 없네. 무슨 생각 하고
있었어? 책상에 멍하니 앉아 가지고."

"스무 살이 되면 본격적으로 독립 운동을 해 볼까, 그런 생각."

"독립 운동은 또 뭐야? 요즘 명작엔 안 가니?"

대답할 말이 생각나지 않았다.

"음, 우리도 방학이야."

"만나면 놀기만 할 텐데 방학은."

엄마는 픽 웃고는 침대에 걸터앉았다.

"오드린가 뭔가 명작에 있는 고양이 있지? 우리 어린이집 교사
가 입양하겠단다."

"뭣?"

나는 바로 옆에 폭탄이 떨어진 것만큼 놀랐다.

"오드리 입양 희망자가 나타났다고. 참 알 수가 없다니까. 키우는 고양이가 있는데도 한 마리를 더 키우겠다니."

"아줌마야?"

"노처녀다. 결혼도 안 하고 고양이만 데리고 살려나 봐. 별종들 많다니까."

엄마는 "바로 너 같은 애들." 하듯이 나를 쳐다봤다.

"좋은 사람이야?"

정색을 하고 물었다.

"그건 또 왜? 사람이야 좋지. 철이 안 들어서 그렇지."

"그래, 좋은 사람이 아니라면 고양이를 그렇게 사랑할 리 없지. 그 집은 넓어?"

"한 번 가 보지도 않았는데 집이 넓은지 좁은지 어떻게 알아."

"집이 좁으면 안 되는데. 오드리는 우다다다를 정말 좋아하거든. 우다다다 못 하면 스트레스 받을 거야."

"우다다다?"

"응, 마구 뛰어다니는 거."

"하이구, 고양이가 아니라 공주님을 모시는 것 같네."

엄마는 어처구니없다는 듯 웃으며 침대에서 일어났다.

"언제 데려가라고 할까?"

"어…… 좀 보고. 애들한테도 말해야 하니까."

"날짜 잡히면 얘기해."

내 입에선 영원토록 알았다는 대답이 나오지 않을 것 같았다.

어쩌면 나는 오드리를 그 누구에게도 보내고 싶지 않은지 모른다. 운동장처럼 넓은 집에 사는 천사 같은 사람에게라도.

인터넷 고양이 카페에 오드리 분양 광고를 올린 후 모르는 번호로 두 통의 전화가 왔었다. 한 통은 받지 않았고 또 한 통은 받았다. 전화를 받을 때 가슴이 쿵쾅쿵쾅 뛰었다. 오드리를 입양하고 싶다는 말을 듣자마자 나는 말했다. "죄송합니다. 벌써 입양이 됐는데요." 그날 밤 나는 고양이 카페에 올린 분양 광고에 '분양 완료'를 알렸다. 내가 무슨 짓을 했던 거지? 안도감과 함께 또다시 걱정이 밀려왔다. 오드리의 미래는 어떻게 될까. 옛날엔 아이도 낳았을 나이인데 고양이 한 마리도 책임질 수 없다니. 빨리 스무 살이 되고 싶었다. 스무 살엔 무슨 수를 써서라도 독립해야지. 오드리, 그때까지 건강해야 해.

소리 - 은성 - 이랑

내가 그런 말을 했다고?

소리야,

여긴 바다야. 다섯 시간 반이나 기차로 달려서 이곳까지 왔지. 혼자
서. 멋지지? 긴 백사장이 있는 바닷가 모래톱에 앉아 이렇게 엽서를 쓰
니 뭐라도 된 것 같다. ㅋ

기차 안에서 책을 한 권 읽었어. 옆자리에 앉은 언니가 휙 던져 준 소
설책이었는데, 네 시간 동안 화장실도 안 가고 다 읽은 거 있지? 학창
시절 절친이었던 네 명의 친구들에게서 어느 날 이유도 모른 채 절교를
당한 주인공이 어른이 되어 무작정 친구들을 찾아 나서는 이야기야. 문
학소녀께선 벌써 읽으셨을지 모르지만.

나 이 소설 읽으면서 널 무작정 찾아가야겠다는 생각에 미친 듯 가

습이 뛰었어. 하지만 책을 덮으면서 정신을 차렸지. 주인공과 나는 완전히 다른 입장이었거든. 그는 자기가 왜 친구들과 그렇게 되었는지 이유를 몰랐지만 나는 알고 있으니까. 더 알아야 할 것도, 더 얘기할 것도 없는 거야.

이렇게 되어 버린 걸 그냥 인정하기로 했어. 우리가 서로 증오하는 게 아니라 여전히 사랑하고 있다고 믿기에 조금은 덜 슬프다. 네가 나에게 얼마나 좋은 친구였는지, 죽을 때까지 잊지 못할 거야. 근데 나 스무 살에 독립할 일이 막막해져 어떡하지? ㅎㅎ

"지독한 기집애."

투명 테이프로 연결해 붙인 엽서 두 개를 다 읽고 책상에 엎었다. 알록달록 벽화로 가득한 달동네 사진이 예뻤다. 반으로 접어 다시 상자에 넣었다. 뽁뽁이 비닐이 깔린 상자 안엔 조개껍데기가 한 무더기 들어 있었다. 결별 통고 한번 폼 나게 하시네. 결국 민소리보다 채이랑이 더 독한 거였어. 나야 원래 성격이 그렇다 치고, 이랑인 생각을 정리하고 정리해 '끝!'을 선언한 거잖아. 그것도 바다까지 달려가 영화의 마지막 장면처럼 조용하고 차분히 웃으면서. 무지무지 화가 났다. 자긴 우아한 척이라도 했지만 나는 엿 먹은 기분이었다.

사실 나는 그동안 마음이 약해지고 있었다. 윤이가 멍청하게 내 뒤통수를 후려치고 나서부터 조금씩 조금씩. 적어도 이랑인 그런 저질은 아니었는데……. 참을 수 없이 화가 나 심한 말을 했지만 그야말로 욱해서 튀어나온 말이었다. 그럴 수도 있잖아?

엽서를 꺼내 다시 한 번 읽었다. 내 기분이 바닥을 치게 만들려고 작정했다면 성공한 엽서였다. 그래, 너답게 아주 깔끔히도 정리했구나. 날 알 만큼은 알 텐데, 열 받으면 직격탄 날리는 내 성격 몰랐니? 스멀스멀 다시 스팀이 오르기 시작했다. 이랑은 어질러졌던 방을 말끔히 정리한 기분으로 자기 할 일을 착착 해 나가고 있겠지. 독종은 정작 이랑이었고 난 그냥 시끄럽기만 했다.

엽서와 조개껍데기가 든 상자를 통째로 쓰레기통에 넣었다. 정리를 하려면 이런 식으로 해야지. 좀 거칠지만 폼 잡지 않고 말이야. 화끈하잖아? 스무 살에 데리고 살겠다던 내 말을 농담처럼 만들어 버린 것에 비하면 조개껍데기 버린 것쯤 투정에 불과했다. 내 진심을 조금이라도 마음에 두고 있었다면 홀가분하게 웃으며 '굿바이 포에버.' 하지는 못했을 거라고. 소설의 주인공과 달리 자기는 더 알아야 할 것도, 더 얘기할 것도 없었다고? 하하, 참 간단해서 좋겠다.

아무리 생각해도 개떡 같은 방학이다. 밤 아홉시 조금 넘어서는 윤이가 카톡을 보내왔다. 무슨 말인지 보지도 않고 차단해 버렸다. 넌 내 인생에서 영원히 아웃이야.

은성인 어떻게 지내고 있을까. 그날 울면서 할 말 다 하고 자기 집으로 돌아간 이후 아무 소식이 없었다. 나도 연락하지 않았다. 은성이 소리치듯 했던 말이 자주 되살아났다. 사실 나는 그때 당황하면서도 묘한 쾌감을 느꼈다. 진심은 확실히 느껴졌으니까. 적어도 자기가 한 짓을 부정하는 파렴치는 아니었다. 얘 아주 막장은 아니구나. 하지만 은성을 이전처럼 대할 자신은 없었다. 친구들 위에 군림하며 여왕 노릇을 했던 때를 상상하게 될 것 같았다.

그리고 어차피 은성인 처음부터 '은성-이랑-소리'의 연결 관계로 있어 왔다. 여왕이고 뭐고를 떠나, 이랑과 나 사이의 연결 고리가 떨어져 나가면서 은성과도 멀어진 게 사실이다. 그건 아마 은성이도 마찬가질걸?

아오, 그놈의 카사로마만 아니었어도 명작극장이 폐업 위기까진 오지 않았을 텐데. 원수 같은 자식, 쭉쭉빵빵 앞에서 너덜너덜해지도록 개망신을 줬어야 했는데 그 정도로 끝낸 게 후회스러웠다. 아아, 이 멍청한 오지랖! 그래 봤자 이랑인 카사로마의 프라이버시가 더 중요했다잖아?

* * *

윤이는 스터디 카페에서 나오는 나를 허겁지겁 뒤따라 나왔다. 급하게 코트를 꿰입느라 깃이 안으로 접혀 들어간 줄도 모르는 것 같았다. 나중에 쫑파티라도 하자는 빈말을 남기고 선생님이 퇴장하자마자 나는 자리를 박차고 나왔다.

"꼭 그렇게까지 해야 했니?"

얼굴을 보기 싫게 찌그러뜨리고 윤이가 말했다.

"넌 그럼 니 뒤통수 때린 어처구니랑 일주일에 두 번씩 밥 같이 먹을 수 있니?"

"밥?"

"그래, 밥. 니가 쓰는 문장 하나하나를 밥처럼 먹고 산다며."

'허세 쩐다.'는 말까지 덧붙이려다 참았다.

"뒤통수라니, 사람 너무 의심하는 거 아냐? 세상엔 얼마나 믿기 힘든 우연이 많은데."

자신만만하게 허술한 거짓말을 반복하는 커다란 주둥이를 두 주먹으로 틀어막고 싶었다.

"나 과외 그만두는 거 너한텐 희소식 아냐? 말 같지도 않은 말 지껄이지 말고 나한테 고맙다고나 해."

과외를 그만두려는 마음은 그 어이없는 카톡 메시지를 보자마자 들었다. 윤이의 효용 가치가 아무리 대단해도 그렇지, 어떻게 그따위랑 같이 꿈을 키워?

"출판사 기자단 스펙, 자소서를 얼마나 돋보이게 하는지 잘 알지? 내 덕에 그 기회를 얻었으면서 은혜를 몰라도 너무 모른다, 너."

오 마이 갓. 양심을 대체 어디다 팔아먹은 거야.

"이럴까 봐 오늘 올까 말까 고민했다니까. 선생님 얼굴 보고 인사하는 게 예의일 것 같아 왔다가 쓰레기 먹고 싼 설사 똥 밟고 가네. 응, 아주 제대로야."

"뭐, 뭐라고? 순진한 줄 알았더니 이제야 본색을 드러내는구나?"

"그래, 나 원래 그랬어. 근데 오늘 배운 것 중에 뭐가 제일 중요했는지 아니?"

윤이는 대답은 하지 않고 씩씩거리기만 했다.

"글에서 가장 중요한 건 진정성이다. 한 시간도 안 됐는데 잊어
버리진 않았겠지? 넌 진정성 제로야. 알아? 너 같은 애 열 번 잃어
버려도 상관없지만, 너 같은 가짜가 글을 쓰고 있다는 게 짜증 난
다. 너랑 끝이야."

이렇게 쏘아 대고 나는 획 뒤돌아 큰 보폭으로 걸었다. 이럴 때
롱다리라면 얼마나 좋을까.

"절교라면 무서워할 줄 알았니? 너, 언제나 운이 좋을 수는 없
다는 거 알아 둬. 어쩌다 처음 잭팟 터뜨리고 우쭐해서 거만을 떨
다니 완전 볼만하다."

하느님 부처님도 구원 못 할 계집애. 나는 뒤도 돌아보지 않고
손을 올려 가운뎃손가락을 쭉 폈다. 히스테리가 가득한 웃음소리
는 못 들은 척했다. 난 너 같은 저질 때문에 실없는 인간이 돼 버리
고 말았어. 선생님하고 엄마 보기가 얼마나 쪽팔렸는지 알아?

과외를 그만두는 이유를 엄마가 물었을 때 나는 허접한 대답밖
에 할 수 없었다. "아무래도 독학 체질인 것 같아……." 엄마의 거
대한 콧방귀에 투 페이스 윤이의 뒤땅 한번 까 볼까 잠깐 갈등했
지만 참았다. 성공해서 갚아 주겠어, 유치한 다짐을 하면서. 성공
은 물론 작가가 되는 것이다. 문장의 기교나 부리면서 동료의 뒤
통수 갈기는 가짜 작가가 아니라 진정성 있는 진짜 작가 말이다.

버스를 타고 창가 일인용 좌석에 앉았다. 어둠이 내리는 창밖

풍경이 추억처럼 지나갔지만 승객들은 누구도 그런 데 관심이 없었다. 세상이 모두 스마트폰에 들어 있는 것처럼 귀에다 이어폰을 꽂은 채 손에 잡힌 작은 창에만 열중했다. 내 손에도 드넓은 세상으로 들어가는 창이 잡혀 있었다. 창에 불을 켜고 잠금 패턴을 푼 다음 'TALK'라고 쓰인 앱을 열어 보았다. 새로 들어와 있는 대화는 하나도 없었다. 과외를 하러 오는 길에 반 아이들과 단체 토크를 한 게 마지막이었다. 나 이렇게 인간관계가 협소했나? 옛날 같으면 명작극장에 셋이 모여 신나게 윤이를 씹고 있을 텐데…….

더럽게 외로웠다. 기자단 합격이 주는 위로는 외로움을 보상해줄 만큼 크진 않았다. 난 글을 쓰는 걸 좋아하지만 이 도톰한 입을 놀려 친구들과 폭풍 수다를 떠는 것만큼 좋아하지는 않는다. 명작극장이 그런 즐거움의 생산지였는데, 이제 완전히 물 건너가 버린 것 같다. 정말 짜증 제대로다. 뭐가 뭔지 모르겠다. 엉망진창이다.

* * *

명작극장에서 노트북을 두드려 댄 지 한 시간이 좀 넘었다. 싸움질을 하듯 썼다 지웠다 썼다 지웠다 하느라 제자리걸음이나 마찬가지였다. 잡생각이 끼어들까 봐 되는대로 손가락을 놀리고 있으니 안 그렇겠어? 아직 '명작극장' 문패는 떼지 않았지만 명작극장은 벌써 폐업을 앞둔 오래된 영화관처럼 퇴색한 느낌이 들었다. 내 인생 최고의 페이지가 될 줄 알았던 명작극장인데……. 더럽게 꿀꿀했다.

명작에 손님은 한 테이블밖에 없고, 무명의 영화인들이 바에 죽 붙어 앉아 시끌시끌 떠들고 있었다. 무명이지만 그들은 언제나 즐거운 모양이다. 자주 터져 나오는 웃음소리가 명작극장 안까지 침투해 들어왔다. 오드리는 빈 테이블의 무릎 담요가 걸쳐진 의자에서 한참 동안 그루밍을 하더니 메기 아저씨 무릎에 올라가 긴 잠을 자고 있었다. 녀석이 요즘은 메기 아저씨에게 끼를 부린다. 무심해진 집사들 탓인가?

"이모! 핫초코 한 잔 더."

문을 열고 이모에게 주문을 했다.

"또? 너 벌써 석 잔째다?"

"알아."

"살쪄도 난 책임 못 져."

"열혈 창작엔 연료가 필요해."

나는 날름 혀를 내밀고 명작극장 문을 닫았다. 살찌는 게 무서워 스트레스를 녹여 줄 핫초콜릿을 참을 순 없지. 아니, 살찌는 걸 걱정할 만큼 안정적인 정신 상태가 아니라는 게 맞을 것 같다. 내가 원하는 건 그들과 깨알처럼 재미난 10대를 보내는 것이었을 뿐인데, 이따위로 찌그러질지는 몰랐다.

쟁반에 핫초콜릿을 받쳐 든 이모가 문을 여는데 오드리 녀석이 잽싸게 문틈으로 들어왔다. 언제 깼지?

"혼자 있고 싶다고 했더니."

핫초콜릿 잔을 내려놓는 이모에게 투덜거리며 오드리를 내려 다보았다. 오드리는 너무하다는 듯 빤히 날 올려다보았다.

"오드리가 불쌍하지도 않니?"

이모가 쯧쯧 혀를 찼다.

"으앗, 내가 이럴 줄 알았어."

순식간에 내 다리를 타고 올라와 뱃살에 착 기대 안기는 오드리 를 막을 방법은 없었다.

"요게 요게 없던 버릇이 생겼네?"

오드리는 두 발로 85 B컵 사이즈의 내 가슴을 꾹꾹 눌러 댔다.

"지금까지 아무도 만져 본 적 없는 천연기념물인데 니가 처음 으로 날 건드렸단 말이지."

"오드리가 그러네, 느낌 아니까!"

이모가 키륵키륵 웃었다.

"캣닙 방석을 갖다 주든가 연어 캔을 따 주든가 해야지."

말하고는 좀 미안해 목덜미를 어루만져 주었다. 그르르르……
하는 소리는 오랜만에 듣는 것 같다.

"집엔 안 가니?"

"창작에 매진하다 이모랑 같이 들어가려고."

"오호, 여기 이 문학소녀 보고 작가들 반성해야겠네. 명작극장 문패는 떼 버릴까? 윤이랑 여기서 스터디를 하겠다며."

이모가 붙박이 의자에 올라앉아 다리를 뻗고 말했다.

"문패 떼는 게 뭐가 급해서. 나중에 내가 할게."

문패 떼는 건 일도 아닌데, 막상 떼려니 큰일을 저지르는 것처럼 엄두가 나지 않았다.

"윤이한테는 얘기했어? 스터디."

이모가 물었다.

"이모, 나 과외 관뒀어."

"뭐? 신나서 다니더니 왜?"

"물오를 때 내 맘대로 한번 써 보려고. 배우는 대로 하니까 개성이 없어지는 것 같기도 하고."

물이 오른다는 건 뻥이고 개성이 있기나 했는지 잘 모르겠다.

"뭔 일이 있으셨어, 분명히. 이제 니 얼굴이랑 하는 짓만 봐도 딱 알겠다."

"난 남녀의 사랑만 믿을 게 못 된다고 생각했는데 우정도 마찬가지란 걸 깨달았어, 이모. 확, 실, 히."

나는 넋두리하듯 말했다.

"거봐, 무슨 일이 있었다니까? 뭐니?"

이모는 족집게 점쟁이라도 된 것처럼 물었다.

"난 이제 완벽하게 혼자야. 열심히 글이나 써야지."

나는 오드리를 바닥에 내려놓았다. 오드리가 다시 내 다리로 기어오르려는 걸 막았더니 이모 옆에 올라앉아 그루밍을 시작했다.

"그땐 명작극장을 당장 소설 스터디 룸으로 바꿀 태세더니, 윤이가 배신이라도 때렸어? 과외까지 그만두고."

"허걱. 진짜 족집게잖아."

나는 푸우, 바람 빠지는 소리를 냈다.

"윤이는 내가 본 적이 없어 잘 모르겠고, 이랑인 너한테 나쁜 마음을 가질 애가 아니잖아. 스무 살에 데리고 살 생각까지 했던 친구였는데 웬만하면 봐줘라."

그럴 마음이 생길 상황이어야 말이지.

"오드리 좀 데리고 나가 줘."

이모는 다리를 의자 밑으로 내리고 나를 빤히 보았다.

"넌 누군가 열중할 사람이 있어야 안정되는 거, 알지?"

또 시작이다. 나는 듣기 싫다는 뜻으로 귀를 후볐다.

"오드리 좀 데리고 나가라니까!"

문을 닫고 나가는 이모에게 소리쳤다. 이모는 두 팔을 위로 들어 올려 춤을 추듯 걸어갔다. 고양이 알레르기가 더 심해졌나? 팔이 장난 아니었다. 이랑이 봤다면 또 울상을 했을 거다. 이랑과 은성인 화실에 잘 다니고 있겠지? 이랑은 이제 나 같은 건 생각조차 하지 않을지 모른다. 이미 엽서로 보여 줬잖아?

연어 캔과 함께 밖으로 쫓겨난 오드리가 우다다다를 시작했다. 간만에 맛좋은 간식을 먹으니 기분이 급상승했나 보다, 라고 생각하며 노트북 화면에 집중하려는 순간 나는 고개를 바짝 쳐들었다. 이랑이 명작 입구에서 오드리를 안은 채 나를 건너다보고 있었다.

"지나가다 오드리 보러 들어왔어."

명작극장 안으로 들어와 이랑이 말했다.

"그랬니?"

나는 짧게 대꾸했다. 이랑은 이모가 앉았던 자리에 앉았다. 오드리는 데리고 들어오지 않았다. 빨간색 짧은 울 코트에 초록색 스웨터를 입은 모습이 예뻐 보였다. 언젠가 벼룩시장에서 멋쟁이 언니에게 샀다며 입고 나왔던 옷이다.

"내가 보낸 엽서 받았니?"

갑작스러운 질문에 당황스러웠다.

"아니?"

나는 건성으로 말했다. 받지 않은 것으로 하고 싶었다. 얼굴이 붉어졌을 것이다. 이랑의 표정이 굳어졌다. 진짜 어색하네.

"오늘 과외 가는 날 아니었어?"

날 피해 내가 과외 가는 날 왔다는 말?

"일찍 끝났어. 오늘 마지막 날이었고. 과외 관뒀거든."

"왜?"

"그냥, 하기가 싫어져서."

말이 틱틱 내뱉듯 나왔다. 미치게 불편했다. 이랑의 얼굴에도 굵게 쓰여 있었다. 나도 무지 불편해.

"은성인 그림 잘 그려?"

은성이 그림을 잘 그리는지 궁금한 게 아니라 잘 지내는지가 궁금했다.

"이제 시작했으니까 더 두고 봐야지 뭐."

이랑은 머리카락을 배배 꼬았다. 굳은 표정은 풀리지 않았다. 정성스러운 엽서와 조개껍데기가 무시를 당했기 때문이겠지. 난 그 엽서와 조개껍데기 때문에 너보다 열 배는 더 기분이 상했거든?

"나 은성이한테 얘기했어."

이랑이 굳은 얼굴을 조금 찌푸렸다.

"난 뭐 숨기고 가면 쓰고 그런 거 못 참아."

"은성이한테도 그랬니? 어디 가서 친구였다고 말하지 말라고."

까칠함이 돋보이는 말이었다.

"아니? 완벽하게 새로 태어나고 싶었다 소리치는데, 그러면 됐다 싶더라. 군더더기 없이 깨끗이 인정한 거잖아. 과거를 고백하고 출입증이라도 받아 명작극장에 들어왔어야 했냐 말하는데, 아주 대단하던걸?"

이랑은 아무 말도 하지 않았다.

"은성인 너한테 뭐라고 안 해?"

"아니."

은성의 상태가 궁금했지만 묻진 않았다.

"근데 로마 그 자식 정말 안 되겠더라."

아으, 이런 말은 왜 튀어나오는 거야. 쭉쭉빵빵 일진 계집애랑

손잡고 다니더라는 둥 헛소리라도 하려고? 난 정말 구제 불능의
오지랖이다.

"나, 로마랑 끝났어."

이랑은 로마 얘긴 더 할 필요 없다는 듯 딱 잘랐다. 정말 끝났
구나.

"이로마랑 그렇게 되니까 이로마 생각은 안 나고 니 생각만 나
던데?"

이랑은 나를 빤히 보며 말했다. 말문이 막혔다. 내 생각만 나서
총정리 올림픽에라도 나간 것처럼 엽서를 써 보냈니?

"넌 아직도 그렇게 생각하니? 우정이라는 이름으로 남의 프라
이버시를 침해하는 건 절대로 안 될 일이라고."

나는 참지 못하고 물었다.

"난 그런 식으로 말한 적 없는데. '우정이라는 이름으로', 이런
말 한 적 없다고."

"은성이가 나한테 그러던데? 쿨한 내가 까칠한 너한테 져 주면
안 되겠냐면서."

"그……래? 쿨한 니가 까칠한 나한테 져 주면 안 되겠냐고 하면
서……?"

이랑은 눈동자를 위로 굴리며 아주 천천히 말했다.

"나한텐 져 주는 쪽은 내가 돼야 할 것 같다던데? 니가 좀 어린
애 같고 고집 장난 아니니까, 뭐 그러면서."

"뭐라고?"

내가 어린애 같다고? 고집이 장난 아니라고?

"어쨌든 내 생각이 정확하게 전달되진 않았네. 난 '우정이라는 이름으로' 같은 말은 머릿속에도 떠올려 본 적이 없으니까. 지나친 표현은 오히려 니가 한 것 같던데? 날 용서할 수 없다니. 우리 문제가 누가 누굴 용서하고 말고 할 문제는 아니잖아."

"뭐? 내가 널 용서할 수 없다고 했다고? 은성이가 그래?"

"응, 그렇게 기억해."

"읍스. 나야말로 용서의 용 자도 꺼낸 적 없어. 니가 확대 해석한 거 아냐?"

정말 어이가 없었다.

이랑은 길게 쌍꺼풀진 눈을 천천히 깜박일 뿐 아무 말이 없었다. 눈빛이 복잡해 보였다. 나도 머리가 복잡했다. 어느 한쪽이 아니라 양쪽에서, 말이 교묘히 왜곡된 게 어떤 의도가 느껴졌다. 은성이 걔 진짜 뭐지?

"난 오드리랑 놀다 갈게."

이랑은 자리에서 일어났다.

"어."

나는 멍청하게 대답했다.

이랑이 명작극장을 나가는 걸 보고는 노트북으로 시선을 돌렸다. 화면의 글자들이 하나도 눈에 들어오지 않았다. 안 그래도 심란했는데 이젠 소용돌이에 휘말린 것 같았다. 은성인 왜 그랬을까. 고개를 들어 이랑을 내다보았다. 쟨 어쩜 저렇게 태연할 수 있지? 오드리와 장난을 치는 이랑은 아무 일도 없는 것처럼 보였다.

명작극장 문을 열고 소리쳤다.

"이모! 핫초코 한 잔 더 줘."

오드리의 말랑말랑한 발바닥 젤리를 자기 얼굴에 대고 비비던 이랑이 나를 쳐다보았다.

"같은 메뉴는 하루에 석 잔까지만 주문 받습니다."

이모가 손을 휘저으며 말했다. 저것이 미쳤나, 하는 표정이었다. 문을 닫고 다시 자리에 앉았다. 이랑이 명작을 나가면 바로 컴백 홈 해야지. 이럴 땐 잠이 약이다.

소리 - **은성** - 이랑

영원한 넘버 투!

소리가 잠깐 보자고 했다. 명작으로 오라고 하지 않고 청소년 문화 센터 로비로 오라고 했다. 거기서 다른 일이 또 있는 것 같았다. 카톡 대화였지만 말투가 딱딱하게 느껴졌다. 나한테 더 할 얘기가 있는 거야? 만나기로 한 날은 내일, 토요일이다. 제발 내 과거는 끄집어내지 마라, 민소리.

이랑은 화실에 오지 않았다. 갑자기 사정이 생겨 못 온다고, 선생님이 말해 주었다. '화실에 못 온다며?' 카톡을 보냈지만 아직 확인이 안 된 상태다. 방학 보충수업이 끝나 며칠 동안은 보지도 못했다. 어제 카톡을 할 때는 아무런 낌새도 없었다. 다음 주면 개학. 왠지 심상치 않은 바람이 불어닥치고 있는 것 같았다. 소리가 마침내 이랑에게 불어 버린 거 아냐? 그건 안 되지. 소리가 터뜨리느니 차라리 내가 말하는 게 나아. 아우, 그림은 왜 이렇게 거지같이 그려지지?

오늘 드로잉의 주제는 동물이었다. 동물도감을 뒤지다가 스마트폰에 있는 오드리의 사진을 열었다. 수채화 물감으로 밑지를 만들고 난 후 작업을 시작했다. 내가 좋아하는 파란색으로 밑지를 만들었다. 드로잉을 할 색연필은 노란색으로 골랐다.

"사진을 잘 봐 봐. 잠든 고양이 얼굴이 다양한 선으로 이루어져 있지? 뼈대와 근육의 윤곽, 그 위를 덮은 털의 흐름 같은 거. 아웃라인으로 형태를 먼저 잡지 말고 숨어 있는 골격과 근육을 따라 움직이는 선을 포착해 그려 봐. 종이에서 색연필을 거의 떼지 않다시피 하면서 선을 계속 이어서 그리고."

선생님이 얘기할 땐 끄덕끄덕했지만 무슨 소린지 하나도 귀에 들어오지 않았다. 형태는 대충 잡았는데 머리와 몸의 비율이 엉망이었다. 이러다간 2등신 가분수 오드리가 되고 말 거야. 이랑에게 보여 주고 싶었던 마음은 싹 사라졌다. 고양이인지 강아지인지 모를 2등신 가분수 괴물을 어떻게 보여 줘.

대체 소리는 어떻게 알았을까. 이랑은 알고 있을까 모르고 있을까. 모든 게 곧 끝장날 것만 같아 죽고 싶었다. 명작극장에서 오드리와 친해지려고 애쓰던 때가 행복했는데. 이랑, 소리와 친해지는 과정이었으니까. 1년 전만 해도 상상할 수 없던 행복이었다. 그런데 '베프' 같은 건 나에게 과분한 선물이었나? 이제 여왕 시대의 추문으로 이은성은 완전히 찌그러질지 모른다.

"돌연변이 샴고양이?"

깜짝이야. 누군가 바로 옆에서 상체를 숙이고 그림을 들여다보고 있었다. 이로마였다. 더럽게 창피했다. 그동안 코빼기도 안 보이더니 하필 지금 나타날 게 뭐야. 다른 그림들도 우스꽝스럽긴 마찬가지였지만 오드리는 극치였다.

"한 부분만 집중해서 묘사하지 말고 전체를 보고 부분을 포착해 봐."

로마는 허리를 펴고 말했다. 얼마나 안다고 아는 척이야.

"있는 그대로 그린다면 사진을 보지 왜 그림을 그려? 난 내가 본 대로 그릴 거야."

이로마의 얼굴은 쳐다보지도 않고 말했다.

"오호, 그랬어? 머리가 왕 커진 걸 보니 지금 생각이 많으신가 보네."

푸핫, 웃는 얼굴을 색연필로 확 긋고 싶었다. 건방진 자식.

"심하게 방해되는데? 그리고 오늘 이랑인 안 와."

째려보듯 로마를 올려다보았다. 선생님은 잠깐 볼일을 보러 나갔는지 화실에 없었다.

"내가 해 준 얘기를 나중에 원장 선생님한테서 듣게 될걸?"

로마는 이랑이 얘긴 피하고 깐죽거렸다. 이랑이 이런 불량품하고 썸을 탔단 말이야? 까칠하고 자기 관리 잘하는 이랑도 남자를 보는 눈만큼은 아니었다.

"방해된다니까?"

나는 손가락으로 입구 쪽의 빈 테이블을 가리켰다.

"꺼져 달라고?"

"잘 아네."

"전엔 순해 보이더니 오늘은 다른 얼굴인데?"

로마는 찡긋 윙크를 하고는 원생들의 작품이 붙은 벽 쪽으로 갔다. 오늘은 다른 얼굴이라고? 돌연변이 샴고양이란 말을 들었을 때보다 더 기분 나빴다. 재수 없는 자식.

소리가 로마라면 왜 그토록 거부 반응을 일으켰는지 알 것 같았다. 순 바람둥이 날라리에 잘난 척 쩔고 자기 외모에 도취돼 있는 한심한 녀석. 이런 녀석 프라이버시를 지켜 주려 썸 타는 걸 비밀로 했다면 배신감을 느끼는 게 당연하지. 이제야 소리를 이해할 수 있을 것 같았다. 소리도 이랑도 자세한 얘긴 해 주지 않았지만 스토리를 대충 파악할 것 같았다. 바보가 아닌 이상 돌아가는 꼴을 보면 몰라?

털을 몇 가닥 더 그리고 카카오톡을 열어 보았다. 벌써 몇 번째야. 앗, 확인했네? 그런데 왜 아무 대답이 없지? '화실에 못 온다며?'라는 내 메시지 밑으로 말풍선이 뜨기를 기다렸다. 오 분, 십 분이 지나도 이랑은 아무 말이 없었다. 색연필을 내려놓았다. 그림은 이미 완벽하게 망가졌다. 울고 싶었다. 이 그림처럼 돼 버리는 건 아닐까? 내가 원했던 이랑과 나의 그림이.

* * *

"너……."

화실에서 걸어 나와 버스 정류장에 서 있는 이랑을 보고 기절하는 줄 알았다.

"놀랐지?"

소리 없이 웃는 이랑은 조금도 장난스러워 보이지 않았다.

"여기까지 왔으면서 왜 안 들어왔어?"

"오늘은 그림을 그리고 싶지 않아서."

이랑은 수수께끼 같은 얼굴을 하고는 나를 빤히 쳐다보았다. 정말 알아 버린 거야?

언제 화실에서 나왔는지 로마가 다가오는 게 보였다. 나를 보고 씩 웃더니 이랑을 보고는 움찔했다. 찌질한 자식.

"안녕."

누구에게 하는 인사인지 어정쩡하게 손을 들어 보이고 가는 로마에게 이랑은 눈인사만 하고 고개를 돌렸다. 이랑이 아니었다면 이로마, 나에게 수작을 걸었겠지? 뻔해. 그러고도 남을 카사로마니까.

"떡볶이 먹으러 가자."

이랑은 상가 건물의 분식집을 가리켰다.

"어…… 그럴까?"

나는 이랑의 팔짱을 끼려다 그만두었다. 떡볶이를 먹고 싶은 게 아니라 즐겁지 않은 말을 하려고 하는 것 같아서였다.

주문하자마자 나온 떡볶이를 뒤적거리며 이랑의 눈치를 살폈다. 이랑은 며칠 굶은 것처럼 맛없게 생긴 떡볶이를 오물거리며 잘도 먹었다.

"엄마한테 오드리 키워 보자고 다시 말해 봤는데 역시 좀 그런가 봐."

아무 말 없이 있는 게 어색해 또 거짓말을 했다.

"오드리는 내가 키울 거야."

이랑은 냅킨으로 입을 닦고 말했다.

"정말?"

"정말."

야무지게 힘이 들어간 입술을 보니 정말인 것 같았다.

"입양 보내면 평생 후회할 것 같아서. 오드리만큼 변함없이 날 기쁘게 해 주는 존재는 세상에 없어."

의미심장한 말처럼 들렸다.

"엄마가 반대하신다며."

"단식투쟁이라도 해야지."

그런 농담을 할 때는 웃어야 하는 거 아니야? 이랑은 웃지 않았다. 그래, 알고 있는 거야.

"이랑아, 나한테 할 말 있지. 나도 너한테 할 말 있는데 내가 먼저 할까?"

포크를 내려놓고 말했다. 가슴이 조마조마한 채 더 이상 기다리고 싶지 않았다.

"내가 먼저 할게."

이랑도 포크를 내려놓았다.

"은성아, 난 소리 미워하지 않아. 소리가 날 미워하지 않는다는 걸 알기 때문이야."

갑작스레 왜 이런 말을 하지?

"소리가 날 보고 싶어 하든 그렇지 않든 그 마음엔 변함이 없을 거야."

"그런 얘길 왜 나한테 하는데?"

나는 더 듣고 있을 수 없었다.

"혹시 내가 한 말들 때문에 오해를 했을지도 모르겠다 싶어서."

"니가 했던 어떤 말?"

코트 주머니에 찔러 넣은 손에 땀이 배어났다.

"꼭 집어서 어떤 말이라고 할 수는 없고, 그냥 내가 소리에 대해 했던 말 모두."

나는 심판을 받고 있는 것 같았다. "넌 나에게 결코 넘버원은 될 수 없어."라고.

"니가 소리를 미워하지 않는다는 거, 그리고 소리가 널 미워하지 않는다는 거 잘 알고 있어. 모를 수가 없잖아. 다 보이는데."

내 목소리는 떨렸다.

"난 크게 바라지 않았어. 그냥 너희들 곁에 있고 싶었을 뿐이야. 명작극장 깬 건 너희들이잖아. 다시 명작극장에 모여 영화를 보고 싶었어. 전처럼 셋이 만나고 싶었다고. 그래서 그랬던 건데……."

아무리 참으려 해도 눈물이 나왔다. 눈꼬리로 기역 자를 그리듯 눈물이 주르르 흘렀다. 참지 않아도 된다면 통곡이라도 하고 싶었다.

"뭘 울고 그러니? 어쨌든 그렇담 다행이고. 나 은근 소심하거든."

이랑이 냅킨 하나를 뽑아 눈물을 닦아 주며 말했다.

"나 원래 낯가림 심하잖아. 전학 와서 그렇게 쉽게 너희들 친구가 된 게 얼마나 기적 같았는데. 난…… 널 잃고 싶지 않아. 물론 소리도."

이젠 대놓고 눈물이 펑펑 쏟아졌다. 콧물도 나왔다. 이랑이 냅킨을 여러 장 뽑아 내 코에 대 주었다.

"이제 내 차례지? 내 말 듣고 놀라지 마."

나는 냅킨으로 코를 푼 다음 여왕 시대의 스토리를 풀기 시작했다.

나의 비참한 고백을 이랑은 아무런 표정 없이 들었다. 무서웠다. 이 시간이 이랑과의 마지막이 되는 건 아닐까?

"얘기해 줘서 고마워."

다 듣고 난 이랑은 그렇게 말했다.

"난 착하디착하고 아무런 이야기도 없는 이은성보다 화려하고 드라마틱한 과거가 있는 이은성이 더 좋은데? 하지만 나한테 여왕질 할 생각은 마. 난 그런 거 못 봐줘."

또다시 뜨거운 눈물과 콧물이 쏟아졌다.

"소리가 말했니? 내가 중딩 때 여왕질 했던 애라고."

"아니."

이랑은 짧게 대답했다. 소리가 말했구나.

"눈물 아꼈다가 나 죽으면 그때 실컷 울어. 뭐가 그렇게 서럽니? 글구 좀 먹어라. 나만 먹고 있잖아."

떡볶이 하나를 포크로 쿡 찍어 내 손에 쥐여 주고 이랑은 물을 마셨다.

떡볶이를 입에 넣고 우물우물 씹었다. 눈물 콧물까지 목구멍으로 넘어왔다. 말을 하고 나니 속이 시원하기도 하고 무지 허탈하기도 했다. 이랑을 잃어버리진 않겠다는 안도와, 이랑이 나를 아무리 좋아해도 난 넘버 투일 뿐이라는 체념이 뒤범벅되었다.

"나 오늘 오드리를 그리려다 2등신 못생긴 강아지를 그려 버렸어."

냅킨으로 눈물을 찍어 내며 말했다.

"진짜?"

이랑은 캑캑거리며 가슴을 탁탁 쳤다.

"감동이 밀려온다. 나중에 꼭 보여 줘."

"안 돼."

나는 히, 웃으면서 새 냅킨을 뽑았다. 가슴이 찢어질 듯 아팠다. 난 이랑에게 영원히 넘버 투니까!

소리는 약속 장소에 먼저 와 있었다. 입구와 가까운 쉼터 의자에 기대 앉아 내가 다가갈 때까지 나에게서 시선을 떼지 않았다.

"갈수록 패션이 업그레이드되는데?"

스키니진을 입은 다리와 워커를 훑어보고 소리는 말했다.

"너희들이 원했잖아. 제발 멋 좀 부리라면서."

좀 뻔뻔한가 싶었지만 그렇게 나가기로 했다. 비굴한 것보단 그게 나았다.

"앉아."

소리는 맞은편 의자를 가리켰다.

"이따가 여기서 작가 초청 청소년 북 토크가 있어서 이리 오라고 했어. 너 잠깐 보고 들어가려고. 쫄따구라 심부름할 게 많거든."

소리의 설명에 고개만 끄덕였다. 소리는 출판사 이름이 적힌 명찰을 가슴에 달고 있었다. '민소리' 이름 앞에 붙은 '제2기 기자단'이라는 글자가 눈에 띄었다. 기자단 활동을 시작한 것 같았다.

"너네 학교도 개학이 다음 주 월요일이니?"

소리가 물었다. 개학이 언제인지는 다 아는 사실인데 뭘 새삼.

"응, 근데 나한테 할 말 있었던 거 아니야?"

"어."

지난번 칼날 같았던 때에 비하면 소리는 좀 누그러져 보였다.

"너, 이랑이한테 이렇게 말했니? 소리가 널 용서할 수 없다고 하더라고."

이랑이 커브를 그려 말했다면 소리는 직구로 말했다.

"난…… 뭐라고 했는지 정확히 기억나진 않지만, 그런 것 같다고 말했을 거야."

내 목소리는 점점 작아졌다. 큰 잘못을 저지르진 않았지만 왠지 찔렸다. 소리는 내 스키니 진과 워커를 또 한 번 훑어보았다.

"왜 그랬어?"

"널 나쁘게 말하려던 게 아니었어. 그럴 이유가 없잖아."

추궁당하는 것 같아 기분이 상했다.

"내 말이 그 말이야. 그럴 이유가 없는데 왜 그랬을까. 난 이랑일 용서할 수 없다고는 하지 않았거든."

이랑일 안 볼 생각까지 했으면서 그깟 단어 하나 가지고 난리니? 소리치고 싶었다. 이를 악물고 참았다. 엎드리자. 더 망가지지 않게.

"내가 니 뜻과 다르게 얘기했다면 사과할게."

굴욕이었다. 내가 이래야 할 정도로 잘못을 했니? 겨우 비밀리에 썸 탄 것과 욱해서 심한 말 한 번 지른 것 가지고 유난을 떠는 너희들은 어떻고. 난 이랑의 넘버원이 되고 싶었을 뿐 둘을 갈라놓을 생각은 없었다고.

"사과를 받으려고 널 부른 게 아니야."

그럼 뭔데.

"너 진짜 내가 이랑일 절대 용서 못 하겠다, 그런 거로 생각하니?"

소리는 꼭 확인해야겠다고 마음먹은 것 같았다.

"절대로 먼저 연락하는 일은 없을 거라며. 그게 그 뜻 아니었어?"

나는 순간적으로 나를 단순하고 순진한 애로 만들어 버렸다. 살아남으려는 본능이 뱃속에서 꿈틀거렸다. 소리가 날 밀어 버리면 이랑하고도 멀어질지 몰라. 지금은 자존심 싸움을 하고 있지만 둘은 서로에게 여전히 넘버원이니까. 난 두 번 다시 탈락하고 싶지 않았다.

"그리고 또 한 가지, 정말로 다른 생각은 없었니? 이간질까지는 아니지만……."

심장이 쿵 내려앉는 소리가 들리는 것 같았다. 동글동글한 몸 어느 구석에 그런 예리함이 숨어 있었을까. 괜히 소설 쓴다고 요란을 떨었던 게 아니었다.

"그런 생각 한 적 없어. 이간질한다고 너희가 넘어갈 애들이니? 아니잖아."

"앞으로 이랑일 안 보게 될지도 모르지만, 나 채이랑이라는 인간은 싫어하지 않아. 적어도 윤이 같은 저질은 아니니까."

소리는 중요한 사실을 가르쳐 주듯 말했다. 조금 다른 말이었지만 이랑도 나에게 단단히 못을 박듯 말했다. 소리를 미워하지 않는다고. 소리가 자기를 미워하지 않는다는 걸 알기 때문이라고.

"그런 얘길 하고 싶었다면 굳이 날 부를 필요는 없었는데. 너보다 내가 더 잘 알고 있거든. 니가 지금 말한 거."

"그렇담 됐고."

소리는 이제야 눈길을 딴 곳으로 돌렸다.

잠시 침묵이 흘렀다. 빨리 자리를 뜨고 싶었다. 이런 얘긴 하면 할수록 나만 비참해진다.

"가자. 너 스키니진 입으면 더 길어 보이더라?"

의자에서 일어나며 소리가 말했다. 웃지는 않았지만 멸시 같은 건 느껴지지 않았다.

"그러니?"

그게 다 무슨 소용이야. 난 넘버원이 될 수는 없는데.

"들어갈게. 1기 선배들 좀 깐깐하더라."

"그래."

소리가 먼저 가고 나서 천천히 로비를 걸어 나왔다. 다리에 힘이 풀려 빨리 걸을 수가 없었다. 신이 있다면 묻고 싶었다. 친구를 얻고 싶었던 게 죄인가요? 이랑의 넘버원이 되려고 했던 게 그토록 큰 잘못이었나요?

* * *

"카톡."

머리맡의 스마트폰이 메시지 도착을 알렸다. 창에 뜬 카카오톡 발신자는 '아저씨'. '오늘 저녁 외식 쏜다. 일단 가게로.' 때를 잘도 맞추셨네. 지금은 스타 셰프가 만든 최고의 요리라도 먹고 싶지 않았다. 혼자 있고 싶었다. 이랑과 소리 앞에서 홀딱 벗고 나니 멘탈이 우주로 날아가 버린 것처럼 멍했다. 이랑에게 내 과거를 털어놓았을 땐 이것저것 생각할 정신이 없었지만 당분간은 좀 서먹할지 모른다.

방문을 노크하는 소리가 났다.

"뭐 하니?"

엄마가 아저씨의 카톡을 보고 나를 부르러 온 것 같았다. 방문은 잠가 놓았다.

"난 집에 있을래."

침대에 누운 채 방문을 향해 말했다. 문손잡이 돌리는 소리가 들렸다.

"왜, 같이 가지."

엄마는 문을 열라고는 하지 않고 목소리만 조금 높였다.

"가기 싫다니까."

엄마는 들어올 때 사 오겠다며, 먹고 싶은 게 있으면 문자를 보내라고 했다. 둘이 오붓하게 저녁을 즐기면서 내 얘길 하는 거 아냐?

아침 식탁에서 아저씨는 내가 화실에서 그린 그림을 보고 싶다고 했다.

"집에 한번 가져와. 잘된 거 있음 액자에 넣어서 걸어 놓자."

엄마가 말했어? 눈빛으로 말하자 엄마는 조용히 웃기만 했다.

못살아.

"화실에 다닌 지 얼마 되지도 않았는데요, 뭐. 벽에 걸어 놓을 만한 그림도 아니고."

"그런 게 진짜지. 고흐니 뭐니 맨 그 그림이 그 그림, 재미없더라고."

예술에는 완전 무식할 줄 알았는데 의외네. 나는 애매하게 웃으면서 대답을 피했다. 일을 끝내고 들어온 아저씨에게 소곤소곤 이 얘기 저 얘기 들려주는 엄마를 상상하니 비위가 상했다. 아저씨를 아빠로 받아들이기 위해선 아저씨가 매일같이 지갑을 열어야 할까?

"카톡."

왜 이렇게 귀찮게 하지? 아저씨인 줄 알았던 나는 스마트폰을 보고는 눈이 번쩍했다. 이랑이었다.

오드리 맘 이랑 　누구 만난다더니 잘 만나고 왔어? :) 　오후 6:22

갑자기 눈물이 핑 돌았다. '밥 먹었니?'만큼이나 평범한 질문에 말이다. 두 번째로 버려질 뻔했던 아이의 신파인가?

오후 6:23 　어, 일찍 헤어졌어.

오드리 맘 이랑 더 놀지 왜.
우리 땜에 스트레스 꽤나 쌓였을 거 아냐.ㅋㅋ
오후 6:23

좀 그렇긴 했지.ㅋ 오후 6:23

이런 말을 편하게 할 수 있다니. 바닥을 쳤던 기분이 금세 업 되는 것 같았다.

넌 오늘 뭐 했어?ㅋ 오후 6:24

오드리 맘 이랑 내가 젤 좋아하는 일.
빈둥빈둥.ㅋㅋㅋㅋ 오후 6:24

오드리 맘 이랑 너 이제 괜찮은 거지? 오후 6:25

생각보다 세심한걸? 넘버 투의 마음까지 다독일 줄 알고.

괜찮지 않음 어떡하겠어.ㅎㅎ 오후 6:25

이랑은 몇 분이 지나도록 말이 없었다. 눈물 한 방울을 찔끔 짜고 있는 토끼 이모티콘은 뺄 걸 그랬나? 넘버 투의 소심함이 발동

하고 있었다.

오드리 맘 이랑

엄마가 불쑥 내 방에 들어와서.
언제나 노크 없이 문 벌컥이야.ㅠㅠ
저녁 먹을 시간.
카레 냄새 지독해라. 거기까지 나지 않니?ㅋㅋㅋ
너두 즐저녁~

오후 6:28

오후 6:28   ㅇㅋㅇㅋ

이랑의 집에서 이랑 옆에 붙어 앉아 함께 카레를 먹고 싶었다.
당당하고 자연스러운 넘버원처럼. 생각해 보니 소리의 집에서만
몇 번 모였지 이랑의 집엔 가 본 적이 없었다. 언젠가 소리가 이랑
에게 "너네 집 갈까?" 했을 때 이랑은 말했다. "나도 있기 싫은 집
에 친구들을 데려가다니! 옛날엔 어떻게 집에서 생축 파티도 하
고 그랬는지 모르겠다니까." 그러고는 가족으로부터 독립하는 게
꿈이라고 했다. 우리 집에 가자고 할까 봐 나는 얼른 "미 투!" 하고
인상을 쓰는 척했다. 명작이라는 근사한 아지트가 있어 굳이 집에
서 모일 필요는 없었기 때문에 그 얘기는 금세 끝났다. 얼마나 가
슴을 쓸어내렸는지.

아직 새아빠 얘긴 하지 못했다. 언젠가는 해야겠지? "그때 허세
쩔었던 사람, 새아빠였어." 하면서. 겁나진 않는다. 더 이상 바닥
은 없으니까.

이랑이 생일 선물로 주었던 책들을 꺼냈다. 미안하지만 크리스마스 이후 한 번도 읽어 본 적이 없었다. 패션모델의 사진이 담긴 책 하나를 침대에 펼쳐 놓고 포즈를 흉내 냈다. 뭐 어렵지도 않네. 책을 한 장씩 넘기며 톱 모델의 포즈와 표정을 하나하나 따라해 보았다. 언제쯤이면 이랑 앞에서 이런 포즈를 취할 수 있을까. 나는 패션모델이 되기보다는 그들의 당당한 포즈를 배우고 싶었다. 엄마에게 전신 거울을 하나 사 달라고 해야지.

오드리를 사랑하는 세 가지 방식

"수제자로 키우려 했더니, 섭섭한데?"

화실 선생님이 코코아 두 잔을 작업대에 내려놓으며 나에게 말했다. 은성의 새까만 눈동자가 번갈아 선생님과 나를 향해 움직였다.

"집에서라도 열심히 그리고, 가끔 나한테 가져와. 그림 봐줄 테니까."

"감사합니다."

선생님은 내 어깨를 두드리고는 초등학생들 작업대로 갔다.

"너 화실 관두는 거야?"

은성이 물었다.

"응."

"왜 나한테 말 안 했어?"

목소리가 가늘게 떨렸다. 작은 얼굴이 금세 울 것처럼 어두웠다.

"미안. 어젯밤에 결심했거든. 학교에서 말하려다가 괜히 꿀꿀해질 것 같아서 가만있었어."

"화실 왜 그만두는데?"

"좀 웃기겠지만 돈 문제야."

"돈 문제? 아빠가 실직이라도 하셨어?"

풉, 웃음이 나왔다. 엄마가 들으면 끔찍한 소리라고 했겠지?

"아니, 돈이 필요한데 엄마가 줄 리 없어서 화실을 그만두기로 했어."

"돈이 왜 필요한데?"

"나 진짜 오드리 우리 집에 데려다 키우려고."

은성의 두 눈에 안도의 빛이 스치는 것 같았다. 내가 자길 피하려고 화실을 그만둔다고 생각했나?

"엄마가 허락하셨어?"

은성이 코코아 잔을 두 손으로 감싸고 말했다.

"아니, 하지만 다른 방법이 없는걸? 내가 오드리를 키우는 게 유일한 솔루션이야. 오드리 없이 산다는 건 상상도 할 수 없으니까. 그리고 난 엄마를 믿어. 내가 오드리를 데려가면 폭발할지 모르지만, 그렇다고 막무가내로 내쫓을 엄마도 아니거든."

진심이었다. 나의 감성과는 너무도 다른 감성의 소유자지만, 엄마는 모질게 누굴 내칠 수 있는 사람이 아니다. 인간이 아닌 짐승

일지라도.

"명작극장은 정말 사라지는 거네?"

은성의 말에 가슴이 쿡 쑤셨다. 내가 오드리를 데려가면 명작극
장은 사실상 사라지는 거였다. 하지만 어쩔 수 없잖아. 소리와는
너무 멀어졌고, 이모의 팔은 고양이 알레르기로 점점 심각해지고
있으니까. 나는 은성에게 아무 대답도 하지 못했다.

"난 어떡하지? 혼자 화실엘 다녀야 한다니 으…….."

은성인 코코아 잔을 붙잡은 채 징징거렸다.

"그러지 말고 같이 다니자. 나도 아니고 니가 화실을 그만두다
니 말도 안 돼. 내가 오드리 양육비 보탤게. 난 언제나 용돈이 넉
넉한 편이거든. 아저씨…… 아빠가 기분 날 때마다 보너스를 턱턱
던져 주니까."

은성의 얼굴이 빨개졌다. 아저씨? 언젠가 우연히 만났던 꽃중년
아저씨가 은성의 친아빠가 아닐지도 모르겠다는 생각이 들었다.

"내 성격 아직도 모르니? 신세 지는 거 나 완전 부담 부담이야."

"신세가 아니지. 나도 엄연히 오드리 집산데."

"오드리를 나 혼자 독차지하면서 그럴 수는 없어. 노! 가끔 화실
에 놀러 올게."

나는 코코아 잔을 옆에 놓고 펜을 잡았다. 연필로만 하다가 펜
을 사용하니 오드리가 자연스럽지 않게 그려졌다. 드로잉 재료를
다양하게 사용해 가장 마음에 드는 방법을 찾아 나가려고 한다.
펜 다음엔 목탄, 그다음은 콩테, 그리고 붓.

은성인 아무 말 없이 자기 드로잉 북을 끌어당겼다. 드로잉 북이 백 킬로그램은 되는 것처럼 힘겨워 보였다. 다시 울 것처럼 어두워진 얼굴을 나는 모른 척했다.

아침에 엄마와 한판 입씨름을 벌여 나도 하루 종일 다운돼 있었다. 오드리는 내가 키워야 한다고! 절대 안 돼! 나와 엄마는 한 치도 물러서지 않고 맞섰다. 엄마는 고양이라면 사족을 못 쓰는 여자가 오드리를 데려다 키우겠다는데 왜 군이 좁아터진 집에서 끼고 살려고 하느냐며 화를 냈다.

아빠와 오빠가 누구 편도 들지 않아 입씨름은 길어졌다. 강 건너 불구경을 하듯 두 여자를 번갈아 바라보며 느긋하게 밥을 먹는 남자들이라니! 둘 다 집에서 고양이를 키우든 쥐새끼를 키우든 관심 없다는 태도였다. 아무 결론도 없이 논쟁은 끝났지만 이번만큼은 결코 물러설 수 없었다. 오드리 양육비를 위해 화실을 계속 다니는 척해야 한다는 게 양심에 걸리지만 어쩔 수 없지 뭐.

* * *

"이 무슨 긴급 속보? 오드리를 데려가다니?"

이모는 통통한 허리에 두 손을 얹고 말했다. 소매를 걷어붙인 팔이 빨갛게 성나 있었다. 그런데 이모는 아무것도 모르고 있었나? 그러고 보니 오드리 입양 얘기를 이모한테 해 본 적이 없었다.

"고양이 알레르기 가볍게 보다 큰일 날 수 있거든요. 오드리를 어떻게 할까, 우리끼린 몇 번 의논했는데 이모한테 얘기한다는 걸 깜박했나 봐요."

"그래서 너희끼리 내린 결론이 오드리를 채이랑 집으로! 이거였어?"

이모는 커피 원두 통 속에서 늘어지게 자고 있는 오드리를 건너다보며 말했다.

"우리끼린 아니고 저 혼자 내린 결론이에요."

나는 이모 앞에 앉아 머리카락을 배배 꼬며 대답했다.

"그건 안 되지! 데려올 땐 대대적으로 반겼지만 데려갈 땐 순순히 보낼 수 없거든. 생각보다 성미가 급하네."

"이모 팔요, 볼 때마다 더 심각해지고 있거든요."

"그래, 내가 좀 무신경했지. 안 되겠다 싶긴 하더라. 가렵고 따가운 것도 성질나고. 근데 있지……."

이모는 까만색 에이프런 주머니에서 흰색 튜브로 된 연고 하나를 꺼냈다.

"봐, 나 약도 바르고 요즘은 꽤 애쓰고 있다? 며칠 열심히 발랐더니 확실히 효과가 있더라. 장난 아니었거든."

"그래도…… 오드리를 돌볼 사람은 이제 저밖에 없어요. 명작극장을 하지 않게 돼서……."

이모도 알고 있을 텐데 왜 모른 척하지? 빨리 얘기를 끝내고 오드리를 데려가고 싶었다. 집에 가서 엄마와 또 한판 붙으려면 기운 빼지 말아야 하는데.

"집에서는 허락했니?"

"사실은 무작정 데려가는 거예요. 엄마가 고양일 싫어하긴 하지만, 고양이 때문에 딸을 내쫓을 사람은 아니거든요."

나는 이렇게 말하고 히죽 웃었다.

"알고 보니 대책 없는 아가씨였네?"

이모는 키륵키륵 웃었다. 소리는 이모의 웃음소리를 '키륵키륵'이라고 표현하는데 거의 비슷하긴 하다.

"오드리 양육비는 어떡하려고?"

"뭐 어떻게든 되겠죠."

나는 또 히죽 웃었다.

"갑자기 네가 더 좋아지는데? 음…… 좋아, 그럼 사흘 후에 데려가라. 너무 갑작스럽게 헤어지면 좀 그래. 오드리랑 마지막 추억쯤 만들어 놔야지. 그리고 민 집사도 작별 인사 정도는 해야 하지 않겠니? 그동안 쌓아 온 정이 얼만데."

틀린 얘긴 아니었다.

"그럼…… 사흘 후에 올게요."

사흘 후면 토요일이었다. 생각해 보니 나쁘지 않았다. 토요일 전쟁을 벌이고 일요일은 휴전 혹은 종전. 그래, 전쟁 후엔 좀 쉬어야지.

"몇 시쯤 올래?"

"한시쯤이 좋을 것 같아요."

엄마가 어린이집에 놀러 가 있을 때 오드리를 데려다 놔야지.

일단 집에 들어가고 보는 거야.

"알았어. 아, 그날은 은성이랑 같이 오는 게 좋지 않을까? 오드리만 데려가기도 만만찮은데 오드리 살림도 꽤 되잖아. 남은 사료도 있고. 혼자서는 어림도 없을걸?"

은성의 도움을 받는 게 편할 것 같긴 했다. 잠자리 쿠션은 가져갈까 말까.

"은성이랑 같이 올게요."

나는 가방을 챙겨 들고 바에서 일어났다.

"오드리랑 안 놀고 그냥 가니?"

방금 들어온 손님에게 주문을 받으며 이모가 말했다.

"실컷 자게 놔두려고요."

오드리와 놀고 싶었지만 일찍 집에 들어가기로 했다. 사흘 후면 오드리와 살게 될 텐데 뭐. 오드리를 데려가기 전에 오늘은 방이나 싹 치워 놔야지.

* * *

은성과 명작에 들어갔을 때, 마법에라도 걸린 것처럼 모두가 동작을 멈추었다. '모두'란 은성과 나, 그리고 유리벽 너머 명작극장 안에 있던 소리까지 셋. 분쇄 원두를 꾹꾹 눌러 탬핑하던 이모의 시선이 소리와 나, 은성을 오가며 삼각형을 그렸다. 이모는 명작극장 안으로 들어가라는 듯 은성과 나에게 눈짓을 했다. 이모가 소리를 부른 게 분명해. 셋을 한자리에 모아 놓고 교훈적인 얘기라도 들려줄 참이었나?

"오드리 보러 왔니?"

명작극장으로 들어가자 소리가 말했다. '뭐지?' 하는 표정. 한 사람도 아니고 둘이 함께 등장했으니 얼떨떨할 만도 했다.

나는 소리를 보기가 거북했다. 내 엽서를 받지 못했다며 묘하게 웃어넘기던 일이 생각났기 때문이다. 내가 어떤 의도로 엽서를 썼는지는 하나도 읽지 못했다는 얘기였다. 마음이 한 번 어긋나면 다시 만나기 어려운 걸까?

"오드리 우리 집으로 데려가려고."

건조한 내 대답에 소리는 티스푼으로 핫초콜릿을 휘젓다가 멈추었다.

"나한테는 한마디 말도 없이?"

통통한 얼굴이 금세 붉어졌다. 이모가 말 안 했나?

"미안. 이모 팔이 갈수록 상태가 안 좋아지는 것 같고, 요즘 오드리가 길냥이보다 나을 게 없어 보여서. 이모도 그러시던데? 집사들이 관심을 안 가져 오드리가 불쌍해졌다고."

"그래, 오드리를 방치했다고 쳐. 근데 오드리를 날름 데려가겠다는 건 오버지. 수석 집사만 집사니?"

소리는 핫초콜릿을 거칠게 휘저었다.

은성과 함께 소리 맞은편 붙박이 의자에 앉았다. 소리는 은성의 머리를 쳐다보았다.

"머리 바꿨네? 훨 낫다."

약간은 시큰둥한 말투였지만 그 말엔 온기가 있었다. 소리는 그런 애다. 성질을 부리다가도 금세 쿨해지는. 근데 왜 나한테는 뒤끝이 그렇게 기니?

"진작 이렇게 할 걸 그랬나?"

은성이 멋쩍은 듯 앞머리를 매만졌다. 은성인 그사이 헤어스타일을 바꾸었다. 여전히 짧은 머리지만 언밸런스한 쇼트커트가 보이시한 매력을 돋보이게 했다.

"둘이 화실에 같이 다닌다며?"

소리가 사실을 확인하듯 나에게 물었다. 은성이가 말했나?

"난 그만뒀어."

간단히 대꾸했다.

"화실을 그만뒀다고? 니가?"

소리의 커다래진 눈은 설마, 하는 것 같았다.

"응."

"왜?"

"수강료를 오드리 양육비로 쓰려고."

"꼭 그렇게까지 하면서 오드리를 데려가야 하니?"

소리의 표정은 '유난 좀 그만 떨어라.'라고 말하고 있었다. 은성인 계속 양쪽 눈치를 살폈다. 오드리를 데리러 명작에 같이 가자는 말에 두말 않고 쌩 달려 나온 은성이었다.

"집사가 셋이면 뭐해. 오드리를 케어하는 사람이 없는데. 나도 자주 오기 그렇고, 이모 팔은 점점 엉망이 돼 가고, 방법이 없잖아."

나도 말이 딱딱하게 나왔다.

"오드리 너희 집 가면 답답할걸? 집이 좁아서 우다다다도 못 할 거 아냐."

"오드리 같은 개냥이는 우다다다보다 필요한 게 관심이거든. 성에 차진 않겠지만 우리 집 거실에서도 우다다다는 할 수 있을 거야. 거실에서 주방까지 틔어 있으니까."

차분한 척 말하려 했지만 불편했다.

"이모 오신다."

은성이 구세주라도 재림하시는 듯 반갑게 말했다. 바에서 나온 이모가 명작극장으로 종종종 다가와 문을 열었다.

"얼마 안 되는 단골들이 하필 이 시간에 몰릴 게 뭐야. 나 한숨 돌릴 때까지 영화나 보고 있어라."

이모는 테이블에 놓인 노트북 컴퓨터를 가리켰다.

"쫌만 기다려. 오랜만에 다들 모였는데 이 몸이 정성을 다해 한턱 쏴야지. 바탕 화면에 있는 '영화' 폴더 들어가서 '베스트'라는 폴더 열어 봐. 개인적으로는 〈파니 핑크〉 강추. 〈세상 끝과의 조우〉 다음으로 생각해 놨던 영화거든."

이모는 다시 바를 향해 종종종 걸어갔다.

오드리만 데려가면 되는 줄 알았는데 웬 영화? 일이 생각지 못한 방향으로 흘러가고 있었다. 엄마가 집에 없을 때 들어가 있어야 하는데. 뭐 오드리가 먼저 들어가도 전쟁은 치러야 하겠지만. 그래, 조바심 내지 말자. 영화를 한 편 보고 명작극장의 'THE END'를 장식하는 것도 나쁘진 않겠지. 오드리와 함께 살 수만 있다면 난 어떤 과정이든 기꺼이 감수할 수 있었다.

"이모도 참, 기껏 불러내서는 무슨 시추에이션인지 모르겠네."

은성 옆으로 자리를 옮긴 소리가 노트북 마우스를 놀리며 투덜 댔다. 영화를 보는 데 불만이 있는 것 같지는 않았다. 엇나가는 대화를 하느니 차라리 영화를 보는 게 낫겠다, 싶겠지. 커피 원두 통에서 잠들었던 오드리가 기지개를 켜는 걸 보고는 문을 닫고 왔다. 마지막이지만 명작극장의 원칙은 지켜야지.

영화가 시작되었다. 까만 원피스에 십자 목걸이, 해골 귀고리를 하고 까만 모자를 쓴 여자가 카메라 앞에서 이렇게 묻고 있었다. "여자의 행복에 남자가 꼭 필요하나요?" 모두 노트북 화면에 시선을 집중한 채 테이블에 기대듯 엎드렸다. 잠시, 열일곱 번째 명작극장을 열고 있는 듯한 착각이 들었다. 고집스럽게 생긴 올 블랙의 여자는 남자 친구를 구하기 위한 비디오 촬영을 하고 있었다.

"재밌겠는데?"

은성이 말했다. 특이한 차림새의 여자만 들여다볼 뿐 소리도 나도 별 대꾸는 하지 않았다. 마지막이라는 생각에 왠지 마음이 쓸쓸해지는 건 나뿐이었을까? 느닷없이 눈물이 핑 돌았다. 그래, 명작극장엔 나에게 가장 소중한 것들만 있었지.

이모가 커다란 쟁반을 들고 오드리와 함께 명작극장에 들어온 것은 〈파니 핑크〉가 막 끝났을 때였다. 영화를 다 볼 때까지 기다린 것 같았다. 셋 다 영화에 빠져들어 시간 가는 줄을 몰랐다. 몇 번의 사랑에 실패한 후 죽음을 준비하는 모임에 나갈 만큼 삶에 의미를 잃은 서른 살 노처녀 파니. 그녀가 어느 날 고장 난 엘리베이터에서 우연히 사기꾼이자 엉터리 점성술사 오르페오를 만나 애정 문제를 상담하면서부터 이어지는 에피소드들, 그리고 집에 놔두고 종종 눕곤 했던 관을 아파트 밖으로 던져 버리기까지의 이야기가 조금도 지루하지 않게 펼쳐졌다.

오드리는 명작극장에 들어오자마자 세 집사들에게 번갈아 기어오르며 수선을 떨었다. 이렇게 사랑스러운 아이를 다른 데로 입양 보내려고 했다니. 오드리를 끌어올려 목덜미와 등을 쓸어 주고 발바닥 젤리를 만져 주었다. 오드리가 두 발로 내 가슴을 꾹꾹 누르며 어리광을 부렸다.

"이런 날도 있네. 개업하고 나서 오늘 최고 매상 올렸어. 매일 이러면 당장 알바를 쓸 텐데 말이야."

쟁반에 받쳐 온 것들을 내려놓으며 이모가 콧노래까지 했다. 커다란 도자기 접시에 놓인 빵에서 고소한 냄새가 풍겼다.

"블루베리 스콘 만들어 봤는데 먹어 볼래?"

오드리가 테이블에 발을 올리자 소리가 팔을 뻗쳐 목덜미를 들어 올렸다. 하악하악. 손아귀에서 놓여날 때까지 오드리는 하악질을 했다. 나는 뭐라고 하지 않고 가만히 있었다. 오랜만에 보는 하악질이 귀여웠다. 은성인 내 옆에서 이따금씩 오드리의 이마를 간질였다.

소리는 핫초콜릿, 은성인 플레인 요거트, 나는 카푸치노. 이모가 가져온 것은 명작극장 때 우리가 먹던 그대로였다.

"그거 아니? 너희들은 오드리를 좋아하는 방식도 딱 성격 그대로야."

소리 옆에 앉은 이모는 이렇게 말하고 키득키득 웃었다. 그러고는 카페로 손님이 들어오는 걸 보며 바에다 손짓을 했다. 바 안엔 메기 아저씨가 들어가 있었다. 이모와 메기 아저씨, 참 잘 어울리는 한 쌍이다.

"뭐가 성격 그대로야?"

소리가 핫초콜릿을 한 모금 삼키고 물었다. 영화를 보는 동안 통통한 얼굴에 야릇한 생기가 돌기 시작하면서 두 눈이 반짝반짝했는데, 무슨 생각을 하고 있었을까. 영화에 집중하는 것 같지는 않았다.

"이랑인 오드리를 끔찍하게 사랑하지만 지킬 건 딱 지키면서 좋아하고, 소리는 사랑이 흘러넘쳐 모든 걸 다 바치지만 한번 마음이 떠나면 사랑도 멈추고, 은성인 자기한테 잘 맞지는 않지만 무지 노력을 하면서 좋아하고, 그치?"

"난 또 뭐라고."

소리는 입을 삐죽거렸다. 잘 익은 복숭아처럼 얼굴이 발갛게 상기돼 있었다.

"니들 아마 친구를 사랑하는 방식도 비슷할걸?"

이모는 장난스러운 눈빛으로 우리를 한번 둘러보았다.

"근데 정말 중요한 사실이 한 가지 있어."

무슨 얘길 하려는 거지?

"오드리는 집사들이 자기를 사랑해 주는 방식보다는 사랑받는다는 사실 자체를 기억하고 있다는 거. 오드리가 마냥 까불기만 하는 것 같아도 얼마나 똑똑한데. 방식은 조금씩 다르지만 핵심이 같다는 건 빠삭하게 파악하고 있어. 그러니까 세 집사 모두에게 깨방정을 떨고 엉겨 붙지."

티스푼으로 핫초콜릿을 휘휘 젓던 소리가 "연구 많이 했네." 하고 픽 웃었다.

"이모 말이 백번 맞아. 그런데 채이랑."

소리는 뭔가 할 말이 있는 듯 내 이름을 불렀다.

"응?"

나는 대답하고 카푸치노를 한 모금 마셨다.

"나 영화 보면서 계속 생각했는데, 오드리는 이제 네 오드리가 아닌 것 같아. 우리 모두의 오드리지."

뭐라고? 가슴이 철렁 내려앉았다.

"무슨 말이야?"

"무슨 말이긴. 오드리를 그냥 명작에 놔둬야겠다는 거지."

너 웬 억지니? 오드리를 제대로 돌보지도 않던 애가.

"하지만 이모 팔이……."

"본인이 괜찮다잖아."

"이모 팔 봐 봐, 괜찮은지."

나는 이모 쪽으로 시선을 돌렸다.

"고양이 알레르기가 오드리를 데려가는 유일한 이유라면 걱정하지 않아도 돼."

이모가 두 팔을 테이블에 올리더니 스웨터 소매를 걷었다.

"사흘 만에 확 좋아졌지?"

이모는 웃고 있었지만 대답을 할 수는 없었다. 좋아지긴 뭐가 좋아져. 사흘 전과 거기서 거긴데. 그리고, 사흘 후 오드리를 데려가랄 땐 언제고 지금 와서 딴소리지?

"확실히 낫긴 나은 것 같아. 전엔 보기가 많이 거북했는데 지금은 그 정돈 아니거든."

은성이 이모를 거들었다.

"그렇지? 은성이 관찰력 짱이네."

이모가 은성의 손을 덥석 잡고 흔들었다.

"어쨌든 요점은 하나야. 난 괜찮다는 사실. 피부과 의사도 치료만 잘 받으면 별문제 없겠다고 했어. 물론 조심하라고 신신당부는 했지만."

조금씩 열이 올랐다. 이모랑 소리랑 둘이 짠 것 같진 않은데, 영화 보면서 나 몰래 신호라도 주고받은 거야?

"그런데 말이지, 너희들 한 가지 알아 둘 게 있어."

이모가 테이블에 올렸던 팔을 내리면서 말했다.

"오드리를 방치한 건 바로 니들이야, 맞지? 그래서 이랑인 오드리가 불쌍해 집으로 더 데려가고 싶었고."

이모가 나를 쳐다보았다. 나는 대답 대신 고개만 끄덕였다.

"그런데 있잖아, 실은 오드리는 방치되었던 게 아니야."

무슨 말씀? 은성과 나, 소리, 모두 입을 다물고 이모의 다음 말을 기다렸다.

"새로운 집사가 니들 대신 오드리를 돌봤거든."

새로운 집사?

"앞으로도 정성을 다해 오드리를 돌보고 같이 놀아 주겠대. 명작에 와서 죽치는 게 일인 저 사람."

이모가 손가락으로 가리킨 곳에서 메기 아저씨가 씩 웃고 있었다. 두툼한 손으로 오드리를 한 번씩 슥 만져 주고 틈틈이 녀석을 카메라에 담곤 했던 메기 아저씨. 우리 중 이모의 말을 믿지 못할 사람은 없었다.

"지금 뭔 소리야? 집사가 셋이나 되는데. 이제부터 오드리 내가 돌볼 거야, 이모."

소리가 작정을 한 듯 나섰다. 대체 너 무슨 꿍꿍이니?

"그럴 거면 처음부터 오드리를 잘 돌봤어야지. 이제 와서……."

나는 항의하듯 말했다.

"내가 소설에 미쳐 오드리가 눈에 보이질 않았거든. 당장이라도 작가가 될 수 있을 것처럼 착각했다니까? 아놔, 쪽팔려. 이제 제정신으로 돌아오니까 오드리가 보이네."

그러면서 내 품에 있던 오드리를 번쩍 들어다 안았다. 오드리가 냐아옹, 엄살을 떨었다.

"그동안 언냐가 넘 소홀했지? 미안 미안. 이젠 집사의 본분을 다할게, 오드리."

소리가 꼭 끌어안고 얼굴에 부비부비를 하자 오드리가 실눈을 뜨고 좋아했다.

"진작 좀 그럴 것이지."

이모가 소리에게 핀잔을 주었다.

"하지만 이모 팔은……."

나는 바보처럼 말을 얼버무렸다. 이제 고양이 알레르기 어쩌고 하는 건 먹히지 않을 얘기였다. 소리 말대로 이모가 조금도 개의치 않고, 의사 소견까지 첨부하며 괜찮다는데 뭘 어쩌겠어.

"유예 기간을 갖자. 이 팔 한 달 안에 완치되면 오드리를 명작에, 아니면 그다음에 다시 의논하기. 오케이?"

할 말이 없었다. 오드리는 이제 나만의 오드리가 아니라 우리 모두의 오드리다……. 인정하고 싶진 않지만 그 말이 틀렸다고 말할 자신이 없었다.

"영화는 재밌었니? 내가 좋아하는 영화 톱 텐 중 하난데."

오드리 얘긴 이제 끝, 하는 듯 이모는 영화 얘기로 넘어갔다.

"그런 영화 딱 한 편만 찍으면 거지로 살아도 좋겠다 싶었는데,

거지보다 나을 게 없는 인간들만 죽치는 카페를 하게 될 줄이야."

이모는 유리 벽 너머를 보며 한숨을 쉬었다. 언제 왔는지 이모의 지인들이 큰 테이블을 차지하고 앉아 떠들고 있었다. 평범치 않은 옷차림들이 모두 거지보다 나을 게 없는 무명의 영화인들인 것 같았다.

"멋진 메기 아저씨도 있는데 거지보다 나을 게 없는 인간들이라니."

소리가 장난스럽게 말했다. 무언가 일을 벌일 때 그러듯 싱싱한 기운이 소리를 감싸고 있었다. 이제 알 것 같았다. 영화를 보는 동안 소리의 동그란 머릿속에 전구가 탁 켜졌던 거다. 이모의 지휘봉을 가로채 오드리 사수에 나선 이유, 명작극장을 지키고 싶었기 때문이었지? 난 널 잘 알아.

"오르페오 정말 재밌는 캐릭터였어요. 그렇게 음침한 모습을 하고도 귀엽고 사랑스러울 수 있다니."

은성이 말하고 소리의 눈치를 보았다. 소리는 고개를 끄덕끄덕 하더니 오드리의 양쪽 귀에 입을 쪽쪽 맞추었다.

"난 오르페오 때문에 그 영화 열 번도 더 봤다니까."

이모가 노트북을 로그아웃 하며 말했다.

"파니에게 오르페오는 사기꾼이었지만 최고의 친구였어요. 마음만은 진실했으니까. 오르페오가 정직하고 신뢰감 쩌는 인물이었다면 이 영화 별로였을 것 같아요."

명작극장을 연 이래 은성인 가장 적극적이었다.

"맞아, 믿을 수 없는 인간이었지만 오르페오는 파니에게 베스트 프렌드였지. 오르페오가 사기꾼이었다는 걸 나중에 알게 되더라도 파니는 오르페오를 소중했던 친구로 기억할걸?"

이모가 말했다. 나는 괴상하기 짝이 없는 모습의 오르페오를 떠올렸다. 번번이 파니를 속여 먹긴 했지만 감동적이고 미워할 수 없는 인물인 건 분명했다.

"소리는 어땠니?"

오드리의 두 발을 잡고 장난을 치는 소리에게 이모가 물었다.

"이모가 이 영화 왜 보라고 했는지 알 것 같아. 의도가 너무 빤해."

소리가 말하고 픽 웃었다. 나도 이모가 왜 이 영화를 보라고 했는지 알 것 같았다. 의도가 정말 너무 빤했으니까.

"의도가 빤한 일 나도 취미 없어. 알량한 자존심 그만들 좀 세우고 명작극장 재건에 나서 봐."

이모가 팔에다 연고를 바르며 타이르듯 말했다.

"나도 방에다 관이나 하나 들여놓을까? 기분 개떡 같을 때 들어가 누워 있게."

소리는 혼잣말을 하듯 중얼거리고 오드리를 슬쩍 테이블에 올렸다. 바로 내 앞이었다.

"좀 덥다."

난방을 하고 있긴 했지만 명작극장 안은 그리 덥지 않았다. 오드리를 넘기면서 나에게 신호를 보내는 거? 너야말로 빤하지, 민소리. 오드리를 끌어다 품에 안았다.

"어? 눈이 오네?"

카페 출입문 쪽을 바라보던 이모가 소리쳤다.

"와, 완전 펑펑 쏟아지는데요?"

은성이 한쪽 눈을 가린 머리카락을 쓸어 넘기며 말했다. 그 순간 오드리가 내 품에서 홀쩍 뛰어내리더니 명작극장 문틈으로 달려 나갔다. 그러고는 카페 홀을 왔다 갔다 하면서 이리 뛰고 저리 뛰고 법석을 떨었다. 메기 아저씨가 씨익 웃으면서 스마트폰으로 사진을 찍었다. 가슴이 썰렁해진 것 같았다. 오드리는 정말 나만의 오드리가 아니었구나……

"눈만 오면 진짜 개냥이가 된다니까."

오드리가 귀여워 죽겠다는 듯 이모가 말했다.

참을 수 없이 피곤이 몰려왔다. 빨리 집에 가 침대에 뻗었으면……. 오늘 밤엔 나와 소리와 은성이 오드리를 사랑했던 세 가지 방식과, 오드리가 사랑을 받아들이는 한 가지 방식에 대해 생각하며 잠들고 싶었다. 재미있을 테니까.

작가의 말

오래전, 12월이 되면 나는 종이를 한 장 펼쳐 놓고 아주 못된 짓을 하곤 했다. 친구들 점수 매기기. 친구들 이름을 주르르 나열해 놓고 한 명 한 명 점수를 매기는 것이다. 가장 친밀하고 믿을 수 있고 마음에 드는 친구는 A, 그다음은 B, 또 그다음은 C 그리고 D. F는 없었다. 그 정도면 친구라고도 할 수 없으니까. 볼펜 꼭지를 꼭꼭 씹으며 '이 친구는 A인가 B인가.' 진지하게 고민했던 걸 생각하면 지금도 어처구니가 없다.

이 고약한 짓을 그만둔 것은 4년쯤 지나서였다. 문득 이런 생각이 들었다. 만일 다른 친구가 나를 몇 등급인지 평가하고 있다면? 내가 D에 속한다면? 아예 친구 목록에 들지도 못했다면? 아찔했다. 돌이켜 보니 지난해엔 친구였으나 1년 후 친구에서 제외된 아이도 있었고, A였다가 B로 한 계단 내려앉은 아이도 있었다. 나라고 그렇게 되지 말란 법 있어? 그때부터 친구들을 서열화하는 일 따위는 하지 않았다.

하지만 '나의 베스트 프렌드는 누구누구인가?'를 묻는 고질병은 꽤나 오래갔다.

『고양이를 사랑하는 법』은 '친구란 무엇인가?'에 관한 가벼운 사색이다. 서울을 떠나 경북 영천이라는 곳에 머물렀던 지난해 1년, 쉬엄쉬엄 산책을 하듯 이 소설을 썼다. 쓰는 내내 한 친구를 생각했다. '나의 베스트 프렌드는 누구누구인가?'를 물을 때마다 어김없이 몇 손가락 안에 꼽았던 친구다. 뜻하지 않은 일로 그 친구를 잃어버렸었고, 2년이 지나는 동안 만나지 못했다. 『고양이를 사랑하는 법』을 마무리할 즈음, 구름다리를 지나다 마주치듯 그 친구를 다시 만났다. 우리는 바람처럼 웃었다.

이제 나는 '나의 베스트 프렌드는 누구누구인가?'라는 질문은 하지 않는다. 너무 밀착된 관계는 위험하다는 것도 알았다. 안도현 시인의 「간격」이란 시의 한 구절이 답이었던 것 같다. '숲이 울창해지려면 나무들 사이에 충분한 간격이 필요하다.'

『고양이를 사랑하는 법』을 쓸 때 원칙을 세웠다.

소설에서 불편한 교복을 벗겨 버리자!
그 무엇보다, 재밌게 쓰자!

마음껏 노는 기분으로 원고를 썼다. 아니, 원고를 쓴다기보다 여자애들 틈에 끼어 발랄하게 수다를 떨고, 크리스마스 파자마 파티를 하고, 사랑스런 개냥이 오드리를 괴롭히다 부비부비를 하고, '명작극장'에서 세 명의 개성파 소녀들과 머리를 맞댄 채 영화를 보고, 튼튼한 우정을 과시하다 까칠까칠 다투고, 팝콘이 팡팡 터지듯 행복해하다가 뜨끈뜨끈 열 받고, 그랬다. 그렇게 실컷 놀고 나니 소설 한 편이 완성되어 있었다. '꿀잼'의 유쾌한 경험이었다.

나는 『고양이를 사랑하는 법』이 '베프'에게서 얼얼할 만큼 상처를 받았거나 실망감을 느꼈던 독자들에게 상쾌한 파스 역할을 하길 바란다. 절친 소녀 셋의 비밀과 거짓말, 우정에 대한 탐구가 위안을 주리라 믿는다. 방금 냉장고에서 꺼낸 이온 음료를 마시듯 개운함을 맛보면서, 쓰린 상처나 큰 실망을 주었던 친구를 이해하게 될지도 모르겠다.

우리가 격하게 분노하거나 슬퍼한 일이 때론 '아무것도 아닌' 일일 때가 있다. 친구 관계도 마찬가지. '친구란 무엇인가?'에 관한 가벼운 사색은 그래서 필요하다. 한 발짝 뒤로 물러나 마음을 12센티쯤 넓히고 시야를 좌우로 5도씩 넓힌 채, 마치 타인처럼 자신과 친구를 바라보는 게 사색의 비결이다. 말은 쉽지만 결코 쉽지 않은! 너무 쉬우면 재미없잖아?

이 소설을 쓰면서 많이 생각했던 친구 P, 이 소설을 쓸 때 나와 함께 살았던 귀한 소년 H, 이 소설을 쓰는 데 찌릿한 자극으로 힘을 주었던 K, 그리고 '소설BLUE'의 3번 타자로 이 소설을 지명해준 나무옆의자와 신승철 주간님에게 고마움을 전한다.

나의 친구들이 행복하길 바라며

박선희

소설BLUE 03

고양이를 사랑하는 법

초판 1쇄 발행 2015년 12월 17일
초판 7쇄 발행 2017년 8월 18일

지은이 박선희
펴낸이 이수철
주 간 하지순
디자인 이다은
마케팅 정범용 김지운
관 리 전수연

펴낸곳 나무옆의자
출판등록 제396-2013-000037호
주소 서울시 마포구 성미산로1길 67 다산빌딩 301호(03970)
전화 02) 790-6630 팩스 02) 718-5752

페이스북 www.facebook.com/namubench9
인쇄 제본 현문자현 종이 월드페이퍼

© 박선희, 2015
ISBN 979-11-86748-50-3